散文公社

与洞庭书

潘刚强　著

天津出版传媒集团
百花文艺出版社

图书在版编目（CIP）数据

与洞庭书 / 潘刚强著. -- 天津：百花文艺出版社，2019.1
（散文公社）
ISBN 978-7-5306-7481-9

Ⅰ. ①与… Ⅱ. ①潘… Ⅲ. ①散文集-中国-当代 Ⅳ. ①I267

中国版本图书馆 CIP 数据核字(2018)第 259935 号

与洞庭书
YUDONGTINGSHU
潘刚强著

出版人：张纪欣
统筹策划：刘 洁　　封面设计：蔡露滋
责任编辑：刘 洁
出版发行：百花文艺出版社
地址：天津市和平区西康路 35 号　邮编：300051
电话传真：+86-22-23332651（发行部）
+86-22-23332656（总编室）
+86-22-23332478（邮购部）
主页：http://www.baihuawenyi.com
印刷：山东临沂新华印刷物流集团有限责任公司
开本：787×1092 毫米　1/16
字数：200 千字
印张：16.5
版次：2019 年 1 月第 1 版
印次：2019 年 1 月第 1 次印刷
定价：48.00元

如有印装质量问题，请与山东临沂新华印刷物流集团有限责任公司联系调换
地址：山东省临沂市高新技术产业开发区新华路 1 号
电话：(0539)2925659　邮编：276017

目录

序

波浪，水皮上的皱纹

刘 恪

给刚强校改序时，发现文章还是应该有一个标题，顺手写下了《波浪，水皮上的皱纹》，大抵取意文似看山不喜平，或对刚强散文的某种隐喻。回想刚强送来的散文书稿已经有半个月了。迟迟未曾动笔，其实当天我就可以写了，其间文章都陆陆续续看过，还有很多是经我手发表的。我一直把握不准的是从一个理论家角度，还是从一个朋友角度去写他。刚强一定想我多做一些理论评述，我则偏向朋友的立场。可偏向朋友立场又会有一种声音出来，我的说服力何在。

先说刚强散文的社会人文情怀。这本书基本上围绕洞庭湖来写，各种普遍的事物：芦苇、鱼鹰、水牛、江豚、麋鹿，尤其多的是各种各样的鸟：大白鹭、灰鹤、牛背鹭、凤头麦鸡、黑水鸡、苍鹭，还有数不胜数的鱼类。如果仅展示它们的样态，有摄影师就够了。刚强对它们有特别复杂的感情，他爱从地理学与历史的维度把握这些动植物。从历史战争、动植物的变迁史来表述，这是众多散文家讨巧而坐在家里就能成就的工作。刚强把重心放在地理学、生物学的角度，这样有两件事就是必须要做的：其一，是地理考察。这样，我也几乎是跟他走遍了洞庭湖，有了田野调查的工夫，然后我们带着望远镜，深入洞庭湖的核心地带,细微地看鸟。鸟的形态、结构(姿势与动态)、羽毛、鸟粪,鸟起飞时粪便就像一阵大雨,原来鸟要远行,轻装上阵提前排便。鸟的翅膀撑开天空,虽然受伤,羽毛的气孔仍能滑翔,从此鸟是心的天空。其二,便是生物知识的掌握。洞庭湖针嘴鱼的详尽考察,恐怕生物学家也不过如此。人在解剖生物的时候就如同他解剖自身,因而对自然的观察也必须在作家的心灵中进行,然后用心去创造她。巴勒斯的散文虽然是最终端的产品,但他保持了自然最真实的面貌。“保持原始材料的真实,但却又是精华所在。”(《寻归荒野》程虹著,三联出版社 2011 年版 153 页)对生物地理的考察,刚强写了几十个日记本,详尽的数据,还有生物解剖图。这种详尽常被我批评,他却认为对生物的严谨也就是对人的严谨。这让我觉出了自己的渺小。

他是坚定的生物保护主义者。他的生物保护是身体力行的事。对于江源湖泊的考察提案,他代表岳阳市政协联合各行业,自行组织考察小组,寻找各类专家,完成各项工作以后又撰写详尽的考察报告。这种行为方式迫使许多破坏环境的项目自然落马,有时他得意地告诉我某个污染项目终止了,露出了孩子一样的笑容,我这时才暗暗地佩服他的机智,用正面考察抵环境破坏。他写的江豚文章、麋鹿文章引起世界自然基金会(WWF)的注意,作为国际会议的参考文献。《森林与人类》与《青年文学》杂志都很喜欢他的文章。

刚强的散文艺术首先表现在他的描写性上,这时候的描写意义是整体性的:洞庭湖的诸事物。它兼指客体对象又指主体的想象,事物发展可能性的样态。洞庭湖的事物无论客观与微观都是我们书写方式不可穷尽的,刚强的特点是采用选择、命名、动态联系等方法。《观鸟谱》把黑水鸡作为飞禽描写:“黑黑的羽毛,脑壳像鸡,游水的形态像鸭,游到明亮开阔处,看得见鲜红的嘴额,两肋有白色细纹组成的线条,尾巴上翘,尾下亦有白色斑块,越发显得通体黑亮,透出暗绿色的光泽。”再隔两段又详细地描写了黑水鸡的相貌特征,一只黑水鸡他花心思写了约两千字。这种类如家禽野鸭的不太会飞的鸟，他详细地考察它的生物特征与生活方式及与周边的环境。洞庭湖俗语九鹅十八鸭。常见的鸡形目雉科里没有黑水鸡，扩大到常见到的雁形目鸭科也没有。鹳形目鸻科二十种也没有，倒是他写的凤头麦鸡有。黑水鸡归属鹤形目秧鸡科十九种，但它并不出名。平常是它的特点，它倒真像个野鸭子，仅在于它黑一点，故此黑水鸡，像一个俗名。它生存的环境是水塘、稻田、水库、水沟，倒像是家养鸟。洞庭湖众多的是鹭、鹤、鹅、鸭，而且鹅与鹭是佼佼者，刚强选择最平常的，美如家禽的黑水鸡，这暗示保护鸟类就像爱护家禽一样，离我们并不遥远。而日常要寻一只天鹅，要进入洞庭湖腹地，谈何容易。他还特写了一篇鸬鹚的“鸟的地理学”，鱼鹰本是金鹗驯化而成，是洞庭湖区最常见的鸟类，可如今在大洞庭湖区域内特别少见，而且洞庭湖的鱼鹰还要从微山湖或江浙引进，几近灭绝。可以说真正的鱼鹰比野鸟还要珍贵，刚强用一篇散文来警示某种生物的灭绝，这不能不说是我们应当特别注意的。他还特别具有人类悲悯意识地选择了麋鹿与江豚，这是洞庭湖水陆最大的两个物种。江豚生产孩子时居然是从尾巴到头部倒着生产，产后孩子紧紧贴住母腹喂乳，在水中自由翻腾，父亲在一旁保驾护航。麋鹿逃亡的路线痕迹是大“C”字，喜欢迎着风奔跑，它靠气味规避风险。这些生物经验成为刚强的动态描写，而且是极其人性化的写作。可见他的描写不仅仅是方法的，还是特别经验的，这使他的散文有了一种醇厚容积率，别人轻易不可改变。从梭罗、巴勒斯、普里什文的创作也证明了一切经验都融合了自我的因素，刚强把自我交给了一切动物的经验之中，这一点也是一般人难以做到的。威廉·詹姆斯说，“任何实在的东西必须能够在某一个地方被经验，而每一种类的被经验了的事物必须在某一地方是实在的。”刚强长期深入洞庭湖湿地，和这些动物一同体验生存，为了采访一个渔民或者猎人，他不惜三顾茅庐获得了一手资料；考察麋鹿他从湖北顺着鹿群的线索追踪到洞庭的红旗湖。我也曾三次同他访谈了人工饲养点点母鹿的生物保护者小杨。所以刚强的生物经验是顺着地理遗迹追踪而来的。仅这样还不够，他的芦苇植物经验会变成一种事物过程的叙说。芦苇是静态的，它的成长变成动态的，它的空间位移又变成了历史的，然后变成了思想的，真正芦苇的精神便出自于芦苇的宗教和芦苇的思想，这样才有了帕斯卡尔那句名言：人是一根会思想的芦苇。真正的独特性出来了，芦苇是会飞的精灵，它飞翔于天，漫化出种种姿态，但它却扎根于水，融汇天地之灵气。芦苇的精魄所含有的全部内蕴，就是芦苇的想象。

刚强文章里有许多琐碎的东西，譬如洞庭湖的针嘴鱼，他考察到动物学上的"半喙"。众多的浮游生物，渔民俗称的江鹰子，鸥与鱼的矛盾，如何捕捉针嘴鱼的细节，如何使用中高渔网，其细部详尽而琐碎。家养的大水牛也极尽细节，表面看起有很多没用的东西。其实不然，动植物是靠细节展示它的特征的，类如野鸭子一样的鸟有千百种，如何得以区别，全靠它身上的羽毛的细节，嘴的形状，灰斑鸻和金斑鸻一模一样，仅在于它颜色的斑纹不同。柳莺和鹟莺也是一样，仅有毛色差别。芦苇有很多种，仅是叶形和秆质不同。因而细碎不是写作上的烦琐，而是揭示生物学的科形采用的比较方法。英国著名散文家约翰逊说，"他们有一些人看不起细碎的东西，只摘抄一些文字精美或粗糙的碑铭，古今都有……(他们)书里找不到任何令人目不转睛或要牢记于心的东西。"(《饥渴的想象》约翰逊著，三联出版社第234页)这告诉我们散文是不可以缺少琐碎的细节的，它不仅是写作技巧的东西，还考察作者的观察能力，那些生物的细部特征不是看一眼就够了，需要长时间的观察，甚至和它们生活在一起。所以刚强写一篇散文要经过很长时间，有时一年半载才写一篇，我常抱怨他写得太少太慢，可一旦我看到他的文章时，我明了，这文外的功夫耗掉了他漫长的时间。为了追踪鸟群，他会几个冬季都在湖里转，因而有了他的《篙锁斜阳，或鱼鹰》《洞庭湖水族》，而且一出手，拿到《山花》《湖南文学》，没有任何周折就发表了。他写麋鹿，接近两万字的散文，天津《散文海外版》几乎全选。这一切和他的文字细密、纵情感发有关。

人生有许多不可知的东西,就在他顺风顺水地写作时,遭遇一场重大的车祸,最糟糕的是撞坏了大脑,产生思维断裂,记忆失据。我记得是在河南大学给研究生上课时沈念告诉我的,我当时非常难过,提早下课,一连几天心里都不舒服。如今虽已恢复健康,但文字的灵巧到底不如年轻时活泛了。我想凭他的精神还会创作出很多篇章来的。是以为序。

(作者系河南大学文学院教授、中国国土资源作协副主席)

芦花飘过水云间

舞动的风景

抖起高飘的舞袖，芦花铺天盖地，像云朵一般从水面升腾，精灵游荡水天之间。风的旋律化作金色的箭矢，窸窸窣窣地钻进丛林，来影波翻浪涌，去踪渐渐地隐没。四周雾霭朦胧，和谐的音乐之声，随着风的流动，从苇叶间摩擦发响，弯垂的花穗弹拨起来，细密的小穗如虾须在水中浮游，成群结队涌上来，高高低低形成浅浪，韵律于是有了变奏。不时有鸟儿悠长的啾啾声，鱼儿突促的拨拉声，加入生命的鸣奏曲。一望无际的芦苇，听从风的指挥，铺排团体操，踏歌韵律舞。

芦苇是天地之间的舞者。

舞者的一生，离不开它的舞台，直至生命结束。芦苇属水，离不开水泠泠的舞台，龙腾蛇游的江河，大眼睛扑闪的美丽湖泊，生命丰沛的沼泽，明镜似的池塘，还有那些直的沟渠、弯的港汊，大凡水泽或湿地，芦苇都会捷足先登，以同样的舞姿，将它辟为表演的地盘。

纵观天下舞者，舍我其谁，会有如此气势恢宏的大舞台呢？日月星辰轮流变幻灯光，山川原野布下五彩斑斓的背景，风雨霜雪的造势，荣枯兴衰的跌宕，国家大剧院如何比，维也纳金色大厅又何以比，杨丽萍的《云南映象》也罢，刘三姐的漓江山歌也罢，充其量，不过是对大自然天籁之音的模仿与学习。

藜蒿满地芦芽短，芦芽从藜蒿叶底钻出来，嫩黄的细叶尖尖儿，沾着一撮亮晶晶的泥沙，挤眉弄眼，窃窃私语，似乎在商量，春之歌该从哪一个音符开始。芦苇从来没有独唱或独舞的习惯，生长在同一片土地，沐浴同一片春风，同样的阳光雨露，一齐踏着大自然的韵律，大家手牵手，齐崭崭地登台亮相。

芦芽的顶叶很快散开来，细蒙蒙的春雨，渐渐将嫩黄染成淡绿，芦芽拔节，长成鼓实的苇笋，如同情窦初开的少女，懵懵懂懂喜欢打扮自己，花艳的衣裙迎风招展，搔首弄姿招蜂引蝶。温暖的阳光下，湿气从地面升起，白晃晃地耀眼，光束将苇叶的浅薄射透，照破叶脉与骨子里残留的嫩黄。

亭亭玉立的苇笋，一种危险的诱惑，工业化时代，湖鲜野菜代表绿色、有机、生态、环保，芦笋画上“人参”的脸谱，藜蒿戴上“仙草”的桂冠，炒腊肉，或是煮活鱼，春节前后身价百倍，成为城里人追捧的时鲜。

踏上洲滩，我却迈不开步，不敢动脚，每一步踩下去，淡红或嫩青的苇笋，在我的脚底咔嚓作响，折了。我掐藜蒿尝鲜，更是赏春，俯下身子，右掌翻拨蔸部，拣鲜嫩的紫绿茎条，捏紧了用劲一掐，大拇指甲掐在食指骨节上，青色的浆汁从断口渗出来，两根指头很快被染得黑乎乎的，印痕生生地疼，蒿草特有的香气直往鼻子里钻。

讨生活的采蒿人得赶早，天寒水冷，风雨无阻，划船，穿长筒雨裤蹚往水中央的湖洲，长刃弯刀摸地拖舞，撂倒一大片。苇笋混杂其间，一起倒下。

诱惑以生命为代价。

好在芦苇命贱，春风吹又生。

蓝色雨滴借助风势，稍带斜角切入，像一只飞虫啪地打在苇叶上，摔碎了，化作一摊白水，划下一道绿痕。暴风骤雨擅用人海战术，噼噼啪啪密集地发起攻势，雨如瓢泼，与芦苇展开最后的较量。身处风口浪尖，芦苇们挺直身躯相互依靠，抱作一团扎紧屏障，筑起绿色的长墙，狂风袭来，雨如箭矢乱射，芦苇就像太极拳高手，先扎稳了阵脚，伸展左右对生的软绵掌，巧妙地借助风势，将串串雨滴从飘逸的苇叶上抖落，雨的冲刷力，无可奈何地化作水雾消散。

风，成为芦苇的盟军。

喜欢在河川洄游的青、草、鲢、鳙，欢快地探头摆尾拨弄水面，荡起一圈圈漩涡，黑压压的背脊，渐渐牵成长线，成群结队地朝芦苇深处挺进，迎来水丰草盛的幸福时光。谁在水中拽得苇秆东倒西歪？看那水花荡开的架势，一定是贪吃的草鱼，瞄上鲜嫩的苇叶。鳊鱼与黄尾鲴吃草，没有那么大的动静。鲢鱼性情温顺得多，懒得费劲地拉拉扯扯，等浮游植物送到嘴边，它自得其乐。大脑壳的鳙鱼更为奇怪，竟然与比小手指还细的银鱼一样，以浮尘似的浮游动物为食。青鱼乐意与中华鲟、胭脂鱼等珍稀鱼种为伍，潜游水底，将螺蚌类的底栖无脊椎动物嚼得叽咔作响。鲤鱼、鲫鱼食性最广，找到什么吃什么，从不挑肥拣瘦。鳜鱼、鲇鱼、鲚鱼、红鲌鱼，天性只喜欢吃荤，飞射起一颗颗精准导航的水雷，在芦苇荡中凶猛追逐，演绎大鱼吃小鱼的弱肉强食。

并非只有弱肉强食，芦苇浅滩缓流宁静的环境，丰盛的食物，让喜欢定居静水湖泊的鲤鱼、鲫鱼、鲇鱼们，享受着饱暖淫逸的快乐。你听，噼噼啪啪的水响声，临产的亲鱼扑腾瓣子，那是大自然催产生命的鼓点，和谐有趣的生命之歌。挺水的芦苇，给浮游微生物提供依附的丛林，水势平静的港湾，幼鱼有了安全成长的摇篮。芦苇根须间潜藏的小爬虫，叶面上栖伏的小飞虫，甚至水中的嫩芽新叶，都成了它们围歼抢食的猎物，圆圆的小嘴巴微微翕动，吞吐之间完成生命的循环。

芦苇如母亲，静悄悄地抿住嘴，看着相貌各异、花色繁多的鱼们，一群调皮的孩子，成日价穿来游去，这个扯了衣角，踩了脚背，那个冷不防冲过来撞个满怀。从催育生命和庇护生命的角度来讲，芦苇比人类更具母性。在自然界，人类似乎是唯一产生“垃圾”的物种。人类活动创造的一切，无不以消耗自然资源为物质支撑。

火辣辣的正午阳光，在芦苇丛上跳舞，没有一丝儿风，只有芦苇浓烈的清气，夹杂泥腥与草涩，混合在光芒中，腾起白烟，如朦胧的月色，看得清浮影如水，朝空阔的水面倾泻，洒落一池荷花。

层层叠叠的荷叶，或舒展，或半掩，或是对卷双合，纷纷撑举绿色的玉盘，虔诚地承接神圣的光露，血脉贲张，青筋毕露。荷花红光袅袅，挺起修长的花梗，婀娜地从荷叶间钻出来，如仙女出浴楚楚动人。鼓实尖尖的花蕾一枝独秀，淡青的萼片，包藏不住破出的欲望，殷殷的紫红像火苗一般闪动。荷花晨开暮合，粉色花瓣如佛掌般护合，小心翼翼呵护掌心明珠，倒圆锥状花托呈黄绿色，散布着点点橙黄色的蜂窝粉孔，那是雌蕊受精孕育生命的子房。每一个孔洞，会结一粒坚果，直到花托膨胀，花瓣萎谢脱落，莲蓬独立水中。

有红蜻蜓飞来，想歇脚乘凉，通常会像直升机般盘伏其上，它懒得晒太阳，躲入荷叶荫下，伸出细足钩住绿伞的边缘，悬空吊挂，一对复眼想必极舒服，网脉交织的透明双翅平伸，一动不动，午休。

红菱细长的茎蔓缠住了游鱼，鱼惊水跳，将芦苇荡悠长的寂静牵动。倒三角形的浮叶漂满水面，叶腋拱出细小的白花，看上去很美。泥淖中却布满陷阱，长着硬刺的菱角，垂吊于错杂纠葛的茎蔓，如同一个个潜埋的小水雷，喜欢逡巡的鱼儿，触雷自是不可避免。

渔歌从芦苇丛中飘荡出来，牵着采莲船缓缓地前移，高高低低的荷枝被船压倒，复从水中挺起，抖落一串串珍珠。莲娃菱女喜欢穿戴大红大绿，来自水乡泽国的艳丽色彩。洞庭湖芦苇留给我的青春印象，便是衣着妖艳的河西姐子，她们三五成群，挑着莲藕，或是背着菱篓，说说笑笑，从芦苇滩上款款而行，丢下一串湖北口音的水乡声韵，令我痴痴地发呆。岳阳楼前过北门渡口，洞庭湖对岸，那片叫作河西的野水荒洲，是中国面积最大的芦苇滩。再往西，团湖，中国最大的野生荷花湖。如今洞庭湖大桥从芦苇滩上大踏步地跨水而立，我却再也没有见过“红配绿，颜色足”的河西姐子了。

一苇，N种切入

苇莺，鸟与苇诗意的链接。芦苇深处，一望无边的万绿丛中，有了苇莺盘旋，跳跃，歇伏，啄食，营巢，栖息，鸣叫，水与天的交合，便有了精灵的使者。苇莺体型纤长，毛色以褐为主，嘴细尖，天性活跃，成天在草茎间跳跃穿飞，寻捕昆虫为食。莺歌燕舞，苇莺的歌声，一定是迷人的。

常见的大苇莺背羽棕褐色，淡黄色眉纹，下体淡白色，胸部有不明显的灰褐色的纵纹，与芦苇的色彩天然和洽，便得了大苇扎、苇串儿的好名字。说起来令人难以置信，会有一百〇六种虫子危害芦苇，有八十六种专吃苇叶，有二十种专门蛀茎，大苇莺的功劳可谓大矣。夏初繁殖时期，大苇莺会亭亭玉立芦苇顶端，不停地鸣叫，雄苇莺的鸣声高亢而响亮，它得靠歌声来打动雌苇莺的芳心。“嘎嘎吉——嘎嘎吉——”此起彼伏，远处听起来像蝈蝈，也像青蛙，有的地方便依它的叫声，称芦蝈蝈，或直呼大苇莺为“呱呱叽”。一对雌雄苇莺情投意合，会衔取干枯的苇叶营筑爱巢，一起生儿育女。

苇莺“呱呱吉”的鸣唱，大家一定觉得耳熟。如果把它翻译成诗句，你就更加觉得朗朗上口。

且听："关关雎鸠，在河之洲。窈窕淑女，君子好逑。"

中国人关于苇莺的意象，从《诗经》算起，至少三千年了。

芦苇最早入诗，同样见诸《诗经》。蒹葭苍苍，白露为霜。所谓伊人，在水一方。《蒹葭》三叠，溯洄婉转地反复吟唱，所谓伊人，在水一方，始终没有露脸，苍苍、萋萋、采采的芦苇，以缥缈空灵的诗化形象，寄托相思，成就国人心目中的经典爱情。诗，能够拥有如此超越时空、跨越时代的伟大力量，奉为经典当之无愧。

经者，说一句，顶一万句，你也许不信，它只一句，或一个词，引出后人下笔千言，结心万语，却是不假。《诗经》中的芦苇——"蒹葭"二字，关乎多少情感倾诉？

莫说芦苇贱如野草，《诗经》用词之凝练、准确、生动，依然是汉诗不可逾越的高峰。只说"蒹"与"葭"，便是微言大义。蒹，指荻；葭，指芦。诗又曰："七月流火，八月萑苇。"荻至秋坚成，谓萑；芦之成者，谓苇。古今相较，古人用蒹葭泛指荻与芦，今人用芦苇泛称蒹与葭，今人只说了一半，漏了一半。古人精致，如今的世风越来越浮躁了。

劳动人民讲究物以致用，在洞庭湖区，芦荻混生苇田中，芦比荻高，荻比芦坚实，芦泡宜于编织，造纸的纤维却不如荻，芦与荻的细分，乡人弄得明明白白，俗称土名一个比一个好听。生于低洼湖泊，抗水性强，株茎细而高，长得像线绊长子，就叫"线芦"。茎秆基部粗壮，抗风力强，不易倒伏，就叫"大头芦"。株高偏矮，茎秆较粗，剑形叶边缘带锯齿，叶梢包茎不易脱落，叶片张开来像千手观音，就叫"观音芦"好了。荻，茎呈红褐色，坚硬如铁，故有"红铁秆"之称。更为常见的荻茅，当茅柴烧，乡人直呼"茅柴"。

遗憾，或尴尬，苇田中人工种植的荻，与水稻、小麦一样，品种名称打上科研的印记：湘荻一号，二号，一直排到五号，再也没有来自泥土的诗意。我不理解，研究芦荻的科学家们，即便没有读过《诗经》，为何不从俗语乡音中，获取艺术的想象与灵感呢？

苇叶伸过来触摸男孩，晒得油黑的脸上，有一种痒痒的刺灼感。男孩扯住苇叶，从叶鞘处摘下，一把绿色的长剑，捏在手中挥舞。苇叶属于生长的水域，它得回到水中去。男孩将苇叶柔软的尖儿掐掉，两端顺着叶梗撕开，卷起来，交叉穿在叶梗上，船头翘起来了，叠成一只苇船。满载男孩期望的目光，苇船顺风顺水，渐渐地远去……

不经意的儿戏，也许蕴藏着洪荒时代远古的记忆。逐水而居的人类文明，一定从芦苇身上得到有益的启示。苇与船，浮江渡海的工具，浮载人类去探索在水一方的秘密，哪怕浮载的不是身躯，仅仅是思想。

一苇渡江，经典佛教故事，禅宗始祖达摩，这位印度来的高僧，就是用化缘得来的一根芦苇，踏波横渡长江北上。如果没有一苇渡江的传奇，达摩也许走不进少林寺。一根芦苇，将天竺佛教度入震旦。

"谁谓河广，一苇杭之。"心存善念，心无杂念，纵使河汉相隔，足踏一叶苇舟便能飞渡。

人生到处知何似？应是飞鸿踏雪泥。泥上偶然留指爪，鸿飞那复计东西。豁达如苏轼，连他都忍不住叹息："纵一苇之所如，凌万顷之茫然。"

碧波万顷，苇舟一叶，洞庭湖，天下水，滔滔不可测，一苇讵能航？当年的男孩，已是鬓霜初染，徘徊洞庭湖畔，侧耳凝听风中的芦苇絮语，寻求不可知的答案。

苇叶边缘的锯齿，划不破阿婆粗糙的手掌。阿婆蹲在河边洗苇叶，端午的苇叶水色正旺，叶片浓绿，长满白色的绒毛。一片一片浸在水里，阿婆细细地洗，马虎不得，有虫眼的，有病斑的，挑出来丢掉，苇叶包粽子，不光吃进口，还得抛到河里祭祀屈大夫呢。

端午划龙舟，龙船下水，拖过芦苇滩，芦苇掀起浊浪，一年一度的激动，一年一度的伤感。洞庭湖和汨罗江的芦苇，一定熟悉屈原的身影。三闾大夫形容枯槁，经常行吟泽畔，苇叶牵扯过他的衣襟，芦花抚摸过他的手脸。屈原投江殉国的河泊潭，我去看过好几回，汨罗江下游，离湘水汇入洞庭湖的河口不远。河泊潭水边长有芦苇，屈原当年手把芦苇，一步一步走向沉潭的时候，芦苇一定挽留过屈大夫。民间传说，他沉不下去，又浮了上来，他怀揣沙石，才成为烈士，化作汨罗江神。

苇叶包裹的三角形粽子，像荷包一样散发诱人的清香。阿婆说，苇叶粽子不能像包子、馒头一样蒸熟，得放在水里煮。芦柴煮苇粽，煮成一锅绿水，苇叶的清香便熬入了骨，苇汁渗入糯米馅，粽子吃起来才香。

苇粽飘香，一种精神，一种文化。

芦苇与人

人是一根会思想的芦苇。

帕斯卡尔说："人只不过是一根芦苇，是自然界最脆弱的东西；但他是一根能思想的芦苇。"人的全部尊严就在于思想，思想使人伟大。

法兰西无愧诞生思想者的伟大国家。塞纳河穿过巴黎城，河边已经没有芦苇，思想还在生长，像芦苇一样顽强地生长。

置身协和广场中央，我抬头仰望，来自尼罗河畔古埃及的方尖碑，三千年了，依然高高地耸立，追求永生的思想，使石头获得与芦苇一样漫长的生命。

三百年前，英勇的巴黎市民攻占巴士底狱，民主思想武装起来的芦苇，冲破封建专制的禁锢，揭开了十八世纪法国大革命的序幕。

千禧年到来的前夜，埃菲尔铁塔被灯光照射得通体透明，塔架的每一根钢材，像成熟的苇秆一般金碧辉煌。这座用钢铁芦苇编织起来的庞大建筑，象征工业文明迈开巨人的步伐，在曾经布满芦苇的河滩地上，不可阻挡地奔向新的世纪。

罗丹雕塑的思想者，成熟男人，赤身裸体，强壮而健美，不像芦苇那么脆弱。可他的肢体与神态表明，思想者是痛苦的。芦苇没有思想，它不会痛苦。人有思想，自以为有太多的痛苦，太多的可悲。

怪不得人类一思考，上帝便发笑。

芦苇在思想中得到永生。

芦苇并不比人脆弱，它的生存繁衍能力令人惊讶。

芦苇是会飞的精灵。它究竟如何播种，我们恐怕永远无法弄清。不是不可能，恰恰它的可能性太多。面对太多的可能性，做唯一的选择，变成不可能完成的任务，会挑花眼，眼前一片茫然。

风是天生的播种家，芦苇花絮轻飘飘，借风飞播，随随便便飘到二三里外。鸟更是天才的播种家，它们常常将杰作，出人意料地搬上绝境、墙头、屋脊、高高的宝塔尖，或是寄生在大树的枯洞、腋窝里。每一颗蕴藏生命的种子，收割，搬运，兽钻，牛践，筑坝，垫路，搭棚，盖房，种子落在水中，它随波逐流，掉在地上，它随遇而安，只要粘上泥滩沙洲，春来便会发芽。

栽芦苇，移蔸也行，插条也行，芦苇茎秆横着埋入泥土，哪怕不砍断，一脚把它踩到淤泥也行，芦苇只要沾土，全株每一个关节都会萌发新苗。

芦苇的根状茎匍匐横走，发蔸快，纵横交错，形成网状。甚至在水面上都可以形成较厚的根状茎层，人、畜行走无虞。

即使浸泡在洪水中，芦苇叶片还可以呼吸，保持微弱的光合作用。茎秆的节部，会长出不定根，摄取养分保持生长的力量。

这就不奇怪,你很难看到单根芦苇独处的身影,它们天性喜欢热闹,抱团丛生,繁衍成庞大的群体,密密匝匝,整整齐齐,绝不会空闲半寸土地,也不会浪费一丝阳光,平地蹿起几米高,将河洲湖滩牢牢控制在自己的脚下。

芦苇的盘根错节,便是中国社会,便是人在江湖复杂的社会关系:家庭、家族、单位、团体、地方……一个举目无亲、孤独飘零的流浪汉,完全彻底融入江湖。

人的根深扎江湖,似乎无形,又有形,似乎摸不着看不见,却又切身感受冷暖自知。江湖是一张关系网、利益网,相克相存,罩住每一根芦苇,大自然按照弱肉强食的规则,分配阳光、雨露、空气、泥土、水分,甚至伴生的植物,寄生的昆虫,还有你的天敌,决定你最终的命运,到底是编成苇席,还是化为纸浆,或者干脆被一把火烧掉,化作一股黑烟散去,或者被牛一脚,踩倒在泥潭深处。所有这一切都不可预知,中国人,将它归结为命运。

听天由命,其实这个主宰一切的天,不在头顶上,而是置身的江湖。

人是一根脆弱的芦苇,离开了群体,它很快会被风雨打倒,沉入污泥浊水。

特立独行的思想者,不屑学脆弱的芦苇。他们要学泰山顶上的青松,巍然屹立傲苍穹。

桡桡者易折,皎皎者易污。历史的事实很奇怪:先驱者永远无法摆脱牺牲的宿命,思想在石头底下蔓延,芦芽从枯草丛中钻出来。

寂灭,或再生

洞庭湖水枯落樵,湖洲、浅滩大片大片地裸露出来,鱼肥草绿,芦花满天,浮金泛银满眼秋色。大雁信守承诺,从遥远的西伯利亚飞回来。成千上万的雁鸭翔集滩涂，相亲相爱，鸣叫，打斗，觅食，栖息，与芦花苇浪一齐起舞，祥和而壮美。春去秋回的大雁，会与芦苇一起度过寒冷的冬季。

芦苇与大雁之间的秘密约定，人们至今无法破译。江河湖泊任何景观变化，比如某条河流改了道，某片洲滩涨了水，某片湿地新栽了树苗，某段堤岸建了房子，任何与大雁春天离开时不一样的改变，都会引起领头雁的警觉。雁群会在空中久久地盘旋，猜疑，试探，直到确认安全无虞，才会回到曾经的栖息地。

芦花泄露了秘密，向老朋友发出警报。

我的推测是有依据的。

一位摄影家朋友讲过他的亲历故事。摄影家想拍下大雁的近镜头，他连续几天观察，一群大雁每天清晨准时飞到芦苇滩前觅食。摄影家不怕吃苦，趁黎明前的黑暗，独自潜伏在芦苇丛中，架起伪装好的大炮筒，守滩待雁。曙光从东方升起，雁群黑压压地飞过来了，摄影家屏住呼吸，将指头搭在快门按钮上。奇怪，雁群在空中盘旋许久，发出不安的叫声，始终不敢落地，最后化作点点黑影，消失在绯红的天空。

芦苇荡像时空消逝的魔法隧道，隔尘绝世的野水荒洲，天是一线天，水是衣带水，芦苇樵林一望无际，我越发觉得孤舟独旅，行泊无定，不知自己寻找什么，不知船家会带往何方，我只想感受飞鸟走兽不惊的世界。鱼跳水，鸟摇风，冷不防劈脸掠出，不知是它惊扰你，还是怪你惊扰它。心与眼，牵魂摄魄地颤动，在水天之间飞翔，又随着它的消逝，芦苇荡复归平静，留下机船单调的哼唱。

浮躁的心，欲暂且脱离喧闹的尘世，上山，躲入寺庙；下水，逃进芦苇荡。

再僻静的深山寺庙，会有香焚烛焰，会有钟鸣磬敲，缭绕的烟火终究与人间烟火无异。躲进深山古寺的逃遁，或是在禅林佛院追求道法的高深，或是最终揖别山门重出江湖，称得上殊途同归，终是跳不出“名利”两字。

山路弯弯的寺庙，没有水雾茫茫的芦苇荡自由。

万念寂灭，比世外桃源更难寻觅的至高境界。

我钻进苇岛，泥滩表面还没有板结，人不敢行，一旦陷入烂泥潭，不只淹没腿杆子，说不定会将整个人吞没，不吐骨头无影无踪。从芦苇樵山抛下来一条芦柴路，小心翼翼地踏上去，乱柴两头翘起来，稍不留神，便是溜滑得趔趄。

满眼洪荒时代的遗迹，时光与水平，大自然两个最公平的使者，在每一根芦苇身上，公正不阿地留下清晰的印记。芦苇林从上到下层次分明，白的花，绿的叶，黄的秆。丰水季节浸没水下的枝叶腐败脱落，如今露出光秆子的下半身，比人还要高。整整齐齐地浸没线以上，挺出水面的晚生枝叶，依然保持着些许绿意。顶部高挑的花穗，错落有致，弯曲而低垂，被寒风吹偃得朝着同一个方向鞠躬致意。

早有樵民安营扎寨，砍伐芦苇。每年十一月份“开山”，上岛的芦柴路，便是他们开拓。全是苇柴捆，立起来，人合成棚，还是苇柴捆，散开来，铺地作床。芦柴搭就的窝棚，他们风雨霜雪中温暖的家，来年四月“倒棚”散伙，得抢在水漫洲滩前，将芦柴抢运出去。

芦苇砍刀锋利，两尺长的刀把，常常得缠上细密麻绳捏手，好使暗劲。芦苇活生生地被人砍倒，变成芦柴，并非总是乐意的事情。相邻的芦苇，枝叶死死纠缠在一起，彼此舍不得分开。割芦苇光有硬气力不行，得会顺势借力。风朝哪边吹，苇朝哪边倒，先看准了再下手。

不知什么原因，芦苇的砍伐与运输，从古至今没有任何变化，全靠樵民粗重的体力劳动。怪不得芦柴会是枯黄的凄苦颜色。

芦苇生命的终结,通常是化作一团烈火,轰轰烈烈。

炊烟是人类特有的生命意象,袅袅地升腾空中,它代表温暖与安宁。呆呆地望着一团烈焰,看它从一个火种引发,腾起火焰,芦柴噼啪作响,黑烟随风蹿起,风、烟、柴、火混成一团彩云,飞出一条火龙,红、蓝、白、黑、黄各色混合在一起,不停地融合变化,生活中便有了梦幻的色彩。

一九五八年八月,毛泽东到天津造纸厂视察,伟大领袖指着芦苇说:“这是个好东西,不锄草,不施肥,一年一收。”毛泽东青年时代曾到洞庭湖区考察,徒步传播革命火种。他是否提及洞庭湖的芦苇,我没有来得及考证,就从那年冬天起,天津造纸厂开始到岳阳收购原料,岳阳造纸厂也破土动工,托伟大领袖的福,洞庭湖的芦苇一步登天,身价倍增,跨入工业化的新时代。

芦苇成为摇钱树,变得骄横而独霸,打退杨柳与藜蒿的顽强抵抗,苇地中凡是那些争夺养分和水分,对芦苇的产量与收割质量有影响的植物,通通称之为野藤杂草,务必毫不留情地全部、彻底、干净歼灭之。芦苇成为最强势的植物,不,应当是“作物”。

一张白纸,可以书写精美的图画与文字,有谁会特别在意,芦苇是如何由丑小鸭变成白天鹅的呢。光洞庭湖,每年有九十万吨芦苇,送往周边三百多家造纸厂。过去的小造纸厂,生产一吨苇浆,会排出五百吨乌黑发臭的废水,它又会污染多少水面呢?连偌大的洞庭湖也承受不起了。

人工芦苇林消灭异己的强盛扩张,不经意间将自已带入致命的困境。更具讽刺意味,杨树,外来的侵略者,意大利杨和美国黑杨,速生丰产的优质造纸原料,就像当年人工种植芦苇一样,近年来大举进攻洞庭湖,抢占芦苇生存的洲滩。

芦苇的异化,终于超越人们预计和控制的范围。

将目光重新投向芦苇，看到的不光是金灿灿的物质增长，还有绿油油的生态保护，还有无可替代的精神抚慰。

芦苇吐故纳新的蒸腾系数极高，调节气候，净化空气，拥有“水上森林”的美称。

芦苇“藏污纳垢”，当水体进入湿地时，对污染物质沉积、吸收、代谢、分解，尤其对大肠杆菌、酚、氯化物、有机氯、磷酸盐、高分子物质、重金属盐类悬浮物的净化作用特别明显。有数据表明，在人工芦苇湿地中，测出的富集重金属浓度比周围水体高出十万倍以上，“六六六”和“滴滴涕”含量，为水体含量的一百二十五倍和两千九百三十三倍。毫不夸张地说，一片芦苇林，便是一座天然的污水净化厂。

没有芦苇生长的水乡泽国，是多么令人沮丧的景象。

芦花瑟瑟，漫天飞舞，但愿只是我的杞人忧天。

滔滔长江水，浩浩洞庭湖。

靠山吃山、靠水吃水似乎“天经地义”，几十年的无序开发，沿江岸线千疮百孔，黄金水道肠胃梗阻，河湖湿地萎缩，生态环境恶化。中华民族的母亲河如何永葆生机活力，芦苇荡依然青春飞扬地奋战，似乎成为考量人与自然和谐共生的智慧标杆。

如今，面对一些地方快马加鞭上项目的乱挖滥采，一个伟大的声音振聋发聩：当前和今后相当一个时期，要把修复长江生态环境摆在压倒性位置，共抓大保护，不搞大开发。

二〇一八年四月仲春，白鹭翱翔，江豚腾跃，麋嬉戏，芦苇浪荡，踏长江过洞庭，感觉水碧草青、岸芷汀兰。穿越芦苇林道登临林阁佬小木屋，湖南东洞庭湖国家级自然保护区巡护监测点，东眺岳阳城，西依君山岛，跨江大桥从芦苇湿地穿梭两岸，湘、沅、荆三水合流城陵矶港，轻风拂面极目楚湘大地，山水林田湖草生命共同体的磅礴气势尽收眼底。这片地处长江干流河滩，砂石码头经过生态修复，湿地里芦苇成荫，河滩上黑麦草随风飘摇，莺飞草长生机盎然成为观光旅游的新热点。

春去秋来，万物归根，芦花飘过水云间。

岳阳楼诗笺

饮酒岳阳楼

“洞庭天下水，岳阳天下楼。”明代诗人魏允贞题为《岳阳楼》的著名诗句，如今被雕刻成一副楹联，悬挂在岳阳楼的大门前。这是岳阳楼最绝妙的广告词。其实，这首诗后面还有两句：“谁为天下士？饮酒楼上头。”从吟咏岳阳楼的诗文来看，登上岳阳楼把酒临风，至迟从唐宋以来，便是迁客骚人、仁人志士的风雅之举。

据史载，岳阳楼的前身，相传为三国时期东吴名将鲁肃为检阅水军操练而修建的阅军楼，距今已有一千七百多年。晋太康元年(280)，巴丘一带始建巴陵县城，阅军楼随之改为巴陵城楼。到南朝宋元嘉十六年(439)，巴陵废县改郡，对巴陵城楼进行重修，使这一十分简陋的军事设施，成为供人游览的场所。既是游览观景，想来从那时起，酒客们只怕也应该能够饮酒楼上头了。只是那时还不叫岳阳楼，因楼建在西门城上，有叫西楼的。又因位于郡署之南，有叫南楼的。还因为濒临洞庭湖，有叫洞庭楼或洞庭连天楼的。

岳阳楼“一楼何奇？杜少陵五言绝唱，范希文两字关情，滕子京百废俱兴，吕纯阳三过必醉。诗耶，儒耶，吏耶，仙耶，前不见古人，使我怆然泪下。”除了这名联中所列的诗圣、名儒、贤吏、酒仙这四大名人，使岳阳楼名扬天下的功臣，当首推李白。

唐乾元二年(759)，李白流放途中突遇大赦获释，正所谓喜从天降，欣喜若狂，千里江陵一日还。下江陵，过岳阳，李白与友人泛舟洞庭湖赏月，登临岳阳楼饮酒，留下了《与夏十二登岳阳楼》《陪族叔刑部侍郎晔及中书贾舍人至游洞庭五首》等上十余首不朽之作。其中《与夏十二登岳阳楼》，被后人公认为岳阳楼的“定名之作”。诗曰：“楼观岳阳尽，川迥洞庭开。雁引愁心去，山衔好月来。云间连下榻，天上接行杯。醉后凉风起，天上舞袖回。”那位曾与李白一同泛舟游洞庭湖的中书舍人贾至，也留下了一首题为《岳阳楼重宴别王八员外贬长沙》的好诗。李白、贾至赋诗之后，岳阳楼之冠名便约定俗成，一直沿用至今。换言之，是李白的诗，使岳阳楼真正从岳阳之楼变为天下之楼。

从唐宋以来有关岳阳楼的诗赋与图画推定，把酒临风的高楼敞轩一直是岳阳楼沿用的建制。李白的行杯舞袖，贾至的重宴别友，都证明岳阳楼上原是可以歌舞宴饮的。宋人张光彦在《己酉中秋会饮岳阳楼》诗中说得更为分明：“岳阳楼高几千尺，俯仰洞庭方酒酣。”现存最早的岳阳楼图，是元代至正七年(1347)夏永所绘的一幅扇面。从画面可见，当时的岳阳楼为二层三檐，二楼内设门窗，周有回廊。一楼四周建有突轩，突轩内设回廊。另据明朝万历时王昕《三才图会》中记载：“岳阳楼其制三层，四面突轩，状如十字，面各二溜水。今制架楼三檐，高四丈五尺。”到了明末，宫廷画师安正文绘制的《岳阳楼图》，画中可见游人在楼上弈棋、瞭望、谈天、吟诗。此后岳阳楼几废几兴，一直到清光绪六年(1880)重修，恢复唐宋风韵，乃成今日岳阳楼“四柱三层飞檐盔顶”之形制。

值得一提的是，就在清光绪六年(1880)十二月岳阳楼大修告成之时，当时的岳州府正堂与巴陵县正堂联合立下一块告示碑，碑云:“照得岳阳楼为郡城名胜之处,士民登览,本所不禁。惟从仙迹遗存,理宜肃静。乃有不安本分之徒,登楼游览,竟然任意喧哗,且有互相争斗者,殊属不成事体。合行出示严禁。为此,示仰士民人等知悉:嗣后登楼游览,务各恪遵礼法,不得肆行喧闹;三醉亭及亭旁抱厦翼屋,原为游人憩息之所,不得酗酒滋闹;遇有官绅因公聚集,游人各宜回避,不得擅进滋扰。自示之后,倘再违玩不遵,定拿案惩治不贷。特示。”从那时起,岳阳楼便立下了“理宜肃静”的规矩,自然再不能饮酒楼上头了。

如今登斯楼也,凭栏临窗,观水天一色,览风月无边,虽不能把酒临风,但眼前忧乐谁无意,天下江山此最雄,你尽可壮志凌云,且把栏杆拍遍。

今上岳阳楼

岳阳楼古老的根又长回洞庭湖了。

岳阳楼好像是直接从洞庭湖里长出来的,楼与湖是一个整体。没有洞庭湖,岳阳楼不称其为岳阳楼;没有岳阳楼,洞庭湖也就不称其为洞庭湖了。话不是我说的,是当代文学大家汪曾祺老先生说的。

洞庭湖北通巫峡,南及潇湘,古人欲登临岳阳楼,无不泛舟洞庭。后人懒得受舟楫劳顿之苦,多走陆路,从喧闹的街市直抵岳阳楼下。却不知如此便捷,正少了知根溯源的心路历程与求索韵味,留下或多或少的遗憾。

沿湖一带气势恢宏的岳阳楼新景区，终于将这座天下名楼的根基扎回洞庭湖,波光楼影融为一体,重现“八百里洞庭凭岳阳壮阔”的奇丽风采。

今上岳阳楼,当由雄踞南岳坡码头的瞻岳门步入巴陵广场。这曾是巴陵古城的正门,南面天岳山,西滨洞庭湖,北距岳阳楼约一公里。沿湖北上,洞庭风光步移景换,气象万千。且莫性急,先拾级登上巍峨的门楼放眼瞻望。洞庭湖上驳船汽笛声声,大小渔舟南来北往。对面湖天相接处,一盘青翠浮吐水面遥遥相望。回望南岸,万户人家屋舍俨然,一座宝塔耸立湖边。驻足北望,三江湖口城陵矶水雾茫茫,岳阳楼新景区的城楼、亭、阁尽收眼底。凭依湖岸美景,新景区风光带连升三级。近水临岸,采用粗蛮的铁链串锁一块块花岗岩石,设置开放式护栏。近湖平台,多植古树奇石,幽雅别致。一道青灰色城墙斗折壁立,城墙内观景平台与登高箭楼贯通。城垛遍插杏黄彩旗,迎风猎猎。城墙东边与洞庭北路相邻,一条仿古建筑的传统风貌街拔地而起。汴河街正中为内街,东西两侧为外街,清一色敞轩结构,青砖白墙灰瓦,雕窗画栋飞檐,尽展明清江南水乡特色。城墙北端隐入一片碧树绿林,郁郁葱葱托浮起一座金黄色的飞檐盔顶, 千万里天光云影湖波山色因它而变得灵动鲜活,千百年来成为天下仁人志士心中的圣殿。

披着湖风踏着波光沿岸前行, 偃虹堤从湖水中隆起一脊湖洲, 杨柳轻拂,茅亭翼然。岳阳城墙脚下这一带湖滩,不知留下过多少前贤先哲永恒的足迹。颜延之、张说、张九龄、孟浩然、贾至、李白、杜甫、韩愈、刘禹锡、白居易、李商隐……谁说时光的流逝令我们无法与之同行?诗词歌赋的吟咏之声,会超越时空引起孤独心灵的呼应共鸣。兼作湖岸护栏的花岗岩石块默然无语,每一块沉重的石头,都被细心地打磨成一方诗刻,风雨中义无反顾地担当起刊勒传承的历史重任。“袅袅兮秋风,洞庭波兮木叶下。”一路指点,一路吟诵,从诗祖屈原到李杜苏黄,深浅一杯洞庭湖,高低几层岳阳楼,浪淘尽多少风流人物,给中华民族传统文化留下灿若星汉光争日月的文化瑰宝。陆游就曾说过:“不向岳阳楼上醉,定知未可作诗人。”试问当今天下,大凡识得几个方块字读过几句古诗文,谁人不知“波撼岳阳城”的洞庭湖和“先忧后乐”的天下楼而心往神驰?

从湖畔踏着台阶一路攀高,穿过最北端箭楼圆拱形的交通门,直达岳阳楼公园新修的南大门。“巴陵胜状”匾额高悬门首,两旁楹柱镌刻着取自明代魏允贞诗句的名联："洞庭天下水，岳阳天下楼。"三国时，东吴名将鲁肃，最早在巴丘城修筑操练水军的阅军楼，是为岳阳楼的前身。直到李白游洞庭湖写下《与李十二登岳阳楼》的"定名"诗作，范仲淹应滕子京重修而作《岳阳楼记》，岳阳楼逐步从军事要塞演变为一座饮誉天下的文化名楼。一千七百多年来屡毁屡建，有史可查的修葺便达三十余次。这次盛世扩建，依据史料与古画的描绘，将唐、宋、元、明、清历代岳阳楼铸成微缩铜雕，巧夺天工引水筑榭，"五楼观奇"横空出世，身披历史的风霜呈现在今人眼前，引导我们从盛唐走来，向未来走去。

清末民初著名学者吴獬唤醒游人缓步："楼阁莫便登，先看文正记中某条似我；江山只如故，试问燕公去后得助何人？"我以为，吴老先生这副早年撰写的对联，似乎是为新修的双公祠量身定制。双公，滕子京与范仲淹。滕公谪守巴陵郡，政通人和，百废俱兴修名楼。范公庆历新政失败，读书观政，万家忧乐尽关心。滕治与范记，给岳阳留下如此丰厚的文化遗产，理当立祠祀之。双公祠为一座具有典型明清风格的祠堂，纯白色的墙体与屋顶铺盖的黑瓦对照分明显得庄重肃穆。檐式石柱大门面向洞庭湖而立，门额"双公祠"为范仲淹后裔范敬宜所书。步入祠内，中有天井，围廊环绕，南北各有平房两间，两房之间另有小天井，明亮宽敞，通达顺畅。祠内辟有"双公忧乐情"展览，还有岳阳楼的历史变迁，各个展室图文说明详尽，辅以蜡像、音像等情景再现，岳阳楼一部书，就这样在洞庭湖的涛声中翻开历史的画卷。

踏青君山岛

登临岳阳楼，只见洞庭湖浩浩汤汤，横无际涯，烟波千里，水天一色。遥望水云天际间，隐隐浮出一方翡翠，那便是君山岛。一螺小岛，七十二峰，绾结如髻，披浪若飘，恰似仙女出浴，对镜梳妆。正是：遥望洞庭山水翠，白银盘里一青螺。淡扫明湖开玉镜,丹青画出是君山。风吹楚水光摇汉,浪飐君山翠入城。好诗。好景。青翠的君山,怎不令人心旷神怡、心驰神往?

春雨惊春清谷天,一路穿过铺满金黄色油菜花儿的田野,前往君山踏青,漫山竹发新枝,满园茶吐雀舌,正是赏竹、品茶的好光景,最能踏出那如诗如画如歌如风的青青翠绿来。

唐代高骈有诗云:"帝舜南巡去不还,二妃幽怨云水间。当时珠泪垂多少?直到如今竹尚斑。"君山声名远播,始于"斑竹一枝千滴泪"的美丽传说。相传四千多年前,舜帝南巡,不幸死于九嶷山下。他的两个爱妃娥皇、女英奔丧,船到洞庭被风浪打翻,湖上漂来七十二只青螺,聚成君山将她们托起。二妃南望茫茫湖水,扶竹痛哭,血泪染竹成斑,后人称为湘妃竹。从君山东麓登陆,抬头可见二妃墓掩映在簇簇斑竹丛中。一方青石墓碑,上刻"虞帝二妃之墓"。两侧麻石联柱,为清代湘军名将彭玉麟在清光绪七年(1881)重修现存的二妃墓时所撰:"君妃二魄芳千古,山竹诸斑泪一人。"扶竹思幽古,焚香吊芳魂。离墓地不远的北侧,建有湘妃祠,香火极旺。据《史记》载,当年威赫的秦始皇过洞庭湖,船近湘妃祠,忽然狂风大作,几不得渡。秦始皇大怒,派刑徒三千人伐尽君山岛上的竹木,赭其山,并在临湖岸石上盖下"封山印"。谁知野火烧不尽,春风吹又生,花草林木争奇斗艳,君山绿岛万古长青。若有知己好友同行,只管离开那车道游路,径直往那密林深处去。茂林修竹,自多有情趣。"未出土时先有节,待到凌云更虚心。"踏青赏竹,方可寻得游览君山的真趣味。那满山翠竹,亭亭玉立,枝嫩叶新,青翠欲滴。除黄绿枝节紫褐斑痕的斑竹之外,还有袒肚露腹的罗汉竹、棱角方正的四方竹、节纹龟裂的龟背竹、喇叭形状的圣音竹,还有梅花竹、实心水竹、连理竹等等十几种奇竹,叫你如何寻访得来?

君山峰峦叠翠,海拔四十有余高,方圆一平方公里,四面环水,风清日丽,气候温和,雨量充沛,冬春雾罩,夏秋云蒸,天生一处神仙福地。坐拥青山绿野，面对湖光帆影，且歇脚把盏喝杯茶去。君山茶非比寻常，盛名于唐，始贡于五代。清乾隆皇帝下诏，岁贡亦不过十八斤。每一斤君山极品银针茶，约要采摘两万五千个鲜嫩芽头，号称“金镶玉”，一九五六年莱比锡国际博览会上得过金奖，真正贵于黄金。清人曾有一首《洞庭竹枝词》咏道：“雨前雨后采茶忙，嫩绿新抽一寸香。十二碧峰春色好，一时收取入筠筐。”君山银针采摘，一般开始于清明前三天，从茶树上拣采嫩鲜毛茸茸的芽头，盛茶篮内衬有白布呵护。君山银针制作工艺精细而又别具一格，分杀青、摊凉、初烘、初包、复烘、摊凉、复包、足火八道工序。历时三昼夜，长达七十多个小时之久。精制出来的君山银针茶，芽头肥壮，紧实挺直。芽身金黄，满披银毫。须用洁净透明的玻璃杯，取山泉烧沸冲泡。一贯冲盈至大半杯，杯空约三分之一，迅即盖上杯盖。热气蒸腾，初始芽尖朝上、蒂头下垂而悬浮于水面，随后缓缓降落，竖立于杯底。忽升忽降，蔚为有趣，最多可达到三次，故有“三起三落”之称。最后竖沉于杯底，如刀枪林立，似群笋破土，芽光水色，浑然一体，堆绿叠翠，妙趣横生。君山的满湖春色，便随着微微一撮茶叶热气腾腾地泄入杯中。先闻其清香，饱以眼福，尚未入口，便引人入胜，神清气爽。汤色橙黄明净，底叶嫩黄匀亮。如此龙泉玉液，万万不可牛饮。奉杯近鼻，闻香知味，轻吹清气，啜饮品咂，顿觉香气清纯，滋味甜爽，沁人肺腑，满颊留香。

踏青君山岛，青翠迷眼，清香醉人，酒不醉人花醉人。初春时节，君山岛上开着一种黄色的小花，香似酒浓，其名酒香花。

秋叶落洞庭

袅袅兮秋风，洞庭波兮木叶下。秋风骤起吹过湖面，一阵紧似一阵，一阵凉似一阵，无形的声浪窸窸窣窣穿越湖岸的旱柳林，片片黄叶在枝头偃伏颤抖，终是挣脱羁绊，化作一只只飘飞的蝴蝶，缤纷摇落划过略显阴沉的空间，泛起短暂而暗淡的光芒，回归寂静的泥土，或随流水而逝。只一叶飘零，轮回的凋零，便似燎原星火，足以点亮行吟泽畔那双枯槁的眼睛，仰天数声长啸，将洞庭袅袅秋波攥捏成千古诵唱的诗句。

看那秋凉，趁着夜幕悄无声息凝化露珠点点，亮晶晶垂挂芦花穗尖，滴落，滴落，长剑似的叶片微微抖颤，将一脉清寒悉数收入叶鞘，顺着挺拔直立的茎秆往下流，往下渗，渗入骨髓。紫褐或淡绿的花序，渐渐张扬开来，无数灰白的禅帚，随秋风号令摇曳起舞。绿岛一般浮在水面的芦苇荡，眨眼之间整整齐齐换上黄绿色的秋装，一副成熟的模样，待收割季节的到来。团团围困淹齐半腰高的湖水，听从大自然的调遣，匆匆忙忙收兵撤退，丢下满阵枯枝败叶。芦苇丛林的淹没线显露出来，夏与秋的分界，齐平无阿，挺水的枝叶青葱翠碧，沉脚的茎秆泥污水渍，刻录下夏水消退秋风替临的脚印。

“落樵”，浅水滩，内湖，泥沼，湿地，干洲，伴随湖水的渐渐退落而转换，年复一年，就这样轮流交替。湖泽的洞庭被洲滩分割成纷乱的河网，或说是河网串联起洲滩的洞庭，两丈多高的水位落差，给洞庭湖带来多样的地理形态。偌大的洞庭湖不再是水泠泠的青春容貌，皮肤黝黑筋脉毕露更像被湖风吹老的湖民。湖民以湖为生，渔民、樵民、牧民，还有猎民，纷纷将劳作的场所从湖泽河港转向泥深草乱的湖洲，洞庭湖最为繁忙而丰饶的季节。湖水与洲滩本为一体，叫它们如何分割？水与洲，船舱或茅棚，水上漂泊也好，栖身洲岸亦罢，洞庭湖子民从来没有离开过母亲的胸怀。春去水涨洲没，秋来水落洲浮，水与洲的进退交替生生不息，赤脚与赤体，踏歌律动的生命脉搏，将无边无尽的悲喜忧乐写满广袤而沧桑的洞庭湖。

高地上的苇洲露出水面，割苇的樵夫最是性急，荡起划子摇进芦苇林中的沟港，就像隐入高墙夹砌的幽深小巷。两边滩涂烂泥稀深，稍有不慎落入泥潭，稀则齐腰，深可没顶。樵夫嚓嚓嚓抄起苇刀，割倒一片芦苇，东倒西歪密密铺垫，溜滑滑踩踏出一条金黄色的草径，穿过泥脚的芦苇林，朝湖洲高端延伸。野生的芦苇林，还有个头略矮的南荻，或是身材更为单瘦的紫芒，它们长相非常相似，密密匝匝，相伴相依，挺直身杆将长的短的圆锥花序只顾往天上弹。藤本的野毛扁豆、鸡矢藤、奶浆藤，还有胶股蓝，牵扯起枝枝蔓蔓、缠缠绵绵攀爬上芦苇茎秆，企图撑起庞大的乱蓬丛。樵夫手起刀落，刀拖苇倒，顺势推压蓬乱的苇柴，浆汁沾满手掌，一股鸡屎臭夹杂在草青气味中特别刺鼻。哦，割断了鸡屎藤。开樵山的先锋，栖身窝棚，挡风避雨是芦苇，铺地架床是芦苇，极像钻进衔取芦苇织就的鸟巢。从踏上苇洲的第一行脚印开始，樵夫弯曲的锋利苇刀会不停歇地挥舞，抢在冬枯前放倒每一片苇林，一捆挨一捆整整齐齐躺卧在洲滩上，他们还得抢在翌年桃花汛到来之前，将堆积如山的芦柴抢运上岸。在过去漫长的岁月里，每一户人家的炊烟，每一段湖堤的防汛，野贱的芦柴是湖区不可或缺的必需品。无论是生存的火焰，还是同样为了生存的抗洪，原始的物质力量竟然都来自水与洲养育的纤纤植物，大自然的馈赠默然无言，却隐含丰富而永恒的真理。

湖水退归洪道，河道两岸洲滩完全裸露出来，狭长的洲浃上，暗褐色的灌木丛随着缓坡的起伏突然隆起，如同团团云朵飘落湖洲，排列狭长的云带，与壁立的南荻、芦苇形成鲜明对比。川三蕊柳，一种生命力顽强的杨柳，能够忍受两至五个月长时间的季节性积水，它是湖洲上唯一的灌木丛，如果不砍伐，它会长成六至十米高的乔木。可它的用处实在太多，作柴火比芦苇耐烧，更好的用途是柳条编织，光滑的枝条编成挑筐、提篮，无异于精美的工艺品。秋冬砍伐后，来年春天萌发枝条，花序与嫩叶同时绽开，抢在洪水淹没前完成生命的繁衍。川三蕊柳撑起一丈来高的灌木丛，修长的枝条召唤割柳人，割柳人行色匆匆，无暇顾及踏过的植被。虉草、牛鞭草、蒌蒿、田边菊、水芹、辣蓼，它们总是牵扯着裤腿发出摩擦声，踩倒的草丛下边，水田碎米荠、早熟禾、通泉草、苦菜，它们躲藏在底层，填补泥滩上剩余的空隙。黑水牛成群结队朝湖洲中央进发，慢腾腾地边走边吃，一路吃得肚子圆圆鼓鼓，舌头卷食湖草的嚓嚓声，平添几分湖洲的寂静。

嘎——嘎——嘎——湖空传来欢快的鸣叫，洞庭湖洲的寂静终于被打破了。寻嘎声望去，一个大写的“人”字移近，从北边的天幕移近，移近的黑点拉成一只只展翅的大雁，“人”字队列在头顶上变幻，眼看两边拉齐变成“一”字，另一只领头雁冒了尖，将雁字又拉成人形，大雁变回黑点，渐渐消失，将粗犷而嘹亮的鸣声播撒在苍茫的云天。大雁归来，秋天真的来了！

观鸟谱

鹭鸶

雪衣雪发青玉嘴，群捕鱼儿溪影中。唐人杜牧曾这样描述鹭鸶。

鹭鸶如此优雅，优雅的气质堪称贵族，比如高贵、大方、从容、优美、平静、温和。与鹭鸶相逢，我凝望着洁白的羽纤，上下轻盈振摆的翅膀。它的单飞，成对，或"人"字行列，双翅温柔扇舞总是那么缓慢有力，恰如轻松愉快的漫游，满含自然飞越空间的沉着。细察翅羽紧夹的鸟体，体形完美无比，尖嘴的头部，并伸的双脚，从头到脚的安宁的姿态，就连广阔深沉、灵活快捷的观察目光，亦无任何瑕疵。贵族的修养，鹭鸶与生俱来，献给人类灵魂的启迪，天生或自究，心灵深处回归自然的感慨。

每年十一月份，西伯利亚寒潮从遥远的天空南下，成千上万的候鸟飞来越冬。若冬季去洞庭湖观鸟，平坦的浅滩湿地上白色的堆积物随处可见，目光在临近时对望，白鹭坚守湖边浅滩，就像一把拉开云幕广阔的水域舞台，纯粹的白色羽毛，强盛的种族体态，无可争议的鹭鸶主力，白鹭借助空飞与停歇，其从容的动态，在水天大地留下鹭鸶群体的多样化标志，将观赏的目光与心绪,随着白羽的潇潇洒洒而轻盈、宁静。

游客有缘,或许能与湖泊上百种鸟类相逢,唯有白鹭成为诱惑观感的舞者。

白鹭喜欢在沼泽浅滩涉水觅食，它的工作地带比较稳定。一旦与人相逢,常会立身抬头,呆呆地站立不动,静静地与人相望。它的庞大体形洁白明亮,雪羽衣衫足够引人注目。那黄色的尖嘴巴,与踏入水草的两只长脚杆的颜色相呼应,从头到脚将全身雪白的羽毛照亮,一派宁静纯洁的感人风貌。尤其它细长的弯颈,弯曲驱伸的长颈,似乎比腹部更细长,挑鼓起肥胖厚实的体态,从宽背伏盖尾部,直抵合拢的翅膀,稀密地悬空拉长。你的离远相隔,或是平和相遇,如果能让机灵的鹭鸟保持安全的观感,白鹭会在沼泽浅滩觅食捕捉鱼、虾、蛙、蟹,水草中这类结伴游走的小巧动物,白鹭伏头伸颈迅猛啄食的动作,这才显露了它的快捷。像人生的不懈追求或宁静致远,白鹭飞行的缓慢,观望的宁静,这种最常见的涉禽,将美丽的生态从开阔的湖泊悄然展示，带给观者轻松愉快的享受，忘我地融化于自然的天地景色之中。

似乎向人类致敬,白鹭大小各异的种群,它们各自的婀娜体态其实极易撩拨你的心房。大白鹭,全长九十五厘米,喜欢单独或结小群与其他鹭类混群,它的长体壮形在群中显然堪称老大。中白鹭,全长六十八厘米,比大白鹭小多了,与偏小的白鹭差不多。小白鹭,全长六十一厘米,通称白鹭,从来没有人说它小。中白鹭与白鹭的明显区别,据说不在于相似的黑嘴尖,而是脚趾的色彩。中白鹭趾是黑色,白鹭趾是黄绿色。我不知道,它们趾踏实地或是并合高飞的时候,究竟如何认清它们的身份呢?

据观鸟指南的解说,鹭呆望的习性,通常更多地表现在温暖的夏季。夏季天热,白鹭修饰美丽的长发,同时生长出稀飘的蓑羽。细长的蓑羽,大白鹭生长在胸、肩和下背,中白鹭亦生长背和胸部,白鹭除了前颈和背部的蓑羽,它更美丽的长羽便在枕部,两条细长的饰羽,极容易观察。这类夏季的修饰遮盖,到冬季全部会脱落,就连嘴与眼先部位也会由黑色变黄。冬季的变色,当白鹭初返洞庭湖,偶尔也能够看到。

大白鹭

湖畔最容易看见的鸟儿,非大白鹭莫属。它体形庞大,颜色雪白,在水边或草地很醒目,老远便能望见。成鸟全身乳白色,嘴巴黑色,头有短小羽冠,肩及肩间生着一丛长蓑羽,一直向后伸展,通常超过尾羽尖端十多厘米,在风中可以看到蓑羽轻而淡地飘逸着。当然,你只能远远地望上几眼,大白鹭非常警惕,尽管它似乎闭着眼睛在对面打瞌睡,你如果停下来盯住它看,或是试图直奔近前,它便会抖开翅膀飞走,悻悻地丢给你一脸的无趣。

不知什么原因,大白鹭总是以孤独寂寞的形象示人。虽说常见与鹤鹭及鸻鹬等混在一起,众多的水鸟聚集在同一片水域,它们从来不会成为伙伴,彼此各站各的位置,哪怕沿同一条岸线呈一字排开。大白鹭每天总会拿出相当多的时光呆呆地站立,像哨兵坚守岗位,一动不动,接连几个小时冥思苦想,仿佛有满腹愁苦总想不通而又不愿诉说。

大白鹭天生慢性子,步行时长颈收缩成 S 形,动作缓慢而优雅。大白鹭在浅水滩踱着闲步,它提腿、迈步、涉水、觅食,总是那么有板有眼从容不迫,踏踏实实地在稀泥或浅水中移动。或许它个子高,嘴喙长,它善于利用自身的优势,具备艺高胆大的良好素养,总是能够自如地应付一切,不用着急。发现鱼儿从它身旁游过,稍微伸出长脖子一啄,猎物便会被横夹在长喙之中。我不知道它的长颈上那个独特的扭结会起什么作用, 但它那看似轻缓而迅捷有力的出击,必定会是那个扭结在富有弹性的爆发。不仅如此,它仰脖子吞咽的节奏恰到好处,鱼食一定是活泼泼地自己往胃里钻,费不着它什么气力。

大白鹭眼睛细小,除非借助望远镜,你无法与它对视。但你的一举一动,甚至你心理上的细微变化,我猜想它都能敏感地察觉到。在惊飞之前,它会试图保持镇定,只是略微加快提脚的频率。当它确认安全受到威胁,身子前倾展翅起飞,飞时颈弯曲,脚向后伸直,超过尾部。宽阔的白翅膀,依然缓缓扇动,懒洋洋划出一道弧线朝远处降落,或升往高空,温情款款地与你 bye-bye。

凤头麦鸡

“唧——”一声拖长的鼻音从水边划过,两只鸟儿牵引我的视线,翩然翻落在不远处的水滨。

知道它的名字叫凤头麦鸡,见过一次就不会忘记了。它那反翻型的凤头实在是太有印象了, 细长而向前反曲的黑色羽冠, 像后脑勺拖着一根翘辫子,蹦蹦跳跳。上体是绿黑色,在太阳的照耀下泛着金属光泽,令人极易发现它的踪影。头顶色深,耳羽黑色,头侧及喉部一片污白,黑胸连接白色的腹部,撑开一双橙褐色的细长腿脚。它不太惧人,经常出没在水滨、滩地、沼泽、苇塘、田间,归属涉禽的鸻类,有人给它取了个很贴切的爱称:小辫鸻。

凤头麦鸡通常成双成对出没,或是一大群集体活动,它飞来落地,就像刚刚学步的顽皮小孩,喜欢疾走跳跃,一刻也不安宁,以连续跳飞的方式跑遍整个地段。长尖嘴这儿翻翻,那儿啄啄,寻找植物种子、蚯蚓、蜗牛、昆虫来填饱肚子。所以,当你看到凤头麦鸡突然振翅离你而去,并不代表它有什么不高兴,或是受到了惊吓,它天性如此好动,或许这正是它幸福生活的表达方式。

布封说,这种鸟儿非常快活,总是动来动去,喜欢嬉戏,在空中能飞出千百种样子来,无论摆出什么姿势,都能坚持好一会儿,甚至腹部朝上,或者侧着身子,翅膀上下成垂直状,翻飞腾跃,再也没有比它飞得更为敏捷的鸟儿了。

黑水鸡

僻静的冬水荷塘,初看起来没有什么异样。残荷东歪西斜,枯茎装腔作势试图把荷叶撑起来,无奈季节到了自身不济,荷叶呈覆盆状倒扣水面,水面明亮如镜,重重叠叠的倒影乱成一片,令人眼花目眩。荷塘四围生长着芦苇,高高的芦苇亦是枯萎的灰色,黄色的长穗在风中旗帜般抖动,飞花带走了果实,如同弃巢一般。旗杆上数片偶尔留下的狭长剑叶,亦如流苏瑟瑟扬扬,借助风的吹拂搅动荷塘的空荡。

涟漪荡漾将平静的水面剪开波纹,咦,荷塘中有动物。我迅捷地靠近前去,哦,水禽,一家子大约有七八只,黑黑的羽毛,脑壳像鸡,游水的形态像鸭,游到明亮的开阔处,看得见鲜红色的嘴额,两肋有白色细纹组成的线条,尾巴上翘,尾下亦有白斑块,越发显得通体黑亮,透出暗绿色的光泽。黑水鸡,秧鸡科水鸟中常见的一种。喜欢栖息在有树木或芦苇遮蔽的水域,善于游泳和潜水,游水时尖尾巴频频摆动,亦如鹅鸭一样倒翻筋斗入水觅食。如果潜入水中,可以潜上十几米才浮出水面。食物以水生的软体动物或是昆虫为主,附带啄食植物的嫩叶与根茎,遇上小鱼小虾,它们当然不会放过到嘴的美味。

黑水鸡忙碌觅食,似乎心满意足,它开始梳理羽毛。初升的太阳光芒照耀,沼泽池塘明镜铺陈,水中央尺版大小的泥堆杂枝,暂作尽兴表演的水上舞台。

黑水鸡的栖息地,通常选择在宁静的芦苇荡,或是长满挺水植物的淡水湿地、沼泽、湖泊,又或是乡村水库、苇塘、水渠,甚至是夏秋季节的水稻田。成双并对的黑水鸡,从来不喜欢开阔热闹的场所,说明它的生存方式,依然承袭了千百年来世代相传的生活习性，如同独居乡野的寻常仙客，淡泊明志，宁静致远，令人欣赏羡慕不已。人们将黑水鸡属种划归鹤形目、秧鸡科，其实从本质特征分析，它似乎信守鸡犬相闻，老死不相往来的信条，与农耕社会的超逸情怀极为相似，有着当今社会现代喧尘腾漫之境的难得。

黑水鸡相貌像鸡，黄色尖嘴温和，红色嘴基和额甲相连挺突，像家鸡高耸的羽冠一般醒目，初看以为中等体形的母鸡野外觅食，全长大约三十厘米，金鸡独立于水中央，称心如意地梳理羽毛。旭日刚刚爬上一丈多高，斜斜地映照水面，波光倒影迷蒙。沼泽草池仿佛一片森林河野，茭笋歪枝枯叶高撑零乱，如同枯残的老树昏丫垂守池边。青翠的水挺植物生机盎然，恰似茂盛的绿林草丛，妆点大片的平原茫野。积水池塘深不可测，盘旋弯曲的洲滩与河流水陆争胜，睡莲、菱角，还有许多叫不出名字的浮水植物，圆圆点点如星空中云影倒映，入池河道悄无声息地化作宁静的沼泽，往昔的溪河不知几时成为黑水鸡喜爱的家园。

鸟类与家鸡通常会趁饱乐之余，抓紧时机擦亮被劳累磨伤的羽体。黑水鸡的表现特别神奇，它独立于枯枝烂泥的池中浮岛，瞧它爪爬脚踏稳操胜券的自信派头，似乎充满安居的无限底气。黑水鸡当然体黑，头部、颈部、上背及下体灰黑色，下背和双翅淡现橄榄褐色，中间夹杂白色羽喙，黑尾巴的两侧白色覆羽跳舞，当嘴喙伸啄羽根、翅夹、肉背，或是肚皮，乌亮的体态恰似旗帜翻鼓，靓丽的羽衣迎风起舞于天下。擅长游走潜行的黑水鸡，就这样勇登水上舞台，光芒四射地表演芭蕾独舞的高贵。难得的机会，能够观赏到涉禽它的腿脚蹼爪的美丽。肥胖的黑腿膀，裸露的胫上部锁扣鲜红的环带，粗壮的蹱部板绿色包裹鼓胀，黄褐色跗蹠特别有劲。或许长期野外觅食的缘故，黑水鸡的爪子比家鸡更长，中趾约与跗蹠相等，趾部狭窄的直缘膜与蹼，尖爪灵巧地轻便跳踏抓捕，非常稳健地夹立在泥滩杂草，盘守于水中央，不惜施展武功，舞翅啄嘴地享受休闲体练的惬意。河野晨曦斜照，如此清爽地享受美好时光。

尽管有芦苇作屏障，我仍然会选择开阔的空间观察，并想将它们的倩影拷贝，作为与其相遇的美好记忆。看来黑水鸡胆小害羞，我的脚步在东边踏响，塘边的枯叶声响早将我的行踪暴露无遗，黑水鸡们便朝西边游去，横过远处的枯荷叶丛，钻进浓密的水草之中。我退下来，绕过荷塘，试图从另一边接近它们。当我再次踏上塘坎边，它们早已转移到荷塘中央，划起的水浪在残荷的阻隔吸纳之下很快消散。

黑水鸡的羽色融入周围的光影之中，斑驳零乱，成了极好的伪装，加上荷叶遮盖的掩藏，想要捕捉到它们清晰的身影，还真是一件困难的事情。时间不允许，我变得不耐烦了，决计不再顾及什么，索性径直冲上塘坎，端起照相机对准它们一顿乱拍。它们显然被这突如其来的变故吓着了，振起双翅啪啪地飞起来，响声与浪痕低低地划过水面，它们悉数钻进对面的芦苇丛中，不再动弹。我知道，黑水鸡除了迁徙季节，它们其实并不是擅长飞行的水鸟。感觉安全受到威胁时，它们会尽快钻进草丛中藏匿起来。只有遭受特别的惊吓，它们才会拍打着翅膀，紧贴水面低飞，以期更快地找到藏身之处。如果真的要远走高飞逃走，它们得有开阔水面，助跑相当长的距离才行。

这一下弄得我有点不好意思，对不起，打扰了，黑水鸡。我幡然醒悟，放弃追星族般的纠缠举动，从塘坎边退下来，故意一阵小跑离开荷塘。我想让黑水鸡清晰地听到我远离的脚步声，把一片安宁还给它们，这儿本是它们越冬的乐园。

灰　鹤

灰鹤属大型涉禽，体型高大，远远便能望见。我看得出，这是一家三口，它们的舞步并不轻松，如果不是取食的需要，灰鹤不会离人群这么近。好在有一道约两百米宽的壕沟,阻隔人的前进的脚步,增加了灰鹤的安全系数。我不知道灰鹤的起飞距离如何计算,但我知道,灰鹤在迁徙和觅食时虽然会到农田歇脚,但它过夜绝对不与人为邻,一定会选择水面开阔的洲滩。

就像白鹤姓白,灰鹤姓灰,灰色鹤当然不是灰得一尘不染,你瞧,它的前顶冠黑色,眼睛后边有一道宽宽的白色条纹,穿过耳羽延伸到后枕,再沿颈部向下到上背。头和颈部的灰色深,呈深青灰色,比体羽的铁灰色更为深沉。灰鹤的尾羽弯曲下垂,像扎着马尾巴的女人发式,走起路来跳跳晃晃。初级飞羽、次级飞羽端部、尾羽端部和尾上覆羽为黑色,三级飞羽却是灰色,先端略黑,且延长弯曲呈弓状,其羽端的羽枝分离成毛发状,看起来与时髦女人染发的飘彩差不多,意在吸引更多的回头率。

我之所以断定眼前是幸福的三口之家,除了体型明显两大一小,双筒望远镜看得更清楚,居后的小个子没有生长出下垂的内侧飞羽,像条平头的秃尾巴。它紧随父母身旁,偶有脱离便会加紧追上去。那天下午我守望半个多小时,它们始终没有离开我的视线。对于我的出现,它们抬头张望,先是怔怔地站在一起,似乎在商量对策,更像在观察我的举动,是否会对它们的安全带来威胁。我在水边一块石头上安静地坐下来,不再有大的动作。它们终于放心了,沿着湖洲朝我的左边方向行走,俯下身子低头觅食,身子平倾时,它的长颈便会弯曲成 S 状态倒下去。灰鹤的食性较杂,以植物为主,包括根、茎、叶、果实和种子,它能利用新的生境并适应不同生境中的不同食物,从水生植物、谷粒和种子到小型无脊椎动物,比如洞庭湖常见的中华田螺。灰鹤喜食芦苇的根和叶,洞庭湖洲上多。湖洲上找不到吃的,比如遇上冰雪和洪涝灾害,便会飞入农田,吃吃萝卜、白菜、菠菜、冬小麦。灰鹤喜欢在湖洲的烂泥中挖掘,它在寻找一种最喜欢吃的植物根茎,学名叫作荆三棱,比荸荠略小,外壳包裹着黑皮像个毛芋头。

低头觅食的灰精灵在水一方,我起身悄然离去,它们受到惊扰,不约而同地停止觅食,背朝我怔怔地站立,做好随时起飞的准备。这个变故反倒让我停了下来,再次举起相机抓拍。灰鹤显然误解了我的举动,它们抖开双翅,上举呈V形,下扇呈弧状,蹬直双脚离地起飞,平展翅膀滑翔一段距离,落脚在离我更远的纵深处, 就在它们收起翅膀的刹那, 我抓拍到双翅铺展呈M形状的优美姿态。记得曾有五只灰鹤,列阵从我的头顶低飞掠过,它们的头与脚伸成一条直线,双翼并不扇动,灰底黑边平平整整铺开,就像高飞的风筝,黑色的初级飞羽强有力地分叉张开,只听得"嘎——嘎——"数声鸣叫,如同清亮的号角声在湖空震荡,果然鹤鸣四野,我心飞翔。

洞庭湖水族

针嘴鱼:洞庭金枪

针嘴鱼,依名字推想,鱼嘴上有针。尖针半寸来长,直挺挺从下颌刺出,柳叶儿长短的小鱼,便拥有极具挑衅力的锋利。针嘴鱼体形细长,脑壳大,鳃盖宽,厚背脊蓝绿,扁体侧银白,侧身各有一条细长的鳞带沿脊线纵贯,鳞片极易脱落。它的胸鳍偏宽,腹鳍偏小,臀鳍与背鳍相对应,前陡而后缓地拉长,一直拉到接近尾部,短尾鳍开叉,鱼尾摇摆起来产生极大的推进力量,游走速度极快。尖嘴,流体,尾羽,加上重心前靠,完美的飞箭形态。即便是一条淡干针嘴鱼躺在手掌心,我仍然感觉到它的机敏,像一支夺命暗器,散发出剑刃的寒光,仿佛只要听得水响,它会像金枪一样射向目标,找回它闯荡江湖的日子。

弄清它的家世与特性,颇费周折,我上网搜索,针嘴鱼的图像与文字都是热带海鱼,显然不是生活在江湖淡水的小家伙。请教学水产的朋友,他说针嘴鱼学名鱵鱼,别名箴鱼、针鱼、针扎鱼、单针鱼,栖息于浅海、河口,有时亦入淡水中,分布在我国沿海和长江等各大河流中。这就对了,洞庭湖中的针嘴鱼,便是溯长江而来。

针嘴鱼的奇特,还说它的针嘴。很不起眼的小鱼,大脑壳大眼睛,针与嘴的长度接近体长的三分之一。三角形嘴巴,开口在脑壳上位,上颌短,下颌长,像一张没有长齐的黄口鸟嘴。下颌从鳃部斜挑上去,如同枪托一般,顶尖延伸出坚硬的针状喙,动物学上称作“半喙”。依我的推测,光靠半喙应当无法啄食,即便用它像牙签挑剔螺蚌的肉,针嘴鱼也无法将穿针的食物送入嘴巴里。大自然稀奇古怪的进化,总有它的因果,我们暂且不管它。试想,一条柳叶儿长短的小鱼,自海口溯长江而入洞庭,每年如此长征,如此洄游,它拥有一杆护身的枪刺,显然是大自然公平的恩赐。既如是,针嘴鱼把所向披靡的利器顶在脑门上,提醒人类应当更加宽厚仁和。

每当夏季来临,洞庭湖风生水起。混浊的长江水从北边四口灌注而入,与南来的三湘四水相汇,借城陵矶形成顶托之势,洞庭湖烟波浩渺,进入一年一度的高水期。烈日当空烤晒,水汽弥漫蒸腾,冷热气流在湖空对峙厮杀,积雨云飘飘荡荡,从事耕云播雨的勾当。所有的生命——飞翔的鸟、游弋的鱼、芦苇、莲荷、菱角、芡实,还有那些微不足道的浮游生物、飞的爬的小小虫子,感应着洞庭湖躁动的生命韵律,潜藏于基因的承传,召唤无数生命义无反顾地扑向洞庭湖的胸怀。浩浩荡荡的洄游鱼群中,成千上万的针嘴鱼,挺着乌黑的枪刺,雄赳赳气昂昂,担当开路先锋的角色,形成最早的渔汛。太阳的光芒射入湖水,化作千万支银箭,随着波浪的起伏而跃动,何等英武的气势!

平常的日子,针嘴鱼以吞食浮游生物为生,偶尔打打牙祭,捕食细小的昆虫。七、八月份高水季节,洪水淹没洲滩,湖草丛、芦苇丛中的昆虫纷纷出逃,经不住湖风或是暴雨的清剿,终是无法逃离四望无际的水国,肉质的蠓蚊、骨质的甲虫,如秋风落叶般地漂浮在水面上,成为针嘴鱼的首选菜谱。毕竟是结队洄游的大迁徙行动,针嘴鱼太需要补充能量。不时有针嘴鱼跃出水面，划出一道道短促而优美的弧线，追捕在水面扑腾的蠓虫。我相信，针嘴鱼或许会像啄木鸟寻找虫子一样，用长针敲击水中的芦苇秆，翻搅浅滩水流的草根，将猎物驱赶落水，聚而围歼。

红嘴鸥最早发现针嘴鱼集聚的行踪，渔民称为江鹰子的精灵，咯咯地鸣叫着呼朋唤伴，一起追逐鱼群。它们盘旋飞行，纷纷从空中飞投捕食，抑或干脆漂浮水面守株待兔，欢快地享受难得的盛宴。针嘴鱼群快速翻滚，千万支银箭一齐从水中迸发。红嘴鸥从空中翩然而降，鱼群骤然受惊，纷纷恐慌地奔逃。这份恐慌的传递如此之迅捷而有节奏，如同暴风雨扑打湖面，噼噼啪啪的水浪，扬起银光一路翻滚远去。或许正是这份恐惧的记忆，刻入遗传基因，成为针嘴鱼生存的本能，使针嘴鱼与天敌的强势攻击抗衡，年复一年将渔汛带入水天相连的洞庭湖。

渔汛牵动着风网船的帆篷，乌黑的帆篷带着希望升上桅杆。洞庭湖风网船，一种双桅船，船长二十多米，主桅高与船体长相当，头桅略矮，灵活地调整双帆与风向的夹角，可以跑八面风。风高浪急，水阔天低，得抢在幼鱼洄游入江之前，在洞庭湖将鱼崽们拦截入舱，两个月高水期，通常会占全年渔获的一半。捕捞针嘴鱼，黄金期只有短短的一个来月，这就是渔汛啊！

针嘴鱼常年生活在浅水与水面，特别喜欢温热的阳光。太阳升起的时候，湖面波光粼粼，光怪陆离中，针嘴鱼群亢奋地追潮逐浪，尖尖的嘴吻探出水面，贪婪地吸吮阳光的温热。一排长浪涌来，鱼群复翔入水中，骤然短箭乱穿，一团光影千变万幻在湖中翻涌。两条风网船并排驶来，双桅上的黑色帆篷呈八字形排开，顺风又顺水，开起叉脚扯直走，渔民心里有说不出多舒畅。两船相距大约两百米，高高的主桅尖顶上，一根粗绳拖挂而下，将两船联结起来。仔细查看，大拇指粗的拉绳插满羽毛，一根根乌亮的羽毛，缠在绳上，在湖风中呼呼转响。拉绳将网网拉出水面，水下有渔网，双船对拖，张开八字形廊口，网宽十八米长，专门用来捕捞湖面浅层的浮头鱼，俗称中高网。外人无法想象，渔民捕捞针嘴鱼的秘密，竟然会是那根系在桅杆顶尖的拉网绳。麻绳本普通平常，渔民下过手脚，每隔尺把远的距离，绞插一根大雁翅膀上的羽毛，轮流交叉对插，拉网绳变成长满羽毛的毛绳。毛绳高挂两船的桅杆顶尖，呈八字形悬空拖曳起来，羽毛的阴影被阳光投映两船中间的水面。前面说过，红嘴鸥扑食的身影，会使针嘴鱼群受惊。两边毛绳长长的羽影，便成了吆鱼的工具，驱赶着针嘴鱼争先恐后，本能地从两边往中央逃逸。来不及反应，快速行进的拖网张口以待，将成堆的鱼团悉数裹入网中。就这样顺风顺水地航行，渐渐地渔网越来越沉，和着阳光起网，针嘴鱼鳞光闪闪倾泻入舱，一网上千斤。

红嘴鸥穿越阳光与浪尖，如同护航的忠诚卫士，紧随船尾上下翻飞。

银鱼：白玉银簪

琥珀色的洞庭湖水中，似有什么东西在游荡，时隐时现，若有若无。说有吧，水色并无异样，依然是清亮无碍。说无吧，分明有两粒移动的黑点，浮浮沉沉地随着波浪游移漂荡。捞上来，一抹阳光捧在手掌心，果然是一条小鱼，头扁平，吻尖短，有鳍有尾，全身无鳞，通体透明，看得见玻璃胶状的肠肚在体内蠕动，两只美丽的大眼睛，虽说比黑芝麻粒还小，按鱼脑壳比例，当然是大眼睛，沉在水中唯一的亮点。你来不及细看，像魔咒显灵，眨眨眼，活泼乱蹦的小玻璃鱼就在你手掌心变成银白色，点石成金一般，点鱼成银。

小鱼大号银鱼，生得既白且小，方显其身价。体细长，细到像一根面条，体长只有几寸，尖嘴翘尾的，或许更像女人头上的玉簪。古人命名，注重细微的特征，银鱼便赚下不少雅号：银条鱼、面条鱼、面鱼、王余鱼、鲙残鱼、白小、冰鱼、玻璃鱼、玉簪鱼，听起来一个比一个“小资”。

洞庭湖产鱼三百多种，数银鱼最金贵。

翻阅清光绪《巴陵县志》,物产志中这样记述,巴陵出面条鱼。此鱼惟城陵矶有之。又补充说,面条鱼,即银鱼之大者。君山、艑山者小而佳,其目黑。一年冬夏两季产之。夏水热,不如冬美。可知洞庭湖银鱼有大小之分,出产有夏冬之别。

城陵矶吞吐长江,属银鱼江海洄游的天然通道,银鱼的历史,与洞庭湖一样古老而漫长。鱼类学分述,洞庭湖银鱼有四种:长江银鱼、寡齿短吻银鱼、太湖短吻银鱼、大银鱼。大银鱼顾名思义,体型略大,体长四至五寸。其他银鱼体长一般为二至三寸。短吻银鱼,吻部短而钝,不似长江银鱼、大银鱼吻尖而长。银鱼体型虽小,却是掠食性鱼类,大银鱼长有舌齿,靠吃小鱼、小虾为生,寡齿银鱼少齿,长江银鱼与太湖短吻银鱼没有舌齿。这些细微的区别,构成生物物种的多样性,本是大自然赐给人类的神奇,可惜今人只求科学,不知趣味。

现在我们对洞庭湖银鱼做个有趣的考证。

面条鱼,唯城陵矶有之,无疑是长江银鱼,它们溯长江而来。城陵矶附近水域,为江湖交汇之所,银鱼水涨入湖,水退下江。存在的疑问,每年三、四月间,长江银鱼会洄游到近海的江河口咸淡水中产卵,它是何时溯长江抵达洞庭湖,又从洞庭湖动身,匆忙而准时赶回去产卵呢?这恐怕是一个谜。

大银鱼生存能力强,海水与淡水它都能安然生长,我国沿海和江河中下游及附属湖泊,都能捕到它们。洞庭湖大银鱼来自川江上游,老渔民告诉我一个凄美的故事:春节前后,大雪纷飞,江河冰封,宽阔的水面上,大银鱼开始产卵,洁白的微粒一串接一串,夹在浮冰积雪之间,立马被冰雪包裹,凝成冰凌。卵尽气绝,产卵的亲鱼很快死亡,化作一摊雪水。卵子表面生有一层保护膜,等到春回大地,冰雪消融,大银鱼卵漂浮水面,随着江水下泄,幼苗孵化,发育,成长,游入洞庭湖。为了繁衍后代,借助冰雪来保护无助的漂浮卵,大银鱼不惜在最为寒冷恶劣的季节生产,甚至无所畏惧地奉献出自己的生命。小小银鱼,生命承受之重,值得人类敬畏。

君山、艑山附近水域,洞庭湖的本底湖,最古老的湖泊,所产银鱼为上品。从品种上看,便是太湖短吻银鱼与寡齿短吻银鱼,纯粹的淡水鱼,俗称小银鱼。它们生活在清洁水体的中上层,以浮游动物为食。农历四五月间,它们将卵产在湖边的水草丛中。小银鱼与大银鱼一样,产卵会耗尽体能,即便没有被渔民捕捞出水,同样很快死亡,没有哪一条银鱼能够享受第二个冬春。农历九月份,洞庭湖水落樵,当年生的银鱼开始出水,这便是巴陵县志所载的冬水银鱼,与产卵期所捕捞的夏水银鱼相比,肉肥而细嫩,味道更为鲜美。究其原因,依然是产卵的缘故。李时珍《本草纲目》做了准确的记述:“银鱼,被人尤重小者,曝干以货四方。清明有子,食之甚美;清明后出子瘦,但可作酢腊耳。”渔家的分类,农历四至五月所产的银鱼为化仔鱼,平均只有一寸把长,称为小仔。六至七月捕捞的为中仔鱼,平均约二寸来长。八至九月产的为元气鱼,银鱼成熟了,一冬龄鱼会长到二寸多接近三寸长。

唐代诗人杜甫曾有《白小》诗,将银鱼一生写到了极致。诗说:“白小群分命,天然二寸鱼。细微沾水族,风俗当园蔬。入肆银花乱,倾箱雪片虚。生成犹舍卵,尽取义何如。”杜甫晚年漂泊湖湘,洞庭湖银鱼想必他是尝过的。古往今来,还没有哪一位诗人,像杜甫那样对银鱼情有独钟,知己知音地放声歌唱。

洞庭湖银鱼的来历,民间传说有两个版本。一说是王母娘娘梳妆,不小心将玉簪跌落洞庭湖,化成了最初的一对银鱼。银鱼为了产卵,撞石破肚,不惜牺牲自己的性命。另一个版本,东洞庭湖银鱼渔汛,恰在农历端午节后,来自汨罗江的龙舟水注入,带来满湖银鱼飘香。这在渔民看来可不是巧合,民间传说,端午那天,三闾大夫沉河殉国,汨罗江两岸百姓生怕鱼虾觅食咬坏屈原的尸首,便纷纷将过节吃的糯米粽子投入江水中。白玉般的糯米饭粒,忽然化成一条条白色小鱼,成千上万条聚集在一起,托起屈原遗体顺江而下，护送入洞庭湖。洞庭龙王深受感动，掀湖水倒灌，将屈原尸首归返汨罗江。小小白鱼从此留了下来，在洞庭湖繁衍生息。渔民因其通体雪白银亮，把它看作是品质高洁的屈原化身而来的神鱼。

与来洞庭湖越冬的候鸟一样，银鱼对生存环境异常敏感，种群消长快。水质好银鱼多，形成渔汛，水质发生变化，它便渺无踪影。据旧志载，洞庭湖区各地均产银鱼，清末民初常年产量为一千五百五十担。沅江出产最盛，"每岁销额亦广，湖民以此为生者，十居其半。"《洞庭湖之渔产》有个说法，沅江银鱼为清水鱼，眼为黑色；岳阳银鱼为浑水鱼，眼为红色。其实，银鱼最喜聚集于江湖河口的清、浑水交汇处摄食，比如君山、扁山一带水域，故《巴陵县志》特别补上一笔："其目黑。"物以稀为贵，银鱼干的价格，说起来令人咋舌：旧时便值三块银圆一斤。论身价，清朝乾隆皇帝手上便是贡品。论名声，一九一八年参加过巴拿马国际名产会。中医认为，银鱼味甘，性平，适宜补虚，健胃，益肺，利水，可治脾胃虚弱、肺虚咳嗽等疾患。据现代营养学分析，高蛋白，低脂肪，味道清淡，富含多种微量元素。日本人吃鱼最讲究，称银鱼为鱼中人参。渔民食用，看重的是情义，招待贵客，比如姑爷上船来，才舍得拿出来上桌。

银鱼喜欢清凉，捕捞银鱼，根据季节与天气，确定渔网廊口沉水的深浅。阳光好，湖面水温偏高，银鱼沉下水，铁脚落下点，若是阴雨天，或是落雪打凌，深水冷浸，银鱼就会浮上表层寻求温暖。捕捞银鱼有两种方法，一是拖网，网长二十多米，廊口十多米宽，挂在船尾拖着走。另一种是船侧左右各挂一网，称为跑网。捕捞银鱼不能开快船，只能慢慢悠，悠得银鱼入了网，轻飘飘还察觉不到。银鱼网不是普通的麻织网，苎麻网线粗蛮沉重，银鱼身条细小娇嫩，经受不起。尼龙化纤出现之前，银鱼网是用蚕丝编织，网眼儿织得细密，出水又轻快，又不会损伤银鱼的嫩皮细肉。只一条，网片儿价格昂贵，成本得上千元一副，仿佛是用金丝银线编织而成，这倒完全符合银鱼之尊贵。

近年来长江、洞庭湖银鱼越来越少,终于形不成渔汛了。太湖短吻银鱼与寡齿短吻银鱼定居能力强,它们在一些大中型水库找到了新的家园,人工养殖也获得了成功,银鱼消亡灭种的警报似乎已经解除,洞庭银鱼依然是有名的特产。老渔民上鱼巷子,随手抓起银鱼干捏一捏,就知道它的来历,是洞庭湖产,还是水库银鱼,还是人工养殖的。我想学一招,如何鉴别?江湖银鱼是银白色,水库银鱼是寡白色。老渔民笑,说打了几十年交道,太熟悉了,一闻香味就知道,说不清,你也学不会。

毛花鱼:凤尾飞刀

金灿灿油菜花开,不知是风的遥讯,还是水的传递,毛花鱼千里之外似乎闻到花香,醉晕晕地兴奋起来,成群结队溯江而上,一路上它们很少歇息觅食,尾不停摆地朝母亲湖进发。

如果我告诉你,从长江入海口到洞庭湖口的城陵矶,水路一千三百五十六公里,试想自己是一条毛花鱼,顶着急流,越过险滩,会发生多少神奇的故事,又会遇到多少死亡的威胁。人,或许可以选择绕道与放弃,毛花鱼不会。

毛花鱼,它的正式名字叫鲚鱼,眼睛小,张口斜,鳃孔大,上颌骨游离,向后延伸至胸鳍基部。依据颌的长短,分为长颌鲚与短颌鲚两种。长颌鲚体形较大,长约五至六寸,大的可以长到一尺长。短颌鲚略小,长约二至三寸。洞庭湖渔民称长颌鲚为大毛花,又称马刀鱼,短颌鲚呢,渔民称为小毛花,又称毛叶鱼。称作毛花或毛叶的起因,应当是鱼体狭长扁薄,体背和头部稍带灰黑色,侧面和腹部银白色,全身长有薄而透明的细圆鳞,晒干了就像一片刨木花或是一片毛柳叶。毛花鱼胸鳍前部有六根细长的鳍条,游离呈丝状,末端挨近臀鳍起点,它们在水中荡漾起来,想必极为美丽,或许这是毛花鱼的另一种注解。毛花鱼最显著的特征,我以为在它的臀鳍,它的腹鳍小,臀鳍很长,鳍条在九十根以上,臀鳍基部长度超过体长的一半,与短短的尾鳍相连,外形酷似马刀斜刃,故落得刀鲚的别名。或许嫌马刀过于血腥,反其意而用之,毛花鱼又称凤尾鱼,凤尾飞刀这个称谓,便颇具诗意了。

毛花鱼平时生活在海洋中,长到三岁时,青春期来临,它会以前所未有的速度发育成长起来。春季里万物萌动,基因中蕴藏的生命密码突然释放,成熟的毛花鱼发情,聚集在一起,由海入江,溯江而上,浩浩荡荡地开始伟大而遥远的生殖洄游。长江中下游的每一条支流,与长江相连的湖泊,甚至于长江干流的浅水弯道、流速缓慢的宽阔水面,都会有毛花鱼产卵。受精卵漂浮水的上层,发育孵化。幼鱼以水面的端足类、枝角类、桡足类浮游动物为食,随着江水不费力气地顺流而下,聚集在海口的咸淡水中适应生长环境,成鱼以小鱼小虾为食,第二年游入大海,直到三至四龄,发育成熟了,每年返回出生地的江河湖泊产卵,开始新一轮生命的繁衍。

科学家发现江海洄游鱼类一个秘密:每一条鱼产卵,都会回到它曾度过生命最初阶段的支流或湖泊中去,它们天生认得回到母亲河湖的路,无论多远都不会走错。最初孵育它的那片水域,水中究竟会有哪些特别的元素或因子,在一条鱼身上留下生命的印记,自以为是万物之灵的人类,我们无法体验,也无法破译。

我们所能知道的事实,长江鲚鱼产卵洄游最远的地方,便是洞庭湖。在城陵矶以上的长江干流中,很少发现有鲚鱼。每年四至六月,鲚鱼“涨水顶水走,退水随水下”,在洞庭湖广阔的水域产卵。如果细分,大毛花产卵场主要在东洞庭湖及漉湖和万子湖一带, 小毛花主要分布在南洞庭湖和东洞庭湖的飘尾、华容河口、注滋口、舵杆洲以及西洞庭湖的围堤湖等湖场。总的来说,东洞庭湖的大毛花多于小毛花,南洞庭湖的小毛花多于大毛花。毛花鱼多到什么程度呢?过去毛花鱼的渔获量,占洞庭湖整个渔产的百分之十至十五!

洞庭湖渔民对毛花鱼的厚爱,以神话传说来表达。

传说滕子京重修岳阳楼,巴陵古郡一下聚集数万名工匠,鱼巷子菜价陡涨,春荒时节供不应求,菜蔬断了炊,工匠做事有气无力。有人说是吕洞宾化名回道人,有人说是鲁班亲自担任大班头,见滕太守一心向公,便出手相助,随手从工地上扫起一箩筐刨木花,哗啦啦将刨花全部倒入湖中。眨眼工夫,白花花的毛叶鱼群在湖面游来游去,成千上万条,一网能打上千斤,那几个月里,毛花鱼天天捕天天有,怎么也捕不完,既好吃又便宜,不光工匠不再愁没有菜吃,就连岳州城里的老百姓,纷纷捕来晒成淡干鱼。

直到如今,毛花鱼依然是洞庭湖最便宜的淡干鱼。天晴的日子,往采桑湖与钱粮湖交界的六门闸河口走一趟,湖堤岸摆满晒鱼圆盘。盘里晒着的,除了对剖的大鳜鱼敞开肚板,白里透红地发出诱人的芳香,更多的便是毛花鱼。晒毛花鱼,不必挤破肠肚,不会有苦味,一条完鱼头朝外尾朝内,一条挨一条摆满晒盘，形成一圈圈银色的同心套环，大约五至六斤鲜可以晒一斤干。晒干的淡毛花,细鳞脱落,表皮微皱,零乱地抄成一堆,你拥我挤似乎保持着捕捞入舱的集合形态。湖区鱼多,渔民并不怎么吃毛花鱼,大多贩往山区。渔民朋友笑话我,说你们山里人有趣,淡毛花只晓得炖萝卜吃。我回答,不错。记得小时候,淡毛花炖白萝卜,多丢几个干辣椒,吃得额头冒汗。我特地买一包回家试试,味道依然不错。

大闸蟹:横行公子

岁岁秋去冬复来,又是一年蟹黄时。湖上波光荡漾,北风哗啦啦地拍打竹栏围网,围网中央支架横竿上丝绳吊坠着串串地笼尾巴,长长的铁丝架尼龙网笼沉挂水底,尖尖洞洞诱惑着大闸蟹钻爬逃离回家的路,荡起渔舟拎包收网,一袋袋沉甸甸的大闸蟹嘴吐泡沫,白泥湖渔场进入丰收季节又热闹起来。遥望水边天际，一脉青山守护长江南岸。远方的家，何以通江达海归去来兮，似乎成为大闸蟹永远无法解脱的生命死结。

大闸蟹学名中华绒螯蟹，以其两螯上长着灰黑色的绒毛而得名，为我国特产螃蟹，又以长江蟹体形最大、肉质鲜美，是最佳的可食用河蟹，又称中华绒毛蟹。长江大螃蟹是一种洄游动物，生长期两年。幼蟹体白透明像"白虱子"，摄氏二十至二十八度的水温，大约十八天脱一次壳，每脱一次体重增加百分之三十左右。经过六次脱壳，虱蟹长到像纽扣大小，幼蟹体才长成有八条腿的扣蟹，这才叫蟹苗。等到第二年开春，蟹苗继续溯江而上，脱壳长成名副其实的大闸蟹。农历八九月，性成熟的大闸蟹离开栖息地，又顺江而下，进入长江口外的咸淡水中交配。雄蟹在交配完成了传宗接代的神圣使命后壮烈而死，雌蟹则蛰伏水下，到次年开春腹内孵化的幼蟹离开母体而出。

"黄粳稻熟坠西风，肥入江南十月雄。横跪蹒跚钳齿白，圆脐吸胁斗膏红。齑须圆老香研柚，羹藉庖丁细擘葱。分寄横塘溪上客，持螯莫放酒杯空。"宋人沈偕《遣贾耘老蟹》诗句，将江南水乡举杯品蟹的文雅之风说得淋漓尽致。

洞庭湖过去没有大闸蟹。作为中华绒螯蟹的至尊极品，长江蟹由崇明岛入海口溯水洄游，历史记载长江中游最远湖北沙市有过它的足迹，从来没有光顾过洞庭湖。《洞庭湖志·物产》说起蟹："生于江者黄而腥"，又说生于河者绀而馨，生于溪者苍而青。清代乾隆《岳州府志》直言不讳："蟹，产田中，绝小，不堪食。"记得少年时我们偶然捕捞山溪水塘的小螃蟹，油炸通红的咯哒咬嚼，终是不曾成就大气候。

秋风起，蟹脚痒，九月圆脐十月尖。湖南人学会九雌十雄赏蟹时令，认知尖脐团脐的雌蟹雄蟹，挑剔蟹膏、蟹黄，嘴馋齿厉地品尝像蒸鸡蛋似的高蛋白，应当归于改革开放经济大潮涌流的成果。大闸蟹的美味佳肴来自上海，蟹文化进入洞庭湖区只有二十多年，湖南人除却皮毛取其肉汁，蟹黄蟹膏丝毫不会浪费，唯独计较浪费时间。说句笑话，天底下可能只有我们湖南人吃大闸蟹最不讲究文雅，全民武吃。连锤、刀、钳三大件都不需要，更莫谈什么文吃蟹八件、六十四套。如吾辈草莽之徒也许耐不得那类文雅烦事，反笑上海人迂儒小气，活牙伶齿的难道斗不过一只死螃蟹的硬壳螯爪？赤手空拳肉搏战，尽管经常遭遇坚硬尖尖蟹角划破手指唇舌，依然不服输，不管他娘的三下五除二，甚至连姜醋也懒得蘸，辣派湖南人偏喜欢大闸蟹那个水鲜味。

我第一次吃大闸蟹，就是云溪区朋友请客，白泥湖渔场提一网袋大闸蟹搁上桌，红艳艳香喷喷随你吃个够。白泥湖位于长江堤岸，湖底平坦，水质优良，光照充足，水草丛生，极佳的天然养蟹场所。一九九三年引进第一批大闸蟹，开始试验攻关，二〇〇一年大闸蟹养殖终于获得成功。二〇〇二年在上海首届河蟹评选活动中，白泥湖大闸蟹斩获蟹王、蟹后金牌。后来白泥湖河蟹成功注册“BNH”商标，成为河蟹家族中除阳澄湖大闸蟹之外市场上另一个重要的品牌。

说起大闸蟹入驻洞庭湖区的陈年往事，令我对《红楼梦》中咏叹的“横行公子”肃然起敬。崇明岛蟹苗集体装箱一路风雨兼程来到新的栖息家园，幼蟹有攀爬习性，特别在雨天或闷热天，水中融氧较低，更易逃逸，却不料会落难成为青蛙、水蛇、水鸟、水鼠等天敌的美餐。大闸蟹食量惊人，喜欢夜食，一夜可连续捕食数只螺类。这种无肠的水生精灵，饱食后把多余营养贮藏在肝脏中，刚蜕壳的软壳蟹就用肝脏中的营养来维持生命。好在它们几乎不挑食，典型的杂食性动物，鱼、虾、螺、蚌、蠕虫、蚯蚓、昆虫及其幼虫等均可作为它的动物性饵料。浮萍、丝状藻类、马来眼子菜、苦草、轮叶黑藻、聚草等水生植物，既能招引多种多样的水生动物，又可获取鲜嫩的植物性饵料，且只有借助水草丝带般外力的托抱，肉体膨胀的大闸蟹才能痛快淋漓地完成脱壳功能。白泥湖那两米多深的清澈湖底，名副其实的白沙湖底淤泥，它们蛰伏于水底淤泥，隐藏在水草丛中，水质清新，含氧丰富，使得大闸蟹的成长特别惬意。

大闸蟹养殖成功了，然而渔场收益却亏本。问题出在大闸蟹太喜欢逃跑。洞庭湖越冬候鸟归来之时，大闸蟹进入性成熟期，它们会不顾一切奔向长江返回大海，水路阻挡便爬行上岸。渔场采取丝网拦截，总会有一个漏洞而百蟹齐出。那时大闸蟹市场高价四百多元钱一斤，大闸蟹像大动乱般的四处逃亡，周边老百姓渔翁得利，两只大闸蟹就等于一担稻谷的收成，捡大闸蟹一度成为秋收的胜利成果之一，日日夜夜欢天喜地到处捉拿逃犯。

依照洞庭湖传统捕捞方法，湖水落樵季节正好踩罾，渔场想借此良机捕捞大闸蟹。当湖水悠悠荡荡地奔流而去，肥肥壮壮的大闸蟹争先恐后地顺水游爬上罾。本以为瓮中捉鳖，不料大闸蟹二螯八腿紧扣竹垫拼命作斗，远不像鱼儿那么蹦蹦跳跳的方便擒拿。费尽心机的罾床如同高速公路的连环堵车，大闸蟹螯折腿断的伤残无数，怎么能卖个好价钱？这倒便宜了我们这批好吃之徒，折胳膊断腿的伤残次品随你吃个够。

冬季去洞庭湖观鸟，且先行一步，去白泥湖吃螃蟹。

一座城市的原点

太阳偏西了,悄无声息地从岳阳楼上越过河西,明晃晃地悬在空阔的苍穹中,无遮无掩地笼罩下来,江湖上的物事一览无余,有了光泽。混浊的湖水被染成琥珀般空透,波影摇摇晃晃耀得迷眼。洞庭湖水滔滔北行,迫不及待地与西来的长江相挽,风急浪高漩出三江口,浩浩汤汤地毅然东去,奔流到海不复回,带走流逝的时光,连同时光中的永恒。

北魏郦道元《水经注》上说:“巴陵西对长洲,其洲南分湘浦,北届大江,故曰三江也。三水所会,抑或谓之三江口矣。”江湖汇流,水深江阔,城陵矶港区岸线塔吊林立,国际集装箱码头一派繁忙,将临湖沿江的水运涂抹上现代的绚丽色彩。

从唐诗宋词,还有范公的《岳阳楼记》,我们知道洞庭湖上的千古风月,如何穿透岳阳楼的开窗敞轩,照彻仁人志士的冰雪肝胆。岳阳楼,在后人称作湖湘文化的楚风湘韵中,俨然一座不可逾越的高峰。湖光山色无涯无边的涵养,从此有了精神的皈依。迁客骚人一拨接一拨,古往今来,在江湖风波颠沛流离的迷茫中,从这儿找到了导航的灯塔和停靠的港湾。不止一次,我与朋友从南岳坡码头出发,踏着拍岸的涛声波影,顺着沿湖风光带的洞庭诗刻墙谈笑前行，那些鲜活的诗句与名字，始终生活在莘莘学子的吟诵默读中，偶尔点燃有闲人士的闲情逸致。岳阳楼会永恒吗？屡次兴废与重修，曾经载入发黄的册页，今人依据旧时的描画，将唐、宋、元、明、清的五朝楼观，以青铜浇铸的微缩方式，再现于岳阳楼公园。我依然无法拷贝岳阳楼的文化记忆，仿古商业街内，茶楼酒肆喧声笑语，土特产品琳琅满目，商家的叫卖，游客的挑拣，太平盛世的市井卖场，极度刺激着每一位游客的感官与欲望。

北门渡口

我离开岳阳楼公园往北，北门渡口，一个停摆的老渡口，渐渐淡出岳阳人的记忆。

回望一九七六年冬天，我像一条急于见世面闯世界的游鱼，顺汨罗江钻出幕阜山落入洞庭湖，来到这座古城谋生。挤着满满一货车人，急拐弯听得有人喊，到南岳坡了，快看，洞庭湖！大家兴奋地掀开遮盖的油布，凛冽的湖风像刀子一样割脸，顾不上冷，雁鸭受惊似的抻着长颈，巴巴地望着心中期盼已久的那座金色飞檐的朱红楼阁，从车后渐渐地退去。

南岳坡位于岳阳老城区水陆码头的丁字口，湖岸南北走向的洞庭路，与一条叫作巴陵路的主干道对接，就是洞庭湖水日夜拍打的岳阳城。岳阳楼在南岳坡北边，城楼下有一个圆拱水门，西对洞庭湖，西门。南岳坡曾建有南门，南门外便是商市，设有鱼巷子、茶巷子，延伸至街河口。不消说，鱼巷子贩湖鲜，一年四季湿漉漉飘散着鱼腥气味。茶巷子走红茶，春季里来新茶香透半座岳阳城，盖得住鱼腥气。岳阳城从南岳坡爬上岸，铆足了劲，一直盯住东边的腹地。没有修巴陵大桥的时候，只有一条叫作竹荫街的斜街，抵京广铁路的道口为止。铁路以西是古城区，铁路以东刚刚开发。如今的商业中心，地名就叫作东茅岭，地区行署门前街道两旁裸露的黄泥山包上，冬茅草一丛一从地疯长。

走遍天下路，难过岳阳渡。汽车轮渡，其实已经是工业时代的产物。泥坑水洼的洞庭北路，待渡的大货车、客车排成长龙，在一个刚刚从山区步入城市的青年眼中，这是何等独特的繁荣景象。四十年前，记得那个寒冷的冬日，我混迹其中，站在渡船甲板上，任凭湖风劈头盖脸地灌入胸口，急切地感受跨越洞庭的神采飞扬。脸色黝黑穿着鲜艳的河西姐子，大红棉袄，翠绿棉裤，白毛巾包裹秀发，黄胶鞋边黏上黑泥。肩挑手提的竹篮、柳筐，装满菱角、莲蓬，湿乎乎生脆脆地散发湖鲜的芳香。我不理解，对岸一望无涯的"长洲"，明明在湖西，岳阳人为什么叫"河西"？我始终没有完全明白，尽管考究过一些理由。我不得不佩服古人的远见，眼下，对岸称为河西倒是十分准确。连年干枯，洞庭湖口尽显河相，消瘦得只剩下主航道一带黄水。搭一支响箭，想必能射落到水那边的浅滩。浅滩上布满迷魂阵，像菜园子的篱笆层层拦截，似乎看得清拦网的疏密。泥滩黄乎乎地裸露，退水的印迹清晰可见。狭长的湖草滩黄绿相杂一片斑驳，那儿是芦苇生长的地方，平整地朝西边铺展，一直抵达远处湖天相接的苍茫，天际线下像山脉一样隆起的墨绿色，便是围垸大堤以及堤脚的杨树林。

北门渡口往北，一片工业区，铁路与水运交通方便。造纸的黑色污水横流，堆起白泡沫，一股浓烈的臭气老远便能闻到。制药厂、氮肥厂、磷肥厂、麻纺厂塔林丛立，大大小小的管道如肥肠般盘作一团，跑冒滴漏的氨臭，还有不知什么化学药物臭，一天到夜弥漫在空气中，呛着了令人窒息。正是工业学大庆的火红岁月，我在麻纺厂维修织布机，上班灰头土脸，一身纤维沾着痒痒的，纺线、织布的噪声残留，会伴随你枕边入睡。说起生产环境，几个厂子比较，我们厂还算最好的，一出班，哪怕是下零点班，第一件事便是进澡堂。麻纺厂姑娘多，在用不尽的热水冲洗下，一个个出落得花枝招展。最大的困扰，与磷肥厂相邻。它那根高烟囱，乌龙没日没夜翻滚上来，夹杂着细细的粉末,天晴南风一吹,厂区被黑雾浓罩,眼睛鼻子嘴巴无处逃避,床上桌上随手一摸便扫起灰堆。

闲暇的日子,从麻纺厂坐2路公交,南岳坡下车,逛南正街。南正街百货商店,岳州饭店,当时最热闹的大铺,还有一家可以裁剪定做衣服的立新服装社。我哥先我一年招进麻纺厂,等我领到第一个月工资,留好两个人的生活费,哥做主,南正街商店扯了布,到立新服装社量尺寸,先让我穿上了时髦的“的卡布”中山装,装扮城里伢儿的模样。两年学徒未满,高考恢复招生,我挤上头班车,离开城北转往城南。南湖三眼桥读大学,文化成了第一需求,南正街新华书店,还有天岳山电影院,自然成为我们周末经常光顾的地方。谈这么多往事,只想说明我从南岳坡起步,后来也曾试图像老辈人说的“出湖”去,终是没有成,便安然在古城生根,享受老天爷另一份公平。吕洞宾三醉岳阳人不识,南岳坡也许会认得我的人模狗样。

不知从什么时候,“河西”这个词已很少有人提起,君山区,新的行政区划完全替代了过去似乎不那么清晰的地理划分。洞庭湖大桥踏波横卧,绵延十余里,成为通往君山区的地理标志。这个从千禧年起步的新世纪,刚刚拉开它十余年的序幕,就连我这个岳阳人,记忆中也恍若隔世。北门渡口斜坡被栅栏隔断,路卡值守的岗亭,一进一出两个,四根钢柱撑起倒扣的船形铁顶,锈迹斑斑地走过风烛残年的最后岁月,空闲的通道上,堆满从船上拆弃的破烂铁件,无人光顾。如果不是像我一样特意去留心,行人不会注意到渡口通道出口的对面,路边的围墙,立有一幅巨大的宣传画,正好镶嵌在两根行道树中间。落叶的法国梧桐,枝条光秃稀疏,并不能遮掩旧时的风景,无奈我们的心与眼,太容易被纷繁的新奇所吸引,对身边的变化往往视而不见。画面上一位俊俏的交警, 右手举齐额边行标准礼,“欢迎您进入岳阳市区”。这句话从来没有听哪一位交警说过,只是鲜红地写在墙壁上。码头与路卡,通常会有交通警察维持秩序,指手画脚成天大声嚷嚷地喊叫着,他们忙碌的身影从未能安静下来。就是如今,交警给司机敬礼,不是查车验证,便是开具罚单,欢迎的成分,似乎并不存在。这是一幅彩绘的瓷板拼画,马赛克一样的方块瓷片, 由岳阳市公安局交通警察支队和中国人民解放军三五一七厂合建,岳阳市瓷厂绘制,时光镌刻在一九八七年十一月。对岸的河西还不叫岳阳市区,绘制瓷画的瓷厂如今早已片瓦无存,连同高大的烟囱早已湮灭在时光里。

水文站

背着行囊下洞庭,从南岳坡起步。

雨后初晴,北风二至三级,气温三至五摄氏度,风和日丽的好天气。抬眼望见湖口上空一团火球,感觉有些异样。我看湖,人家看我,目光交错,如我斜长的身影,伴随脚步声叮叮当当的金属碎片落满一地。太阳悬挂在淡白的湖空之上,不露声色,却掩饰不住诡异,炽烈的午后激情,将一湖浪波煮沸,浮光耀金地翻腾,千万道光箭劈头盖脸地泼溅而来,不由自主地我紧了紧肩上的挎包,双手搭扣背带,担心自己被刮下湖去。

冲破冬日的冷寂,游人性急地卸去一身臃肿,笑脸像春花一般灿烂。唯我特立独行,要下湖去。感谢东洞庭湖国家级自然保护区管理局的朋友,邀我参加洞庭湖湿地资源同步监测行动。深入渺无人烟的本底湖心,得做好充足的准备。从头到脚我全副武装如下:带帽的羽绒服,厚实的牛仔裤,脚蹬高统雨靴,手戴皮手套。双肩挎包内,除了换洗衣服,洗漱用品,还有手电、饼干、雨伞、雨衣、创可贴、藿香正气水,以防万一,特意背上睡袋。书一本,俄国作家阿克萨科夫的《渔猎笔记》,对水禽的科学考察与细微描写,我以为无人出其右。胸前挎上照相机,带二十倍变焦镜头,左边口袋里还揣一个迷你型的傻瓜机,紧急时来得更快。钢笔和笔记本放在右边口袋里,方便随时记录。

第一次参加野外考察活动，自觉还像那么一回事儿。

路过长江水文资源勘测站，我特意先进去看一看。进门右侧的墙板上，照例用白色粉笔记录当日的城陵矶水位：

时间：08:00

水位：20.49

流量：2180

日期：2010-01-25

城陵矶水位20.49米，流量2180每秒立方米，这组数据似铅注一样，沉甸甸地压在我的心头，我知道，它意味着洞庭湖像我一样干涩难受。洞庭湖是全国湖泊水位变幅最大的湖泊。当城陵矶水位达33.5米，湖泊面积为2625平方公里，相应蓄水量167亿立方米。据城陵矶水文站观测，洞庭湖多年平均年水位变幅13.35米，年最小变幅10.67米，绝对变幅17.76米。三峡工程的兴建，长江进入洞庭湖的水沙大大减少，洞庭湖水位和地下水位均呈持续下降趋势，甚至出现一百四十二年以来的历史最低水位，枯水危机逼近洞庭湖。就在几个月前，湖北省气象局武汉区域气象中心公布了最新权威数据。二〇〇九年十月，洞庭湖出现历史同期最低水位，偌大一个洞庭湖，蓄水量相当于给岳阳城里供水的铁山水库。令人难以置信，洞庭天下水呀！

顺着下湖测量的斜坡台阶，我朝水边走去。暗红色方柱体的水位测量标尺，从高到低依次竖立在台阶右侧。标尺正面朝上，天蓝色的E字刻度非常醒目，0至11，每隔十厘米一个标高的数字。一九九八年抵御长江洞庭湖特大洪灾的那段日子，城陵矶水位通报就是它们发出的。从那以后，那根测量高洪水位的标尺，再没有被浸湿过。站在水泥台阶的尽头，我随意伸出右手，手掌倒扣标尺的顶端，不由得倒吸一口冷气。再往前走，黑色的淤泥露出板结的裂纹，光波粼粼的洞庭湖水，大约还在3米开外。水边立着一根标尺，水面露出3下边的E。我一眼便看出，这是临时增加的标尺，用铁丝缠挂在杉木桩上,桩柱插入水中时,顶端被钝物锤击成了毛头。显然,台阶边上那些固定标尺,竟然无法测量洞庭湖的最低水位。不知是有意还是偶然,插立在水中的临时标尺,它的刻度颜色采用了警示的大红。

码头上的石拱栈桥从湖岸斜抛向水边,座底的圆拱依着坡势倒下去,只有最低处两个孔眼还有湖水的浸润。接脚的木跳板越过支架,颤颤悠悠,脚下发出吱吱的空响,还得噔噔地踩响铺设在四条铁船上的钢板浮桥,再往前,便是趸船码头。脚下的浅滩与湖水难舍难分,白浪扑上来,退下去,缠缠绵绵、絮絮叨叨地说个不停,似乎永远扯不开边际。渔人性急的脚印,踩得格外粗犷,一串串消失在水边。螺蚌慢吞吞,呆呆地拱立在烂泥滩,已经来不及撤离。板结的湖泥像干枯的田地裂开拇指宽的深缝,纵横交织,醒目地标示出泥沙淤积的厚度与广度。浓密的湖草布满长滩,连片的青翠给冬日阳光带来春日的成就感。

抬脚离开坚实的陆地,如无根的浮萍寄身漂荡的江湖,我下意识地抬头仰望,城墙里的岳阳楼,熟悉的飞檐翘角,像一只大雁,披着金色的阳光,从绿树丛林冲天而起,惊起一湖波澜。枯水的洞庭,到底是第一大湖,或是第二大湖,似乎没有多少实际意义。如果有一天,洞庭湖上不见沙鸥翔集,水中没有锦鳞游曳,登楼凭栏将会是如何的失落与伤感呢?

岳州文庙

清代科举考试,京师及各省城设贡院,各州府县设有试院考棚。乾隆年间,一代名臣钱澧调任湖南学政。钱澧字东注,号南园,人称南园先生,工楷书,擅画马,清代官吏、著名书画家。乾隆三十六年(1771)进士,任翰林院编修、监察御史等职,后官至吏部尚书、协办大学士。钱澧为人刚正廉洁,敢于谏议弹劾污吏。乾隆四十八年(1783)调任湖南学政,负责科举,主持院试,少不了到各州府督查。按当时的潜规则，学子都要凑钱向学政致意，称之为“棚规”。钱澧一概不受，自己堵死这条财路，湖南传诵“钱澧来了不要钱”的民谣，一时声震朝野。钱澧在洞庭湖畔留下《重修岳州试院考棚记》，详尽记述了平江吴嗣龙、吴斗南父子两代人一段不应被忘却的轶事。

按清光绪《巴陵县志》留下的府城街道图，岳州试院建在文庙西侧，旧称棚厂街，如今的郭亮街区。试院考棚分东、西、南三排，类似今日小商品市场的摊档，考舍号房一间挨一间，每间屋深四尺，宽三尺，左右两面墙上，设有一高一低两行砖托，用来搁置木板。日间考试，木板分上下两层，当桌椅便于书写，晚上把木板移至下层砖托之上，便成了卧铺。考生一切活动，包括茶饭息歇，全在这又矮又窄的狭小天地之中。号房按《千字文》“天地玄黄，宇宙洪荒……”排序，考生抽到“天字第一号”，认为大吉大利，如果手气不好，抽到某栋最后一号，紧挨厕所，便是“臭号”。

这年冬试，钱澧来岳州主考，听说岳州试院刚刚花费六百余金修缮，便前往察看。钱澧不看则已，看后直摇头，“窃讶费多而工恶”。他暗中调查，知是主事官吏中饱私囊，且称历来如此。这天钱澧端坐公堂，亲自主持复试，不料东号第七、八考舍数根椽子突然断裂，随同瓦片一齐崩落，寂静的考场炸开了锅。所幸考生衣厚，又不曾击中要害处，没有造成伤亡事故。第二年，西号、南号考棚同时倾倒，靠搭建临时草棚应付科试，冷雨凄风，上漏下湿。钱澧多次催促岳州府重修试院考棚，地方官面露难色，说无处筹措经费，只能慢慢来。

某日，地方官满脸喜色找到钱澧，说平江人吴嗣龙主动应承，愿意独自捐资重修郡城考棚。吴嗣龙，字云卿，例贡生，封六品阶。当初吴老太爷多病，吴嗣龙遍访武当、南岳、九宫诸山，逢庙便跪拜，替老太爷祈福。父亲去世，吴嗣龙闭门不出，陪伴庐墓守孝三年。倡修宗祠，吴嗣龙捐田二十亩；救灾赈饥，他出米谷数百石。吴氏平日捐修学宫、桥梁及庙宇，费以数万计。吴嗣龙说没有别的要求，仰慕钱大人道德文章，只愿钱大人写几句奖励的话，此事便可促成。钱澧爽快答应，吴氏果真如此好义乐施，莫说写几句话，理当制文刻石，以寿无穷。

钱澧满心欢愉，静候佳音，不料此去石沉水底。原来，平江县令拿得钱学政批文，心中顿起贪索欲念，县令趁机向吴家敲诈，索贿不成，便借故将吴家子弟拘捕入狱，百般折磨威逼。可怜吴嗣龙忠厚善良，怎能咽下如此恶气，一命呜呼！

直到县令离任，钱澧这才得知真相。吴氏兄弟涕泪纵横，立誓继承先父遗命，仍将执行前议。是年四月动工，五月落成，先耀、先诚、先辉、先焕兄弟合力任之，费银两千六百余两。冬十月岁试，钱澧复来岳州主考，他兴致勃勃视察考棚，只见西南二号新建，东号重修，上起公堂，下至龙门、官厅、号舍，包括桌凳，一体坚厚严密，既华既整，照耀众目。钱澧慨然长叹："嗣龙不诚足因之不死矣哉"！

钱澧遵约撰写《重修岳州试院考棚记》，他说之所以详细记载此事，"以见君子小人异趣，何时何地无之，惟在后之人慎所以处之而已"。话语只几句，且很朴实，钱澧用他一生做了最好的诠释。钱澧任湖南学政时，巡抚浦霖是个贪黩小人，乾隆五十年(1785)湖南大旱，民不聊生，浦霖却以办寿为名敛财，钱澧愤然讥讽，浦霖被迫取消寿庆，并受到警告处分。十年后，浦霖贪贿案发，抄出窖藏金七百余两，银二十八万四千三百余两，田值银六万余两。浦霖从福建押解北京问罪处斩时，恰逢钱澧病故，灵柩出京返乡云南，清官灵车与贪犯囚车不期而遇，交错而过，令人无限感慨。

岳州试院考棚早就片瓦无存，所喜滕子京修建的岳阳文庙依然健在。游客独我一人，从泮池踏上状元桥，穿越棂星门、大成门，可以望见大成殿那庄严的蓝地描金匾额。我忽然记起，一九七七年年底恢复高考，考场正在郭亮小学，我从第一号考室跳跃龙门。

查阅平江旧志，吴先焕，字斗南，五品官阶，他率子弟助修县学大成殿内泮池及围墙、照壁，义口、朱砂两桥亦是他捐修。嘉庆元年(1796)，吴先焕捐金重修浯溪桥。浯溪桥，俗名浯口桥，距城七十里。县西官路诸桥，此为最大。嘉庆十七年(1812)，吴先焕的善举受到朝廷旌表，特许修建"乐善好施"牌坊。

每次去浯口镇，我喜欢走走浯溪桥。花岗岩石块筑砌，桥四墩，三孔，孔阔三丈有余，孔高约两丈，水中央联结三孔的两墩，头尾建有船形尖座以缓和激流，平整的桥面稳稳地横搁石船之上。拱券倒映水面，细弱的水流近乎静止，光影婆娑形成美丽的弧圆，惜乎，干滩淤积西边桥洞半残而废。东边桥洞上首，镶嵌有一块醒目的长条青石匾额，没有桥名，镌刻着"吴斗南脩"四个大字，朱漆涂抹，鲜红明亮。首尾亦有补白，云：大清嘉庆二年(1797)重修。至嘉庆十四年(1808)冬复磊石增高以垂永久。迄今两百多年，桥面经过改建，淹没了条石的横竖与雕栏的铺陈，变得和公路一样平坦简洁，丝毫看不出历史的印迹。桥西那株老杨树，它像超尘越俗的飘逸仙道，飞舞身子扑向河面，忽戛然收止，拉开武功高强的架势便入了定，树冠参天枝叶扶疏，撑开灿烂的巨伞，钢筋铁骨的清瘦，倒让寄生植物反客为主，细密的枝叶如一个个庞大的鸟窝，占据了枝枝丫丫的浓绿。或许正是这份难得的宽容，让老杨树扎根陡峭的河岸，不紧不慢地见证流水一般的岁月，只与河风悄悄地诉说。

城市原点

走进巴陵广场，脚步在方块的花岗岩地板上踏响，心中竟然生发一种身在异乡的陌生感。南岳坡如今不叫南岳坡，新建巴陵广场，岳阳楼新景区入口，有形无形总在提醒，人人都是形迹匆匆的过客。短短几十年光景，洞庭北路偌大一片工厂早已关门大吉。这些污染大户提前寿终正寝,倒为今日岳阳楼新景区的扩展铺平了道路。南岳坡旧时的风景,连同我的青春,一并随着洞庭湖水奔流到海不复回。

似乎又不尽然,新景区精心构建城市的历史文化。巴陵广场中央,后羿斩巴蛇的主题雕塑,以青灰的色调,与背后的苍天莽湖融为一体。后羿足踏波涛鼓起肌肉拉开神弓,巴蛇亮起尖牙吐长信子仓促应对,没羽箭的想象瞬间,向后人诠释巴陵、巴丘古地名的来历。《山海经》载:"巴蛇吞象,三岁而出其骨。"长蛇乃两栖爬行动物,估计是顺江而下,窜入洞庭湖,兴风作浪,危害百姓。爱民的尧,便派后羿,那位射落十个太阳的箭神,"断修蛇于洞庭",解救民生于水火。民间有"后羿斩巴蛇"的传说,它印证了洪荒的远古,洞庭湖区曾经是巨蟒出没的原始地带。巴蛇的积骨堆积成山,遂有巴丘,或称巴陵。

如果从地势形胜分析,岳阳楼建在巴陵山上,鱼茶行建在天岳山上,南岳坡夹在两山之间的湖口,依巴陵郡城的方位得名南岳坡。巴陵郡也罢,岳州府也罢,几千年来城市一直围着南岳坡打转。怪不得范记中说,巴陵胜状在洞庭一湖。形象地打个比喻,南岳坡南北湖岸是一张弓,巴陵大道像一支箭,洞庭湖衔远山、吞长江,伟大神功的发力将决定城市之箭到底能够射出多远。南岳坡作为岳阳城与市的起点,我以为具有特别的意义。

岳阳城市原点的经纬地图标志,终于落地扎根在瞻岳门前。

遗弃的艑舟

浮光掠影

舟行逆水，过月山矶头，驶出湖口河道，大湖的雄伟壮阔渐次展开。风涌重浪，浩浩渺渺平铺在阳光下起舞，鼓得有棱有角。浪尖儿白花花地晃荡，摇散了，拉出一长线细碎的泡沫，浮在黄亮的水面上。快艇风驰电掣地压过去，水流暗涌朝两边剪破，溅起浪头，一拨接一拨地扑打玻璃舷窗。船如飞鱼跳跃水面，复颠簸落下，船底发出砰砰的撞击声响，震得发麻。我不愿待在密闭的船舱，船尾甲板有护栏，任凭风吹。突突的马达声划破湖空，搅得白浪猛烈翻滚，长长的浪带拖曳尾随，尾杆上鲜红的国旗猎猎飘扬，给白色的巡护监测艇平添几分镇定与威严。

我很快察觉自然保护工作的软弱，当然还有保护工作者的无奈。体型庞大的运砂船牵成长队，趾高气扬地南来北往，旁若无人地随意抛锚，在繁忙的湖面上过驳装卸，沙子如一带黄水倾泻而下。你瞧，人家的驾驶舱，两层半高的白色楼顶上，竖立着先进的卫星导航天线，无怪乎它是那么顺风顺水。平矮的船舱挡板刷着绿色，或蓝色，吃水线高约两米，舱内黄沙堆积成丘，一座连一座,仿佛是连体沙山漂浮在水面。露出船舱的沙丘只是冰山一角,底舱分隔成倒锥形的漏斗,黄沙通过传送带自动卸驳。洞庭湖最大的运沙船,装载量达一万吨,通常都有五六千吨。两米宽、二十多米高的自卸铁架,涂着暗红色的防锈漆,钢索斜拉从船头悬空刺出,尽显长驱直入的英雄气概。只短短几年时间,建材砂石上升为洞庭湖最大的物产,黄沙远销至上海,据说还有更远的,漂洋过海。从早到晚,成千上万吨的黄沙,一船又一船,为钱忙,为利忙,过洞庭奔长江。金灿灿的沙山,在主家眼中就是黄金,在船家眼中是银钞,在自然保护工作者眼中呢,那是挖割母亲湖身上的骨肉,心头痛苦地滴血。洞庭湖流域无序采砂的泛滥,使得大片的河滩和沙洲迅速消失。法律赋予自然保护区管理局的职责,似乎只是一个"鸟警察",只能管管偷猎水鸟。就连水中的鱼,都归渔政部门管,何况采砂与水运呢。

夹在运沙船队中间,一个黑黝黝的长方体,背着阳光远远地靠近。拢前来看得清楚,运苇船。芦苇,洞庭湖古老的水生植物,现代造纸工业原料。时代发展到今天,当芦苇种植与造纸工业给人们带来巨额财富时,水质污染已然成为洞庭湖治理的难题。人与自然的博弈,正在考量着人们的价值取向与发展理念。这是一个沉重的话题,也是我此行的调研课题。不管怎样,每次遇到运苇船,一股莫名的冲动,都会在我的心底油然而生,从来如此,今天也不例外。洞庭湖上的运苇船,并没有什么特别,使用普通机动货船。芦苇是泡货,枯黄的芦苇捆,整齐地堆码上了天,一旦遭遇风浪,显然极易倾覆。不知最早是哪一位聪明的船家,发明将两船并联在一起,组成抗击风浪的战略联盟。船载的芦苇捆堆码上了天,遮挡住驾驶台的前窗,如何行船呢?驾驶舱顶搭起高高的观望台,云梯似的架子脚下搁一块踏板,顶上一块遮阳的盖板,其余四面空荡荡,导航员站在踏板上眺望,由绳索传导,操纵船儿的前行速度与方位。行船玩到如此得心应手的地步,确实是一种境界。每每看到这种架势,我总会联想起旧时的风帆船。

桅樯与帆影，洞庭湖上消失已久。只有运苇船，多少还能体察到人力智慧与自然伟力的直接较量。

永不动舟

好在还有艑山。

如果从天上俯瞰，君山东南一带水面，元咀、罗汉洲、太平咀和艑山一应排开，孤影悬浮，恰如艑舟数点。地理位置，艑山最北，离出口最近。东北与月山矶头相望，只五里水路。西北与君山对峙，相距十里左右。它是大自然停泊在洞庭湖口最近处的一叶艑舟，或许，待渡的时间太长太久，就连神仙也把它遗忘了。艑山完全搁浅了，狭长的山体像一只遗弃的艑舟倒扣在洲滩上。风吹雨打日晒夜露，不知过了多少岁月，船舷经不起销蚀，凹凸不平，隆起的船底，钻出苍翠的草木，诉说着历史的沧桑。

尝试三次，快艇终于冲上南坡泥滩。我抢先跳下去，软了一脚。泥滩略带崩岸，伸出码头之势。泥色由枯白与湿黑相间，一层复一层往高处延伸，呈现浪淘的痕迹。再往前走，细碎的五彩卵石镶嵌在泥滩上，枯枝败草滞留石滩，依然看得出浪线的姿态。踩过这片不大的乱石，蓬乱的草滩扯绊脚步。苦草，学名藟草，淡青的嫩叶从枯黄的老叶间浓密地萌发生长，冬的寒色，与红褐色的山壁相映成趣。艑山东西长两百米，南北宽三十米，全岛面积四十七亩，海拔四十三点九米。湖水的涨落，将山壁的面容荡涤出苍老的皱褶。坚硬的岩石顶部，有一块截面活像切开的冻豆腐，布满不规则的层缝与洞穴，那是湖水与山岩合作的印象派图画。修竹与灌木遮盖住整条山梁，数株高树撑起半圆的亭盖，绿色掩映中，有两座低矮的白色建筑，一座居中，另一座偏东，那是我所能见到的人工印记。

东边有一个明显的断口，我不用费多大的劲，攀缘上了山脊，看得出，是人们炸取石头留下的。反正一座荒岛，留它何用？倒不如弄点石头运去建房修路，这是乡人很实际的想法。其实，北魏郦道元《水经注》、北宋范致明《岳阳风土记》，以及明清的地方志中，艑山都挂有名号。“上有神迹，下有龙窟”，旧有洞庭祠，还有一座哑女塔。

艑山建有洞庭祠，不足为奇。湖乡民俗：“大庙不离洞庭（王爷），小庙不离杨泗（将军）。”据清道光年间《洞庭湖志》，环湖及湖山，共有四十八座供奉洞庭王爷的祠庙，可见他老人家在渔民心中的地位，绝对至高无上。哑女塔的来历，据《岳阳风土记》，某商女天生是个哑巴，偶然搭船路过，忽然指着艑山开口说道，老爸，那湖山顶上适宜建宝塔。其父大喜过望，纳头便拜，果然按照爱女的指点，修了一座七层宝塔，人称哑女塔。这件事情如今听来觉得过于奇异，但在旧志的编撰中，奇闻逸事断然不可遗漏。不管真相如何，北宋之前，艑山上曾建有宝塔，应当是可信的。

我走近北坡的建筑物，看起来像乡村的土地庙。红砖砌就的简朴神龛，盖着红瓦的房顶，分上下两层，留有窄立的门洞。地上设置香炉，燃尽的香签插得密实，落满尘土。神龛下室空空荡荡，一大把黄色的草香搁在上室，里面供奉有一尺来高的神像。我探头看得仔细，分明是一位慈眉善目脸上贴金的老翁，头戴圆帽，留着一大把长长的白胡子，蓝长衫外边，披着今人敬奉的红布神袍。依小庙来看，当是杨泗将军。但不是武像，是文像，我突然想起，会是杜甫吗？杜甫登临岳阳楼时，曾到过艑山，后人修有杜甫庙，直至清朝还有诗为证。清代谢维藩，游艑山写过一首律诗：“艑山人不到，君独践其巅。老树犹藏寺，遥帆欲到天。鱼多矶水曲，石鼓吐花鲜。无处寻篪竹，遗音久不传。”诗中石鼓有注：“山凹获黝石，斧形，圆孔，石背微错，石能测也。”表明早在新石器时代的屈家岭文化时期，艑山就有人类活动。诗中提到的篪竹，《水经注》上说，君山“东北对编（艑）山，山多篪竹。”篪竹制作的管乐器，古代称“篪”，单管横吹，或许就是笛子的前身吧，我猜测。从东庙往西走，两旁竹林比人高,金黄色的主干与竹笛粗细相近,我随手扶握一根,不知是否篃竹?枝摇叶动簌簌地响应,两片金叶在阳光的缝隙中翻飞飘落。

竹丛辟有寂静幽深的小道,只有湖面传来的船声打破久远的时空。水泥路长约百步,抹铺得平整,旧年的鞭炮碎屑落满地,洞庭庙安静伫立在阳光的尽头。白墙红瓦,石门石鼓的模样,给人的感觉,依然是渔家的草陋味道,挽起裤腿一双赤脚,水淋淋地从湖洲爬上岸来。守庙只两棵树,不闻人声。南边近前疑是檫树,深灰色的树干挺立于灌木丛中,数枝横斜伸过路径。北边一棵樟树挡路,浓密的树冠半边明黄半边阴。一条巨龙张牙舞爪从林莽中冲出来,两米多高的大龙头守在树下,人扎纸糊的。龙头旁边的空地立有铁旗杆,五星红旗升齐屋宇。树影深处一座低矮的坡屋,空无一人。北坡有台阶直通湖洲,湖对面水天一色,君山青影横卧。

洞庭王爷

君山岛上的洞庭古庙,毁于抗日战火。一九九七年一位身怀绝技的神秘大师捐资数百万元重建,占地五千平方米,气势可谓恢宏。洞庭王爷端坐正殿,一手遮前额,一手托明珠,威严的目光正视八百里洞庭,兴风作浪的水怪从此无处逃逸。古往今来,柳毅传书不光引发无数书生与少女的美丽梦想,故事的结局与演变,满足了不同文化层次的心理需求,这或许正是传奇的魅力。清道光十八年(1838)春,左宗棠第三次进京赶考。途经君山,他题联洞庭君祠:“迢遥旅路三千,我原过客;管领重湖八百,君亦书生。”胸中的书生意气,可谓踌躇满志。有趣的是,一介白面书生,文弱形象,管领八百里洞庭,果然压不住水妖陆怪。此后只得戴上怒目金刚似的黑脸面具,这才镇住了邪。白面书生演变为黑脸王爷,加上后来出了个包青天,也是黑脸,民间智慧,果真蕴含着如此玄妙的执政之道吗?

入庙,眼前红光满堂。“有求必应”的谢恩大红供袍,重重叠叠好几层,自屋顶垂帘横挂。黑脸獠牙的洞庭王爷神像有一米来高,头戴官帽,身着龙袍,全身披红端坐正中。两边还有七个神像,两个黑脸,体形略小的洞庭王爷,还有一大四小,文像武像都有,恕不敬,不识您是哪路神仙,全都满身披红,闪耀着神圣的庄严。主像两侧飘带:洞庭庙改造落成志庆,洞庭渔民叩敬。公元二〇〇〇年岁次己卯十二月十四日吉时。神龛前的大香案,极像乡村人间烟火的土炉台,有炉膛焚烧神纸,案台上摆有四足香炉,花果香纸各色供品落满灰尘,不知多久没有打扫过了。

渔民自发筹资兴建的草庙,香火当然无法与君山公园的“官庙”相比。不过,渔民如果想去拜见洞庭王爷,泊舟近岸溜得进公园,也烧不起正殿的高香,从八十八元到八百八十八元,可以一路发上去。洞庭王爷真会保佑那些一掷千金的富贵之身吗?充其量不过沦为商家赚钱的法宝。据说,有人盯上了艑山,谋划将商业开发的旗帜,插上被遗忘的弹丸之地。果真如此,还是让人遗忘好些。

夜宿煤炭湾

红旗飘飘

快艇像一条游鱼，摆尾离开湘江主航道，朝西拐入煤炭湾汊港，满湖喧闹暂且抛于背后。火红的夕阳在湖洲上等候，等候倦飞的归鸟，踏浪的归舟。港河与湘江平行，自南向北流淌，翻涌轻浅的漩涡，漂浮细白的泡沫，不过湘江余波而已。两岸长洲牢牢地锁定河势，满湾白水横亘在湖空下。一艘崭新的趸船静静地停泊在港河边，白漆的两层舱屋顶上，五星红旗格外醒目。快艇减缓行速，顺水就势泊近趸船，湖南东洞庭湖国家级自然保护区红旗湖管理站，看得清站牌，悬挂在一楼走廊，到家了。

煤炭湾曾是湘江入湖的分支，合上沅水蜿蜒西南来，正南连通狭长的漉湖。湘江与沅水相会，水势浩浩径往北去，绕过长满芦苇的湖洲，注入东洞庭湖，便可以闻到君山的十里酒香了。湘南出产的煤炭，早年经水路运抵湖口，煤炭船抛锚停泊，不敢贸然前行。原来，江船底平舷浅，便于拖过湘江九九八十一处险滩，面对浩渺的洞庭湖，水深湖阔风急浪高，只得就此止步。商家图个方便，索性连船带货，甚至包括被窝行李，一并卖给下主“东家”，自己揣着银票轻身快马地返回，何乐而不为呢。东家有高桅的风帆船，跑得大湖下得大江。黑压压的运煤船泊起一大片，久而久之，这个水上煤炭交易市场便得名煤炭湾。粤汉铁路通车后，煤炭改走火车，船运由少到无，只留老地名，一直流传下来。江湖的演变，并不会因商业的冷落而中断，洪水挟带泥沙淤积，新生的洲滩推着湖口前移，民国至今，煤炭湾港下漂了十余里。昔日宽阔的河道，如今萎缩成一截岔肠，就连岳阳至沅江最后一次航班的停靠，都记不清是哪个年月的事情了。

东洞庭湖国家级自然保护区管理局共设四个基层管理站，从西北到东南，水域分别为采桑湖、君山后湖、红旗湖和春风湖，站设在水上的，只有红旗湖。上、下红旗湖水面达一点五万亩，湖畔洲滩与沅江市交界，面积约为三十万亩。每旬逢八固定的巡查日，工作人员在湖洲上绕一个圈，步行二十公里，顺利的话，清早出门，断黑可以回家。所谓家，只是落脚的地方，早些年，红旗湖管理站居无定所，春夏涨水，就租借渔船在水上漂荡。等到退水，便与砍芦苇的民工一起，赶往芦苇洲上搭茅棚。这时，候鸟成千上万结队飞来洞庭湖越冬，正是守护、观测水鸟最繁忙的季节，大家忙得顾不上落窝。

李飞云站长说，有了趸船，我们好多了，红旗湖总算有了挂牌子的地方。五星红旗飘扬的保护区管理站，在漂泊无定的渔民眼中是国家的象征，趸船湾泊哪儿，哪儿便成了这片水域的行政中心，渔民喜欢把自家的座船就近停靠。我特地数了数，河宽约一百五十米，上下约五百多米的河段，停有十五条座船。两家近邻紧挨趸船的下水，船屋首尾相连。再往下游几十米，另有座船四艘，行船若干，构成右岸的水上渔家群落。河对岸，煤炭湾芦苇场的转运码头，运苇船上金黄色的苇捆堆垛平齐了舱顶，众多人影摇移，天晴，趁着暮色装船。码头上下游都有一个水上渔家群落，上游的恰与趸船隔河相对，彼此听得见锅碗盆瓢的磕响。应该说，趸船侧边还有幸福的一家，一只公鹅领着四只母鹅，大摇大摆地朝搭在湖洲上的窝棚走去。这群家鹅喜欢过河玩耍，对面鸭子不时呱呱地叫唤。小鹏鹈自在灵巧，浮上来，凫下去，探头探脑地侦察情事，给空荡荡的河面增添些许温馨浪漫。

漂居水上，行前我特意带上睡袋，趸船的食宿条件比预料好得多。中舱上下两层各有六间居室，让我住楼上的南边，背风。床板与书桌落地生根，与船体固定住。一张座椅加上容人的空间，大约六个平方米，布置得恰到好处。桌上搁一本精装《水浒传》，不知是谁的，翻成黑不溜秋满脸湖风相，不知伴随主人打发走多少无聊的时光。

像在农家村子里寻访，我不请自去，抬脚跨过邻家座船，船尾虚掩的舱门呀地拉开，探出一张俊俏的脸。我一愣，原以为座船上没有人在，没想到会有女人。女人高挑的身子挺在我的对面，头戴宽檐瓜皮帽，用蓝黑黄三色毛线相杂编织而成，披肩乌发飘出绺绺紫黄，上身艳蓝色的羽绒服，下穿深蓝色的牛仔裤，暗红色的高跟皮鞋踏在水泥船板上，咯咯地几声碎步。她左手拎着水桶，几圈吊绳盘挽右手，显然是取水。船舷狭窄，仅容一人通过，女人笑盈盈地示意我先过去，我连说没事，没事，你先打水。女人不再谦让，将塑料桶倒扣入河，砰的一声水响，女人俯下身子，捋住吊绳提起满桶水，复就势蹿下深处，再猛力提出水面，左右开弓，三下五除二收起吊绳，一桶清水便搁在脚边上。

旧时的连家渔船，洞庭湖如今少见，它起居猫在乌篷遮盖的三尺舱，如果说相当于低矮的茅屋，那么水泥底壳的座船，便等同乡村的红砖楼房了。座船舱屋内空间有两米来高，两旁安有玻璃窗户，左右舱门对开形成过道，将住房、客厅与船尾的厨房、茅厕隔开。风力发电机已经普及，电灯替代了夜晚的渔火。船头照例会有鱼骨状的电视天线，竹竿支起比发电机的风叶轮还高。无论走进哪一条座船，居室显目处，必定供奉有毛泽东主席像，他老人家是人民的大救星。年长的渔民，当然不会忘记岸上的始祖，堂上历代祖先的神位，与九天司命和洞庭王爷一起，享受节日的香火。

荒洲野水，四望无靠，吃鱼好弄，青菜便不那么方便。管理站柴米油盐一应吃用，全依赖快艇定期补给，倘若遇上大风或是暴雨冰雪，快艇出不了航，可就叫天不应叫地不灵了。飞云让我猜，水上人家最大的生活困难是什么？就医，人生病有回数。就学，孩子的事情。打电话，有手机。孤独，属于精神层面。我摇头，飞云指了指，水呀！缺水？这四周渺渺茫茫，除了水还是水。我脑子一时转不过来。你仔细瞧瞧，河港里的水，暗黄色，吃喝拉撒搅在一起，你敢喝吗？记得刚才洗脸，水龙头流出的是清水。原来船顶有储水罐，加了明矾净化处理。我们吃水现在从城里带来，过去和渔民一样，弄点明矾澄清，眼不见为净。

湖上渔家

吃罢晚饭，站在甲板上聊天。夕阳渐渐隐入暗红色的雾霭，宽阔的平湖染成一片金色，洲滩从四野铺展开去，白光与黑影对峙，交割，流动，飞逸，悄无声息地在风凉光冷中推演。有船自河口驶近来，突突的马达声在河谷震荡，一条，两条，三条，三条机船鱼贯而入，船尾飘扬团团黑烟。蓝衣女人站在座船倚候，脸上的笑意将暮色染得绯红，她家的渔船归港了。

渔船追随女人注视的目光靠拢，收敛粗野的喘息，变得温顺而乖巧，水浪与座船的拍打声，成了知冷知热的亲昵。张家兄弟班五条汉子，清一色棉衣雨裤套鞋，臃肿的武装，丝毫没有影响他们手脚的麻利，泊好船，稍加收拾，匆忙钻进温暖的座船。

我看张家老大杀鱼。一条大活鱼搁在船板上，老大左手捏住鱼尾的卡口，右手举刀朝鱼脑壳上用力横板一拍，鱼便不再蹦了。他下刀破鱼不似我们那么文雅，我们通常会顺鱼肚或脊椎对剖开，他却是从肚皮往鱼的后脑斜起一刀，鱼便头尾分开剁成两截，省却了解刀的工夫。白肉断口殷红的鱼血直流，伸刀刮净鱼腹的下水，还有两边的鱼鳃，连同沾落案板细碎的鱼鳞，一并铲起往河中一抛，两筒三角形的鱼肉便可以下锅了。我忽然冒出一个怪念头，常人破鱼，讲求程序类似解剖，是为文杀。渔民杀鱼出刀麻利，是为武杀。所谓功夫好不好，出招便知晓。仔细想想，武杀或文杀，到底谁称得上高端杀手呢？

水煮麻鲢端上桌时，闻着香气，我便过船去，倚靠舱门看他们吃。五位男人围住四方桌子，蓝衣女人端着饭碗站在旁边。除了一大海碗鱼，还有两碟大白菜，一样的白菜分了两碟。三只玻璃杯形状的长罐头瓶中倒有白酒，旋开的铁盖搁在桌上，酒喝去了少半。老大欠起身子，招呼我坐，吃鱼，喝酒。我摆手谢绝，肚子太饱了，吃不下。我挑起说，今天打了不少鱼，都是大鱼，收获不小啊。老大呷一口酒，算账给我听，按三百斤鱼，卖得六元钱一斤，三六一八，一千八百元。烧柴油一天两百多斤，花去六百元，除去其他费用，五个人再摊，从天光累到断黑，今日运气好，每人赚得两百来元。如果打不到鱼，柴米油盐不算，得倒贴开船油钱。

野生活

夜幕完全罩下来，月光统领辽阔的湖空，波光摇曳，洲滩与船影黑黝黝地浮在水面，渔家灯火如缕如带地舞动，从水面的亮处看得清水浪轻快地流逝。本以为远离尘嚣，可以享受宁静的月夜，殊不知，一只巨大的怪兽扼守河口，厮杀搏击的嚓叫声，奋力拉起重物的金属迸裂声，还有铁齿铜牙咀嚼的咔嚓声，搅得满湖烦躁不安，似乎侏罗纪时代的大灾难逼近。只相距数里，我站在二楼甲板上，可以望见河口湖洲背后灯火通明，如同一座浮出水面的黄金楼阁，闪烁着黄色的光芒。挖砂船，吞食黄沙吐出黄金的魔鬼怪兽，彻夜不息挑灯夜战。

趸船蓄电池的储电不足，照明便不能看电视，要不就开柴油机发电。我连忙说没有必要，正好聊天。我们考察组，保护区六人有蒋勇、张怀书、周勇、姚毅、李飞云、倪厚军，中南林业科技大学费冬波博士，岳阳晚报摄影记者范向晖，加上我共九人。邻居张家老大曾过来，一看连站的位置都没有，只好放弃凑热闹走了。

聊聊巡湖的故事。我出题目。

蒋勇说，飞云，你就讲那回打"乌袴"吃鲤鱼的故事，正好我们几个都在场。

笑声荡漾。寂静的夜晚，有客自远方来，谈笑声飘荡空灵的旷野，会撩起孤独的渴望。

当初巡湖，大家穿着高筒套靴乱闯，不像现在有手机，还有 GPS 卫星定位，那时经常迷路。出太阳可以看日头，阴雨天就分不清东南西北。吃了早饭出门，每人背一壶水，带一筒饼干，有时发个苹果，就是路上的干粮。运气好，湖上碰到人家，弄口热饭热茶吃，运气不好，走冤枉路，天黑还摸不回来。

从丁字堤站出发，晨雾还没有消散。一行人说说笑笑，直插柳叶湖电排，转往君山后湖大堤，朝西北方向巡查。正午太阳当头，晒得人疲乏，大家肚饥口干，谁都不出声了，只听得脚步零乱地踏响。好不容易接近八大队地盘，找了一户人家，想弄点饭吃，刚落座，听主家随口说，早两天有人挑了沉沉的两个编织袋，从柳叶湖过来，像是投毒猎杀野鸭子。大家顾不上吃饭，立马打起精神，按照指点的大体方位，顺湖滩上下搜寻。

柳叶湖南边紧挨君山后湖大堤脚下，耕地与人家多在长湖北岸。错过了这个村，还真没有另外的店。一无所获的盲目寻找，加剧了我们的体力消耗，脚步变得缓慢而沉重。环湖折回去，还有一个多小时的路程。大家累得筋疲力尽，眼尖的周勇突然发现了救星：船！对面有船。一条座船停泊在芦苇丛中，旁边漂着脚划子，把它撑过来渡过去，就近多了。大家兴奋地冲到湖边，双掌围嘴合成喇叭，大声叫喊。呼喊半日，叫声随风传过空荡荡的湖面，船上依然不见动静，似是无人。周勇说，不对，刚才我明明看见有个人影。他又唤了数声，仍是死一般的寂静。周勇是水上公安派出所所长，一时心急，顾不了那么多，掏出随身携带的五四手枪，推弹上膛，朝湖空“啪！啪！”连开两枪。枪声的回响更脆更远，似乎抵达天边。然而，对面像一幅水墨画，野渡无人舟自横，总不见起半点波澜。

飞云脱下羽绒服摊在草丛上，一屁股坐下，蹬脱两只套靴，站起来剐衣脱裤。太阳很好，风还算温和，毕竟暮冬时节，湖水自然凉得冰人。太冷了吧。大家劝他，心里谁都明白，想抄近路，这是唯一的办法。不碍事。飞云一丝不挂，憨厚地笑笑，双手护着鸟巢蹚下水去。湖水没膝，招一掬拍湿胸前，风吹起鸡皮疙瘩，几个激灵便来了劲，他如水牯过河一般大步挺进，身后翻起浊泥。一行人目光落在他的后脑勺，他游过中央深水区，站稳了，蹚水前行，半个肉身从湖水里升起，双手搭住了船舷。飞云撑跃翻身爬上机划子，座船上突然伸来一双嫩手接应。

你在？那么喊你不应？伢儿穿着鲜亮，长得白净，不像船上的崽。父亲进城了，他守船，无事躺倒睡午觉。迷迷糊糊间似乎有人喊，不晓得喊我。周勇没好气地反问，老子打枪你也没有听见？伢儿抬头看他一身警服，哦，听到响了两声，我只怕是放大爆竹赶鸟呢。荷叶湖是内湖，渔民承包养鱼，经常有鸬鹚、天鹅等水鸟飞来觅食，渔民知道打鸟犯法，便会放大爆竹吓跑它们。

飞云仰鸟朝天躺在甲板上晒太阳，空话少讲，赶快搞饭给我们吃。从来没有吃过那么好吃的红烧鲤鱼。确实，真的。几个人异口同声地应和。红烧鲤鱼真好吃，肉又嫩，又入味，不晓得如何做的。那伢儿，鬼精。

红烧鲤鱼的余味，一定伴随他们进入了梦境。呼吸、鼾声、梦呓以及翻侧，左邻右舍的任何动静，清晰地穿透隔板传来，感同身受。我这才想起，所有床板固定在船体上，等于大家睡在同一张架子床上，没有隔音，只有传导，咿咿呀呀地催眠。

终于听不清水兽的怪叫,不知是什么时辰了。

水雾晨霜

窗外灯光晃亮,弄醒我,起身探望,玻璃雾蒙蒙的,看不清外面。按亮手机,六点半。河对岸分明传来几声猫叫,奇怪,船上养猫,鱼有吃,不知有老鼠捉否?

拉开门,冷风夹带水雾蜂拥挤来,冰刺的感觉袭上脸面。天上水上浑然一体,铅灰色的朦胧世界。远近船顶白亮得耀眼,莫非落了雪?昨夜月光如水,断不可能飘雪。再看,如雪的晨霜。

铁梯湿漉漉如水浸过,伸手搭扶,手掌被粘扯住,如有磁性,冰冻的灼痛感,麻得我一弹,脚底溜溜滑。河面如磨镜折射哑光,船的倒影静穆沉沉。晨霜应当是趁黎明前的黑暗,像微微细雨绵密地飘洒,悄无声息地潜伏,天明时突然显现白色的伪装,船板上凸起的物件,横的竹篙,架的篆笼,盛的盆桶,盘的网缆,无不刻有露天的印迹。我最喜欢"人迹板桥霜"的乡村意境,将自己的行迹,踏印白纸似的洁净,一种独行天地的欢悦充盈心田。铁质甲板保不住白霜,化作一层明亮的清水。

东边云层露出淡淡的绯红,嘎嘎嘎传来欢快的鸣唱,早起的大雁,开始从栖息地纷纷飞往各自选定的草滩觅食。大雁成群结队地从我的头顶上空飞来飞去,我发现它们在队形的变换过程中,总有强健者奋翅向前,轮流接替领头雁的位置。我对这些西伯利亚迁徙而来的远客充满敬意,它们年复一年,准时飞来,准时离去,飞越万水千山,征服千难万险,坚守生命基因遗传给它们既定的命运。这份承诺,让人世间所有海枯石烂的誓言显得苍白无力。大雁群体之间无与伦比的紧密合作,当仁不让的担当精神,正是我们所处的社会群体尤为珍贵的润滑剂。黎明即起，仰望低垂的洞庭湖空，接受这样一场特别的早课，心境随同湖野渐渐变得平和清朗起来。

张家兄弟比我起得更早，雨裤套靴鼓鼓囊囊，行动起来噗噗生风。三只作业行船纤尘不染被擦洗得铮亮，船壁湿淋淋的。两只扎紧口子的编织袋，一倒一立搁在甲板上，倒卧的袋子里，不时传来“咚咚”的敲击声。昨天的渔获，即将变为现钱，不知是哪一条强悍的鱼终不肯屈服，用尾巴发出抗议。就像英勇就义前的呼喊，蹦跶不了几下，很快被柴油机突突的吼叫声淹没。脆亮的马达声划破了清晨的宁静，喷吐的黑烟似乌龙从船尾翻滚，消融在迷漫的河雾中。张家老大背过身子，扯起棉衣挡风，点燃嘴里的香烟，深吸一口，星火闪耀明灭，他惬意地搓了搓双手，一天的辛苦劳作，就从抽完这支香烟开始。

初升的太阳跃上湖洲，像一个鹅蛋黄悬贴在纯净的天际，孕育万物的生命之源，竟然如此简单。初始的光辉并不耀眼，没有光芒与照射，整个天空却是呈现黄金的质地，大地笼罩在安详神奇的氤氲之中。晨雾没有消散的意思，转眼间，太阳烧热了早炊，炽白的圆轮升腾而上，金色的烈焰形成深色的光晕，倒映水中，只一道浅浅的光带，如同金轮碾过的印迹，洒落一些细碎的金箔，漂浮在风过留痕的水面，成为天地间唯一的金色发光体。

鹅们最会享受温馨浪漫的时光，红掌拨清波，涟漪一圈一圈荡漾，将太阳金色的光影摇碎，琥珀般的河面变成梦幻的温床。母鹅前行逗引，公鹅随后追逐，不时与情侣来个骑背之欢，交尾如此热烈，鹅头曲颈倒栽水中，只翻起白毛屁股尖尖朝天。同样黑嘴灰翅，天上的大雁，恐怕难以享此艳福。

似乎舍不得美好的夜晚，晨雾的帷幕迟迟没有撩起。想那蓝衣女人，应当还在睡她的回笼觉。

渔歌互答的春天

雨后初晴，君山岛遍地黄的枯叶、白的落花，湿漉漉的风刮它不起来，七零八落地铺满林中小径，脚板底下踏得唧唧响，似乎浸在水中。临近乌龙尾岸滩，湖风直灌，顶风吸上一口，呛得喘不过气来。众人裹紧衣衫抖着身子，嚷嚷着喊打回转。我与世平兄不肯撤退。凭岸眺望，只见天高湖阔，浊浪翻滚。湖洲水边散布七八只渔家座船，木窗白壁，绿色的渔网、棚顶相衬，有如黄土地上的小村庄。铅色的天际线下，青色的近岸浅滩，远近两带湛蓝，应是苍穹覆盖与水草掩映的缘故。丰茂的灰穗苔草，齐崭崭地铺满滩洲，北风吹过，掠起层层白浪。一条狭长的港道，将草滩切割，远接外湖，近抵堤岸。十几条渔船避风进港，泊成一条长龙。船上人家闲搁舱外，或坐，或立，男人蓝，女人红，动静举止清晰可辨。

"是谁持冻笔，书写老冬寒。蛮横狠竖斜撇，短路水光烟。时见飞莺折羽，还听荒狼嚎叫：何处可安眠？江上渔人泪，僵了打鱼船。"

好个词人蔡，触景生情吟诵新词，他念一句，少一句，被风吹散。

风帆的消逝

洞庭春溜满，平湖锦帆张。微风晓晴，千帆竞出。夕阳残照，远浦归帆。风帆满目八百里，人在岳阳楼上看。片片帆影，从潋滟波光升浮，载着唐的诗声宋的词韵，刻录在水天一色的洞庭湖上，成为最具生命意象的景致。

一阵西北风吹过，突突的马达声从远方传来，盖过高亢的渔歌互答。桨橹与挽篙，如同失业下岗的闲汉，经常悄无声息地望着湖水发呆。船尾一股黑烟升腾而起，很快被八面来风吹散。仿佛一夜之间，满湖的帆船改变了旧模样，高高耸立的桅杆消失了，张悬的帆篷自然无可寻觅。强劲有力的湖风，仿佛被带着浓烈怪味的黑烟呛着了，再也找不到抗争与鼓吹的对手，几千年了，曾经那么熟悉的感觉，竟然消逝得无影无踪。风，茫然不知所措，有劲无法使，四处乱窜，搅得波翻浪滚。

洞庭湖最后的风帆，像一只超级黑蝴蝶，双桅双帆，大桅高十五米，头桅高十三米，两片鱼翅状的帆篷漂浮在水面，跑得七级大风，破得四米高浪。这种名为风网船的渔船，船长二十一米，宽三米，深一点二米，在洞庭湖曾称得上巨无霸。

十九世纪末，来自列强的火轮船逐渐在长江航道称王称霸。倪、左、谢、熊、汪等诸姓渔民，总结与洞庭湖对弈的经验，创造性地将两只小划子帮衬在大船左右两边，发明了风网船，极大地提高了渔船抗风浪的能力，慢慢地在天门、汉寿、沅江、岳阳、湘阴五大船帮之中流传开来。到中华人民共和国成立之初，洞庭湖上共有风网船一百四十多艘。

熊德来、汪云洲，洞庭乡风网大队两位老渔民，见证了曾经的辉煌。解放衡阳，洞庭湖剿匪，人民解放军搭坐风网船冲锋陷阵。一九五四年特大洪水，人民政府征用五十艘风网船抢险抗灾，记不清挽救了多少灾民的生命。特别难忘一九六八年，华容县幸福垸溃决，风网大队接到紧急命令，调派四十多艘风网船进入溃垸区救灾。风急浪高，到处一片汪洋，屋顶、大树如同一个个孤岛浮在水中，风雨飘摇中传来绝望的呼救声。风网船如同神兵天降，穿行于惊涛骇浪，先后转移灾民四千多人。

二十世纪五十年代中期，喝柴油吐黑烟的钢铁大力士，开始登上木帆船。从几千年撑篙摇橹的沉重劳苦中解脱出来，新一代渔民欢欣鼓舞。机帆船，新时代的宠儿，保持着与时俱进的天性，短短数十年间，船体从木船变为水泥船，最终发展到铁壳船。马力越来越大，载量越来越高，如今最大的运砂船，载重量达到了一万吨。

不知从什么时候起，机帆船中间那个"帆"字消失了，完全进入了机动船时代。机动船以其强劲的动力和灵活的操纵，成为现代化的精锐之师，无所顾忌地在洞庭湖横冲直撞，如入无人之境。莫说小木舟经常被它掀起的长浪颠簸得险些倾覆，就连风网船遇见这些惹不起的时代骄子，也只得如同年老气衰的昔日英雄，摇摇头及早扯转帆篷避而让之。

老渔民说，风网渔船最终彻底退出洞庭湖，还有一个重要原因，便是洞庭湖没有那么多鱼捕了。风网渔船适宜集体作业，驾驶一条风网渔船，得有七到十个强壮劳力。如果是双拖网，网长二三百米，得两船并排作业。那时洞庭湖鱼多，青鱼、草鱼、鲢鱼、鳙鱼、鲤鱼、鲇鱼、笔杆子、肥坨鱼……四五斤重一条。记得最多的一次，一网打鱼四千多斤。二十世纪六七十年代，光他们洞庭乡风网大队每年向国家上交商品鲜鱼两万多担。进入八十年代后，形势急转直下，风网渔船亏损严重。洞庭乡所属的轮驳和风网两个村合并，组成水运公司，以航运业务为主，企业实现钢质船化、大吨位化，风网船无可奈何地退出历史舞台。

有细心人注意到，洞庭湖上二〇〇二年还有八只木帆船。最后的帆影，究竟何时消逝，谁也说不清。

洞庭湖上没有了风网船，没有了帆影，老渔民总觉得缺少点什么。缺什么呢，就像一个人丢失了魂魄，迷迷茫茫地飘荡。几千年的帆影，上百年的风网船，怎么说没有就没有了呢？熊爹、汪爹等一批老船手，风网船上生，风网船上长，消逝的水上家园，百年之后就随我们将记忆带入沉寂的黄土吗？共同的责任感，让几位老伙计走到了一起：打造一艘风网渔船。谈何容易，资金和材料短期内无法解决。最后商量的结果，按真船比例缩小，先做一只模型船。洞庭湖桃花汛起，大家拾起生锈的工具，乒乒乓乓敲敲打打，一艘长三点四米、宽零点八米的仿古风网船，从粗糙的双手和美好的回忆中诞生出来。老人们兴奋得像捡了宝，二〇〇八年八月八日北京奥运会开幕那一天，仿古风网船下水。蹚在齐腿深的湖水里，护驾的黑色的风帆重新升起，白发苍苍的老渔民，一个个神情激动，仿佛回到了意气风发的年轻时代，不，也许是童年时代。

风网船被静静地收藏在岳阳博物馆。

香炉峰

近岸青草覆盖湖洲，给洞庭湖镶上秀美的花边。远望君山，浓密的树林堆成一片云朵，从天际飘落水面。浑亮的春水，节节往湖洲上爬。水草漂浮，大片倒伏水面，仿佛刚刚从水底钻出来，白花穗尖尖上滴着水珠。我从君山乌龙尾下湖，朝香炉峰走去。香炉峰附近水面，停泊有七八条渔船。我想走进水上人家，得先步行穿过青草没膝、积水浸泡的湖滩。湖滩上本没有路，冬日里车子碾过的故道，野草稀疏，高一脚，低一脚，我大胆踏向前。

刚到水边，一只脚划子荡近岸来，船上一团红火。荡船的是位细妹子，穿一件大红罩衣，鲜红的倒影被船头的波浪摇碎。船底擦着了水草，细妹子平抬起双橹，橹声歇息，船儿嗖地一长声，就着惯性靠了岸。她特地摇着船来接我，她家的座船停泊在深水中。

问过细妹子姓邹，小名芳芳，今年十二岁。一张早熟的脸，被湖风吹得黝黑。乌亮的头发束成马尾，长可齐腰。牛仔裤脚下边，光着脚趿着一双塑料拖板。陈旧的木船不知是否渗水，舱内一层积水。顾不得那么多，我一屁股坐上船头。很多年没有坐过小木船，左摇右晃，我一时还真有点晕。芳芳站在岸边，用力推开船头，敏捷地跃上来，船调头朝茫茫的湖水中划去。暖风扑面，碧波荡漾，整个人很快就感觉神清气爽。一群白鹭结伴从水上飞过，青山石岸，绿草黄滩，与明镜似的湖面皆成影像背景，恍若仙境。

“芳芳，你读几年级呀？”

“我没有上学。”

“没有地方读吗？”

“家里没有钱读。”

我一时语塞。风浪大了，芳芳用力荡着双橹，脸上始终挂着平和的微笑。

渔家水寨渐行渐近，水上人家的生活，四无遮拦地显现。座船如一座趸船抛锚居中，长方形的舱屋，两侧装有玻璃窗户。带尾翼的三叶风轮支立在平顶上，带动风力发电机。鱼形电视天线，用竹篙挑得更高，标志着它并不是与世隔绝的孤独世界。禁渔歇业，大小行船倚靠两边。插迷魂阵用的竹篙，大捆大捆悬浮在船舷。船头船尾，到处堆着赋闲的渔网。渔民没有闲着，忙于织网，整理渔具。有船经过，只是抬头望望，并不会停下手中的活计。

两名妇女蹲在座船船舷上编织渔网，邹老二领着他家的哈巴狗，迎候我的到来。“这叫什么网？”“地笼。”大约三十厘米宽、四十厘米高的方形铁箍，间隔六十厘米一个，用绿色的尼龙网布裹起来，整整一条船长。地笼沉放水底，鱼儿钻进去，里面有倒须笼，出不来。等我与邹老二打过招呼，芳芳已经坐在她母亲旁边，抄起了梭子。地笼还没有合拢，一只黑猫钻在笼里面，黄色的哈巴狗在外面，嬉戏玩耍。

邹老二一家还在愤愤不平。原来，人家插围子，插到了他家的座船附近，出船作业不方便了。举目四望，湖面上到处都是竹篙尖尖。洞庭湖水面被私人分割承包，迷魂阵和布围子越插越密。邹老二指着说："他这个围子，见年加高。去年搞个三米，今年搞个四米。洞庭湖都变成一条沟了，其他都变成他搞鱼的地方了。"围子网高两米以下，网目细密，称低密阵。网高三到四米，网目稀些，叫高稀阵。春夏涨水时，鱼进来。秋季退水时，鱼出不去。"围子里围的全都是小鱼。连人工放流的幼苗，都落在里面了。"

坚决反对竭泽而渔的，竟然会是渔民自己，多少有点出乎我的意料。邹老二说："只要鱼进了洞庭湖，就等于进了锅。浅水电打，起水插阵。就是现在春季禁渔，湖滩平水打螺蛳。"邹老二满脸愁苦地说："洞庭湖按这么发展下去，最多三四年吧，对，最多三四年，洞庭湖会没有鱼捕了。我们祖祖辈辈捕鱼为生，没有办法搞了。"

邹老二祖上是江苏洪泽湖的渔民，一九六三年，他的父亲驾着渔船来到洞庭湖谋生。"文化大革命"期间，湖南省对连家渔船进行社会主义改造，他父母领着三个未成年的儿子回故乡。一九九六年，邹老二重返生养他的洞庭湖。

问起他的收入，邹老二给我算了一笔账。捕捞只搞得半年，十月间湖里就干水了。捕捞收入一般在一万多、两万块钱。要交的税费，至少五六千块。他算给我听：船检费，七百元。另外发个牌子，二十元。其他项目，两千八百二十元。迷魂阵已经是主要的捕鱼方式，它属非法业次，渔政部门不能允许渔业资源这样被乱搞，总要查。插阵子，芦苇场要收地皮（水面承包）钱，四百米长不到，也要好多钱。禁渔期没有生活来源，偷偷地放点地笼、下点丝网，收提前开湖费，八百到九百块钱。你说说看，老婆、孩子，一家五口要吃用，糊得住肚子就不错了，哪里来的钱送小孩读书？他的两个女儿，芳芳和她姐姐，从来没有进过学堂门。只有十岁的满崽，一家人勒紧裤带，把他寄在岸上读小学。总不能让他光眼瞎，再来当目不识丁的渔民。

撩鱼记

刚登上座船,到家了,老庚便对他老婆说,我老庚来了,去"撩几条鱼"回来作中饭菜吧。听说要下湖捞鱼,我特别高兴,坚持要同去。随他们夫妇驾起行船,剪开水天一色的洞庭湖,不时有雁影排空。老庚站立船头,穿着雨衣雨裤和长筒套靴,一身捕鱼作业的打扮。船上没有渔网,空空如也。迎面风,顶头浪,船儿颠簸得厉害,他执意要我坐在中舱的间板上,我双手抓住龙骨保持平衡。他的妻子坐在尾舱的柴油机旁,操纵船儿突突突地前进。

老庚在洞庭湖上生活了大半辈子,天光湖色染黑了皮肤染白了头。四月间我第一次下湖走访渔民,临近中饭时节,随访到他家的座船上,老庚留我,两人坐在舱屋里喝酒聊天,一见如故。一杯热酒下肚,互相报了生辰,同年出生,他比我小月份。依湖乡的习惯,彼此便尊称"老庚"。

船大约走了二十多分钟,湖面露出一片竹篙尖尾,长长短短东歪西斜,如发亮的枪刺从水底挑出,波浪捏出一圈发黑的湿印。我知道这是迷魂阵,竹篙挂上围网排成曲折的长帘壕沟, 它利用游鱼碰到障碍物喜欢梭边往里钻的习性,壕沟尽头设置倒须篆,等候鱼儿自投罗网。游鱼只能进不能出,无法逃脱,大小通吃,对鱼类资源破坏极大,人称"绝业",渔政部门早就明令禁止。

从迷魂阵的鱼篆里捞取渔获物, 或许是过于坐享其成吧, 渔民不叫捕捞,也不叫捉鱼、取鱼,叫作"撩鱼"。 第一次从劳动者听到这个新鲜术语,如同一粒青梅含在嘴里,尽管有说不出的苦涩,它却是如此准确生动富有力量。

行船围着迷魂阵减速绕行,在四望茫然的洞庭湖中,我不知道老庚他们是如何辨认出各家劳作的田园。老庚伸手扶住一根竹篙,解开上面系着的绳索,开始从水底往上撩。吊绳绷急,水下显然有重物。鱼篆很快从清亮的湖水里露头，老庚探手抓紧鱼篆的圆形竹箍，直身用力一提，哗啦啦倒翻出浊浪。鱼篆竹箍直径一米，间隔两米，共六节，十二米长。老庚就势抖落粘在网目上的泥沙，篆内锥形的倒须网胆有白色的鱼儿上下蹦跳。水淋淋地，一节一节地提抖，水花撒满船头，飘他一身泥腥。鱼篆内的渔获物全部落入长长的尾兜，提上船板解开底部的松紧口子，白花花的鲜鱼如银色的月光泻落鱼舱内，搅起眯眼的阳光活泼乱蹦。

我仔细数数，共二十六条，清一色的黄鳊鱼，孩童巴掌一般大，白白胖胖的。接下来一篆，亦令人失望，手指头大小的丁公鱼、土憨巴，肥头阔嘴，满身笋壳斑纹。围着这片迷魂阵，前后撩起六只篆，情况都差不多，无非是二三寸长的叼子、鲫鱼和晾着长须的小青虾，没有一条能够下锅的鱼。

老庚看出我对洞庭湖的失望，他解释说，这片水域本已水退滩干，来不及收网，这几天意外地发了大水，相当于洗锅水，油水不大。洞庭湖渔汛，历来是“走秋俏”，现在已经扫尾了。农历三、四、五月为春汛期，正值产子育苗，如今国家实行春禁。六、七、八月丰水季节，称高水期，水面宽阔无法结网，神仙难捕六月鱼。到了九、十、十一月落樵期，“水落樵，鱼归漕”，樵山水落滩干，芦苇荡中的鱼儿随水归漕，为了保护种鱼归潭过冬，旧时为洞庭湖的禁渔期，如今反倒成了捕鱼旺季。落樵的那几天，每天可以撩鱼一二千斤，最多的一次，我撩过六千斤鱼。到十二月和次年一、二月，为冬捕期，过去要举行隆重的开湖仪式，用三牲、茶酒礼祭奠洞庭王爷，杀雄鸡敬神。

说话间，我们转场到了深水区域，这儿才是他们常年插阵的地方。老庚说，间隔半个多月没有撩，肯定会有中饭菜。果然，出水便撩起一条约三斤重的白鲢，中饭菜来了，噼里啪啦，它的有力弹跳给一直显得有些空荡的鱼舱带来收获的喜气。鲇鱼、鲤鱼、草鱼、俏白鱼、黄牯鱼、桂花鱼，形态各异的鱼儿，半斤一条，四两一尾，一拨接一拨泻入鱼舱，大大小小相聚一团，总算将舱底铺满。

一条异常的鲇鱼引起我的注意。五寸来长的鲇鱼，皮肤腐败血肉模糊，一溜四块伤疤，大的有酒盅大，小的状如铜钱，非常刺目。老庚随手捉起要扔掉，我劝止住，特地拍了照。老庚说，起桃花春汛时，将上游一个冬天的污水带入洞庭湖，臭乎乎的黑水带，老远便看得见。新生的鱼苗不死也会脱层皮，落下烂皮病。经常捞到这种烂皮肤的鲇鱼，莫说人不敢吃，连鱼食贩子都不收。

老庚提起一根网绳，轻飘飘空荡荡，他心往下一沉：鱼篆被人偷了。老庚板着脸，拎起船锚放下湖底，指挥妻子开船，拖着船锚缓缓前行。费了两个来回，妻子挨了几句骂，拖绳有了感觉，被偷鱼贼割断网绳丢弃在湖底的鱼篆终于被钩挂上来。后来，又发现有三只鱼篆不见了踪影，连插阵的竹篙也被拦腰折断。老庚费了很大的劲，将断篙拔出来。我这才弄清楚，网绳穿过一个小滑轮固定在竹篙上。我心里正疑惑，如果装满几百斤的活鱼，如何便当地从四五米水深的湖底撩起沉重的鱼篆。

撩鱼返回座船，岸上骑摩托车来了鱼贩子，邻近有鱼船划过去，我同船看热闹。鱼船的活水舱内，装满鲇鱼、鲤鱼和黄牯鱼。隔壁舱内全是寸把长的死鲫鱼，只能当鱼食。鱼贩子拿起鱼兜，舀出活鱼装在鱼篓中，将鲇鱼和黄牯鱼一条一条地分拣出来。抬起来过秤，鲇鱼四十斤，黄牯鱼十六斤。我没有听到具体的价钱，只听鱼贩子说，总共三百三十元。渔家说，给三百四十元吧，我们伙计俩好平分。一位路人趁乱上船，用塑料袋子装上五条鲤鱼，自己称了称，四斤，八元钱。递出一张十元票子，接过两元的找零，他转过身来，复从鱼舱里捉一条，掐在手里笑眯眯地跳下船去。鱼贩子从摩托车上取来橡胶布袋，一只空瘪如也，另一只鼓鼓囊囊。众人帮忙，将鲜鱼倒入空瘪的袋中，灌入少半袋湖水，两个袋子口对口捏紧，气囊袋对准鱼袋子放气，只听嗖的一声，鱼袋子鼓起来，气袋子瘪下去。氢气和水，可以保证鱼儿鲜活地运到鱼市。

鱼食之忧

顶着劲风冲下湖堤,泥一脚,水一脚,朝鱼船走近。港边踩出一条泥路,挑着倒伏的湖草踏上去,草根溜滑,鞋帮子粘满烂泥,糊成泥底,这倒好了,索性放开势子朝草丛中蹚。

鱼船连排,渔民闲坐着,晒晒太阳,拾掇着网具。见有外人来,嘻嘻哈哈笑闹,露出洁白的牙齿。“来捞螺蛳的吧?”我从网具看出来。“来游君山的。从沅江过来,来游君山。”见我一脸疑惑,大家笑得更灿烂。船舱两位黝黑汉子,正围着煤炉架锅吃饭。酸菜、花生米炒剩饭,酱乎乎的,饭也是它,菜也是它。身材略矮的一位,端着白碗夹住花生米往嘴里塞,不甚言语。另一位瘦个子,与我搭上了话。他左手端着一次性塑料茶杯,白酒快见底,想必正想与人说话尽兴。他挑着筷子比画,解释说,来了十八天,只打了六天螺蛳,其他日子都是刮风、下雨、涨水,窝在这儿出不得湖,君山岛都游了好几回。

这伙渔民来自沅江的南洞庭湖畔,十一月份退水,湖螺开始露滩,捞螺船队便结伴过东洞庭湖来了。螺蛳卖给鱼食贩子,论袋卖,一编织袋八十来斤。正月里高峰期,一天可打七八十袋,一袋卖得二十块钱。现在接近尾声,只卖得十把块钱一袋,一天也只捞得四五十袋了。眼下再涨水,捕鱼的下湖,捞螺船就得打道回府了。

问起收入,瘦个子给我算了账:一条捞螺船,每日得烧十三到十四斤柴油,每斤三块六,油钱将近五十块钱。真正作业的时间不长,只有一个多月。船要上证,人要吃饭,孩子要学费,落不得几个钱。看他们赤脚粗衣,抽的白壳子白沙烟,喝的散装谷酒,还有热锅里的粗劣饭菜,此话不假。

一辆车厢漆成蓝色的三轮农用车,停靠在水边。鱼食贩子蹲在车后,一堆小鱼细虾摊倒在湖泥地上,在阳光下泛着灰白的光泽,有叼子鱼、麻嫩子和青虾,都是清一色的鱼花花,细细密密得令人心悸。贩子嘴里叼着香烟,正在分拣装筐。他收购价每斤五到六角,转卖给养殖场一块钱。我很想弄清楚,一斤鱼大约会有多少条?灵机一动,我掏出一张名片,搁在鱼堆上,拍下照片。事后我对着照片测算,名片长九厘米、宽五点五厘米,至少可以盖住四十条幼鱼的生命。

我在煤炭湾湖洲上遇见装运鱼食的鱼船,一船可以装产上千斤。最大的鱼都只有寸把长,根本看不清鱼的模样,只是白鳞鳞的迷人眼。像是积农家肥,百多斤一担,从船舱挑上农用车,运到鹿角码头的仓库冷藏,等待养鱼场的高价。它们产自红旗湖,上、下红旗湖约一点四万亩水面,承包给私人。冬季放干湖水,竭泽而渔,每年可产鱼食四至五万斤。

桃花汛

树有根,水有源。

二〇〇八年三月二十五日,新闻报道:由于连日降雨,湘江出现桃花汛,达到今年以来最高水位三十点五八米。

春天来了,成千上万的雁鸭,一拨接一拨集结在浅水湖滩,采桑湖似乎成了繁忙热闹的空港。与去年秋季飞来时不一样,它们不再为争夺食源领地,展开种群之间的厮杀,而是齐鸣共唱,和谐相依。成年雁鸭,找到了自己的配偶,日夜形影不离,生死与共。南来的暖湿气流催促它们,变得激情、亢奋起来,该返回遥远的北方,生儿育女。夜幕渐渐降临,不知是哪一只雁领头,不知是如何发出起飞的号令,雁群突然腾空而起,一个阵列接一个阵列,展翅高飞,声震四野,化作一团移动的黑点消失在天际。采桑湖恢复了自然的寂静,风声和着浪声。湖洲泥滩上,到处都是散落的羽毛、鸟粪,还有密密麻麻形如天书的爪印。

春潮水暖鱼先知。桃花汛涌入洞庭湖，淹没长满青草的洲滩，潜藏深潭越过冬天的鱼类，终于有了广阔的觅食场所。空瘪的肚皮一天天鼓胀起来，繁殖季节到了。

洞庭湖作为长江中游地区仅存的两个通江湖泊之一，鱼类区系复杂，种类繁多，是长江流域重要的鱼类和水生生物种质资源库，重要的鱼类及水生生物栖息地。

洞庭湖的鱼，分为江海洄游型、江湖洄游型和湖泊定居型三种生态类型。中华鲟、鲥鱼、刀鲚等，它们由海洋上溯到长江淡水中繁殖，产后再返回海洋。新生代顺江水漂流，逐渐进入海洋生活。青鱼、草鱼、鲢鱼、鳙鱼等，它们在长江繁殖，进入湖泊生长育肥。湖泊定居型鱼类，如鲤鱼、鲫鱼、黄颡鱼、鲂鱼、鲇鱼等，它们喜欢待在静水湖泊，一般不进行长距离的迁移。

我们熟悉的青鱼、草鱼、鲢鱼、鳙鱼，俗称"四大家鱼"，其实都是野生鱼种，它们都来自长江。即使是人工繁殖的鱼苗，产卵的亲鱼也来自长江。

四大家鱼产卵是一个奇妙的过程。它们得到长江中流击水，寻求那份刺激与快感。水越大，流越急，临产的母鱼就越亢奋，产卵就越多。反过来，如果水流平静，它们觉得使不上劲，产不出卵来。

这种习性并不是偶然，它是为了延续生命的需要。它们产出的卵，密度稍大于水，可以借助于水流的翻滚，在水层中漂流。专家称之为"漂流性卵"。漂流性卵发育、孵化，可以随水漂流三四百公里。如果沉入死水，鱼卵无法孵化，鱼苗不能成长。像这样产漂流性鱼卵的鱼类，在长江干流有二十多种。除了四大家鱼，还有鳊鱼、鳡鱼、鳍鱼等。

鲤鱼、鲫鱼、鲇鱼、黄颡鱼等湖泊繁殖鱼类，它们产黏性卵，主要在湖洲草滩上繁殖。第一声春雷响过，宁静的浅滩缓流，水草丛中不时传出噼噼啪啪的水响声，那便是正在产卵的鲤鱼，扑腾瓣子所演奏的生命之歌。当临产的鲤鱼、鲫鱼们，找不到水草作为产床和黏附基质，产卵的积极性以及鱼卵的孵化成活率都会大打折扣。洞庭湖水位偏低,草滩锐减,渔民听到母鱼瓣子水响的机会越来越稀少。触目所见,一串串糜烂发黑的鱼卵,或是浸泡在怪味刺鼻的污水里,或是风干在水枯滩干的湖洲上。

洞庭湖的鱼,真的是越来越少了。水产专家呼吁:如果再不采取措施保护,不少野生鱼种面临"亡族灭种",并非危言耸听。

希望之光

长江和洞庭湖流域春季禁渔,二〇〇一年最早在湖南岳阳市试点。试点成功后,农业部决定在长江全流域推广。每年四月一日至六月三十日,洞庭湖和临长江的湖南段进入春季禁渔期,时间为四个月。这段日子,要求渔船进港,渔民上岸,江湖河流休渔。

二〇〇八年四月一日,零点的钟声敲响,渔政管理部门二十四小时设卡守候,分片巡湖。农业部启动卫星,全天候监控。这是渔政部门工作最为繁忙的四个月,湖面上经常可以看到巡逻的执法快艇,呜呜地跑着,浪花翻白,像是要在水面上飞起来。工作人员身穿橘红色的救生衣,在波涛翻滚的湖上非常醒目。

一夜阵雨,一日晴朗。桃红李白的日子,洞庭湖上阳光与水汽升腾弥漫,近水浊黄,远水浑亮,与多云的天空融为一体。绿油油的浅水滩洲,如一只只青螺,随意地翻晒在阳光下。芦苇密密匝匝从黑土地钻出来,充满春的生机与希望。连片的油菜,如同翠绿的地毯铺叠伸展,金黄色的花似云朵飘浮。温和而有力的南风,夹着丰沛的湖味草香,在草丛树林上滚动,淅淅沥沥一路移步,杂乱而清晰。我和记者曾涛同往六门闸采访,想听听渔民对禁渔这个事的看法。

曾涛,驻岳阳记者站站长。从在电视台工作开始,他便一直追拍洞庭湖。

一九八七年，由他操刀，前后花三年时间，拍摄了二十四集电视专题片《八百里洞庭》，向中华人民共和国成立四十周年献礼。这应当是我国第一部有关洞庭湖的电视百科全书，我还记得，片头主题歌词是我的老乡、诗人杨孟芳写的："你有多宽，只有天知道；你有多深，只有地知晓。八百里沉浮，记录着云梦的变幻；五千年忧乐，吟唱着兴衰的歌谣。忧也是歌谣，乐也是歌谣……"这首诗，如今雕刻在岳阳楼沿湖风光带诗廊的麻石上。

聊起洞庭湖，曾涛给我讲他拍摄中的种种趣事。放花篮啦、赶罾子啦。"洞庭鱼王"，长五米、重一千多斤的中华鲟啦，还有双帆高悬的风网船……"镜头中的许多景物，再也拍不到了。"曾涛深沉地叹了一口气。他对洞庭湖有太深的感情，有太多的感慨。

一位年轻人骑着摩托车过来了，我们随机采访。尽管带了助手，曾站长还是自己扛起了摄像机。张岳，三十四岁。谈起春禁，张岳很赞同。他说，确实有好处。如今鱼多了、鱼大了。难得见到的白鲢、草鱼也能捕到了。他生动地形容："渔民过去说：'鱼死不闭眼，只准吃不准攒。'年年搞个光溜光，还糊不住一张嘴。现在的说法：'鱼死眼睁开，捞鱼的发大财。'"我追问他收入如何，他乐呵呵地说，二〇〇六年除去开支，落得几千块钱。二〇〇七年鱼更多些，落得一万多块。

渔民开始看到春季禁渔带来的好处了。起初，渔民抵触情绪较大，偷偷地违禁下湖的多，甚至和渔政执法人员发生冲突。慢慢地，渔民发现，国家拿出钱，买了鱼苗投放在洞庭湖。春禁过后，洞庭湖的鱼多了，鱼大了，产量增加了。一些珍稀鱼种，像银鱼、胭脂鱼，好多年没有看见过，现在也有了。"江猪拜风" 的景观，不但渔民时常见到，还撞进了央视记者的镜头，"又见江豚"，成了洞庭湖水质好转的标志。

一只划子荡近岸，何金波，三十九岁，在堤上几间简朴的平房安家，一家四口，有六七亩田土。我故意激他："你讲实话，禁渔到底是真禁，还是假禁？"

这位敦实的渔民果然急了,跳下船来,一把扯起丢弃在湖滩上的迷魂阵网:“你看,鱼网都被牛踩烂了。”我连忙肯定:“你没有讲假话,鱼网上结的牛粪泥巴长出了青草。”他说,外湖禁止捕鱼,他就种菜、养鱼。搭帮政策好,政府发低保补贴,每月每人六十到八十块钱,日子过得一年比一年好。

二〇〇五年禁渔期间,岳阳县财政拿出五万元,第一次给专业渔民发放补贴。二〇〇六年柴油价格高些,国家又给渔船发放柴油补贴。现在,岳阳有四千多户渔民享受低保。并通过帮助转产上岸,逐步解决困难渔民的生活出路。

六门闸的鱼远近闻名。这儿是渔民聚居的地方,路边一排民房都设有门面,贩干鱼、吃鲜鱼,岳阳城里许多人,开着车子几十公里赶到这儿尝湖鲜。太阳底下,晒盘一架挨着一架,密密麻麻地摆满地坪。长条的刁子鱼个头整齐,颈根处掐一指甲挤去肠肚,腌盐晒干,青背白肚煞是可爱。几斤重一条的桂花鱼,对剖破开,铺陈在晒盘上,摆出圆形的图案。晒得半干,肚皮泛红。干透了,便泛白发黄,一条漂亮的脊椎骨显现出来。这道渔村风景,很能吸引来客的眼球。吃过酸辣黄牯鱼和水煮鳙鱼头,禁不住诱惑,我拎上六条桂花鱼回家。

如果没有了鱼,洞庭湖会是什么模样?你能想象吗?起初我也不会这么想。除非洞庭湖没有了水……

三峡工程坝前蓄水水位接近海拔高程一百七十五米,设计试验性蓄水任务的完成,标志着三峡工程进入后续建设时期,即后三峡时代,长江与洞庭湖从此步入新的江湖关系。

鹤舞渔家

穆湖铺渔场宽阔的水面波光粼粼,一群雪白的长脖子大水禽浮游戏水,柔软而优美的舞姿仪态万方，有的仰天高亢歌唱，有的低头从容喝水，或扎猛子，或踏水桥，或洗澡，或觅食，强壮的翅膀拍得水面哗哗响，成双成对恩恩爱爱展示洞庭仙境的诗情画意。

老张头说那是小天鹅，它们刚飞来三天，共有五十六只，昨天清晨渔民取虾笼，有八只被吓走了，还有四十八只，其中有五只是亚成体幼鸟。这些精灵刚从遥远的北方飞来，在这儿歇歇脚，分头寻找最好的栖息地，等明年三月再集合，又合群北飞。

蒋勇、姚毅用望远镜观测水鸟数量，我做笔记：赤麻鸭，二十六；鹭鸶，三十八；反嘴鹬，八十六；鸿雁，九；苍鹭，四；黑腹滨鹬，五十；鹤鹬，两百一十。

一九八四年设立君山自然保护区，一九八七年更名为湖南东洞庭湖自然保护区，一九九三年国务院批准升格为国家级自然保护区。保护区成立急需招募义务鸟类管护员，张厚义第一个主动请缨。自从接受“管鸟事业”起，每年九月上旬直到翌年三月下旬，候鸟越冬期一百八九十天，张厚义坚持天天下湖巡护，就连春节过大年他也不会间断。特别是南归与北迁两个“大聚会”的节日，鸟群聚集三五天，长时可达十天左右，是张厚义重点守望期。

保护区特意在张厚义家授挂君山保护点的标牌。他救助白鹤的传奇故事，令洞庭护鸟王的声名远扬。

那天水雾渐渐升起，丁字堤外湖草滩宽阔地铺展开来，阳光斜照，只只白鹤撑持长腿从水面高托起雪白的身躯，不时伸出长喙颈脖沉水啄食，进而抬头相互观望，或是扇舞翅膀搅乱波光水色。张厚义照例清点白鹤家族，十二只成鸟，四只幼鸟，一只都不少。忽然他发现不对，一只成年鹤呆呆地立在近岸浅水滩，摇摇跛跛地扑入水中，翅膀扇几下搅翻波浪，终是没有飞起。张厚义顾不得烂泥水深缓步近前，嘴里“乖乖、乖乖”地劝慰它，亲切地把它抱起来，水珠抖落散开圈圈涟漪。大白鹤左腿伤口发炎，它已经无法站立，只能歪歪斜斜地伏卧，扑扑腾腾地爬走。一旦落难受擒，更不知命运如何，它不时抻长颈喙“咯咔，咯咔”发出恐惧而愤怒的声音。

老婆快来帮忙！张厚义护鸟这么多年，不知救助过多少伤兵残将，从来没有这么大惊小怪，人还没进门就大声喊。老婆见他抱一只大白鹅跑得气喘吁吁的，呵呵，老头子又捡了宝！

大柳树下两条渔船中间，正好当阳挡风。张厚义夫妇忙乎起来，砍楠竹，锯板材，剪铁丝，缠绳索，就像是船上芦苇茅棚窝，给它搭个新家。灵鹤很快熟悉了穆湖铺渔场的栖息觅食地，濠河取食芦苇、委陵菜等高地植物的块茎，捕捉鱼池水底的小鱼，白鹤的舞姿特别漂亮，就给它取名“飞飞”吧。“飞飞！飞飞……”张厚义闲坐喝酒时，喜欢叫飞飞来助兴，他把佐酒的花生米、玉米粒抛空，飞飞像捕捉跳虫一般，伸脖子迈大步或是舞翅扑食。

春天来了，月朗星稀的夜晚，当又一群白鹤飞过穆湖铺，嗬嗬嗬鸣声清清荡荡传递最后的起程消息。飞飞洁白雪亮的身体围绕张厚义跳舞转圈，不时抬头朝天发出咯咯咯的急促响应。张厚义知道，离别的日子终于来临，他含着眼泪抚摸飞飞的枕背，羽毛的滑爽从来没有如此沁入肺腑。张厚义喉咙微微哽咽，飞飞，你去吧！等冬天你再回来！张厚义双手托起飞飞用力一抛，白鹤振翅扇起一股清风腾空而去，嗬——嗬——嗬——越飞越高。

一个冬季又一个冬季，洞庭湖候鸟归来复去。张厚义望穿双眼，飞飞或许再也回不来了。

朝霞映照平静的穆湖铺渔场，湖底浅水沟弯弯荡荡的长飘带上，一群三只白鹤踏水觅食。中间那只幼鹤低头弯颈长喙扎进水中，头颈及背臀部位鲜明的金棕色羽毛胎记，亲密的一家子。雄鹤修长站立抬头观望，对他发出“嗬——嗬”的欢叫，张厚义按捺不住激动，喊着“飞飞”冲上前。雄鹤“嗬嗬”地展翅起飞，带领妻儿朝张厚义飞来，钻过柳树枝条翻落鹤棚晒坪。张厚义风霜瘦削的脸庞激情奔放，两年不见飞飞你跑哪儿去啦，一家三口真有出息哦！灵鹤听主人称赞，越加雄姿英发，眼影尖喙东亲亲西昵昵的。“咯咯咯——”“咯咯咯——”三只白鹤围绕张厚义翩翩跳起芭蕾舞。

“鹤舞渔家！”消息引起国际鹤类基金会主席乔治·阿基波博士的关注，他接到报告后立即偕同夫人赶到岳阳。有贵宾自远方来，灵通的仙鹤听到主人召唤，从湖畔水滩飞临而来，咯咯咯地欢叫跳舞，向主人讨食。张厚义早已抓好一把苞谷粒，时而抛投逗乐，时而亲手喂食，与仙鹤像豢养宠物一般亲密无间。阿基波博士高兴得手舞足蹈，张先生，你太了不起了。我从事鹤类保护二十多年，从来没有这么零距离地接触野生白鹤，欣赏到如此美妙的仙鹤舞蹈。他紧紧地拥抱张厚义，跷起大拇指：“我代表国际鹤类基金会和国际鹤类保护协会向你表示衷心的感谢！”高个子的外国佬执意住在张厚义家，代表国际鹤类基金会授予张厚义一枚蓝天白鹤优美舞姿的徽章，正式吸纳张厚义为国际鹤类保护协会会员。

二〇一二年，张厚义被中央电视台评为中国法治人物。

补　记

二〇一七年金秋十月，建设生态文明被明确为中华民族永续发展的千年大计。人与自然是生命共同体，人类必须尊重自然、顺应自然、保护自然。人类只有遵循自然规律才能有效防止在开发利用自然上走弯路，人类对大自然的伤害最终会伤及人类自身，这是无法抗拒的规律。建设人与自然和谐共生的现代化国家，必须树立和践行绿水青山就是金山银山的理念，像对待生命一样对待生态环境，统筹山水林田湖草系统治理，实行最严格的生态环境保护制度，形成绿色发展方式和生活方式，建设美丽中国，为全球生态安全做出贡献。

按照坚决贯彻新发展理念，端正发展观念，落实“以共抓大保护、不搞大开发为导向推动长江经济带发展”要求，打好洞庭湖生态环境保卫战，职能部门联合行动，拿出“杀手锏”，全面整治洞庭湖，确保“九龙治水”真正治好水，努力还一湖清水，让素有“长江之贤”称号的洞庭湖生态环境和渔业资源打好复苏基础，构建湖区生态环境现代化建设新格局。

洞庭湖的春天来了。

何曾与水商量

调弦口与华容河

摊开洞庭湖地图，荆江南岸有松滋、虎渡、藕池和华容四水悬垂，微微地颤动，如同蓝色的琴弦铺陈大地，不息地弹奏着江湖奏鸣曲。最东边的华容河，又称调弦河，最短最小，它与长江的关联，却是历史最久，最能折射人与自然的博弈关系。

长江调弦口形成之前，华容县海拔最高的桃花山成为分水岭，山洪淌出一条溪河，向北流入长江，向南流入洞庭。它南北逢源，沟通江湖。三湘四水进入雨季，南水高涨，洞庭水位高于荆江，它便分湖入江。反过来，盛夏川水漫潦，长江北水压向洞庭，它便调过头来分江入湖。虽因其短小而“微不足道”，江湖的演替却是悄然发生。随着荆江河道的形成，北岸穴口逐渐湮塞，滔滔江水南迫，向北入江的溪流被泥沙淤塞，全部转向南流。西晋驻襄阳的镇西将军杜预平定江南后，顺势开挖华容河，北源江水，南达洞庭，以通郴桂漕运。

千百年来淤塞与疏浚，漫洇与周折，古河故道的变迁难以指证，现今的华容河全长六十点五公里，依然源自调弦口，由湖北省石首市调关镇流至蒋家冲出境，经万庾镇便往东南拐，穿华容县城，分南北两支，打一个长结，又汇合一起，从旗杆嘴注入东洞庭湖，流域面积大约一千六百八十平方公里。

横贯华容腹地的河流，凭着它，船运北达长江，南下洞庭，尽得江湖两利。可也是它，洪涝灾害频发，血吸虫病肆虐横行。外洪祸害是它，排除内渍靠它，淡水资源来自它，排污下水也是它，华容河承担的多种角色，从来就是相互纠葛而矛盾。

时光如江河水昼夜不舍地流逝，长江与洞庭湖生息相依，在人们眼中，它带来的利弊如岁月的荣枯此消彼长。到了二十世纪五十年代后期，水文实测资料表明，调弦口多年平均流量只占长江干流枝城来水量的百分之二至三，分沙量只占四口入湖沙量百分之六点九，调弦口对长江的分洪作用微不足道，可洪水对华容河两岸石首、华容两县近百万亩农田、数十万人口威胁极大。一九五八年五月二十日，国务院总理周恩来、副总理李先念，召集湖南、湖北、江西三省以及长江流域规划办公室、水利电力部主要负责人，在总理会议室开会，专题研究如何治理长江，堵塞调弦口。之后湘鄂两省商定，为了改善这一地区的防洪、排涝、浇灌条件，扩大湖区的可耕地面积，兴建调弦口闸，堵塞调弦口，华容河下游围垦钱粮湖农场，并在旗杆嘴兴建六门闸，与洞庭湖分离。从潘家渡往东北方向新辟二十九点五公里长的华洪运河，撇去钱粮湖农场的山洪，沟通华容与长江的水运。这个方案很快得到国务院批准，一九五八年冬，华容县在石首境内的调弦口建闸堵口，一九五九年全线工程完工。华容河截断了长江与洞庭湖的首尾，变成上不通江、下不达湖的内河，荆江从此由四口分流演变为三口分流。

五十年后，风水倒转过来，二〇〇八年我驱车来到调弦口，不是为了防汛抗洪，而是了解如何引江济河，拯救日益衰竭的华容河。

正是冬枯季节，碧波荡漾的长江清澈明亮，水下似乎蕴藏着诱人的陷阱，令人难以置信。砌石护坡的长江大堤，锁住巨龙固若金汤。调弦河口的浅滩，停泊着七八只渔船，却不见人影。白色的浪花一拨接一拨，淘洗烂泥滩上的乱石碎瓦，无法倒灌入华容河内。调弦闸外，引水河床早已裸露出来，张开崩溃的豁嘴，河床高出江面将近两米。如果不是“调弦口闸”四个大字镌刻在闸房上，我不敢相信，脚下干枯的河道，便是长江“四口”之一的调关。闸房门窗紧闭，铁栏锈迹斑斑，不知多久没有开启。闸门关住一坑臭水，垃圾漂浮。转过内侧，出口冲成池塘，三眼闸口几近没顶，一位中年妇女蹲在护坎边，搅水擂槌洗衣。钢筋水泥浇铸的闸体一九六九年改建，华石公路横过，车流人流，河中却很少有水流。

表面看起来，一切问题的根源，似乎是泥沙淤积引发的。华容河上游平均淤高二点五米，其他河段淤厚也在零点三至零点五米，行洪不畅，排涝滞缓，水位壅高了，两岸堤防低了，加上年久失修，防洪、排涝、浇灌、供水都受到严重影响。当初一心想拒长江水于“河门”之外，如今开闸放水，无奈闸高水低，江水引不进来了。华容河与江湖阻隔变成内河后，河流自洁功能锐减，两岸城乡工业、农业和生活污水，没有经过任何处理全部排入河道，水体污染严重，水质日趋恶化，威胁饮水安全。

长江和洞庭湖团团包围的湖区，居民会没有水喝？这个最不可能出现的情况，竟然变成了现实。

从堵塞调弦口到五十年后引江济河，大自然似乎与人类玩起猫捉老鼠的游戏。究竟谁是猫，谁是老鼠？恐怕只有上帝知道。我们历来不相信上帝，正是五十年前，有一首民歌很能代表国人的心态：“天上没有玉皇，地上没有龙王。我就是玉皇，我就是龙王。喝令三山五岳让道：‘我来了！’”实现“人水和谐”，显然不是兴建一座提水泵站所能解决的，它的背后，涉及人口、经济与环境的相互作用。自然界只会按照它的客观规律行事，人却是能动的主体，成败得失皆缘于此。现在看来，当我们追求物质利益最大化的同时，应当考虑环境的承载能力,顺应自然,调整我们的生产模式和生活方式。

长江故道

万里长江,险在荆江,说的是荆江水势危险。长江以藕池口为界,分为上、下荆江,下荆江从藕池口流至城陵矶,其水流的摆动、冲刷险象环生,形成“九曲回肠”的独特景观,为典型的蜿蜒形河道。千百年来洪水倾泻奔放,历经自然或人工裁弯取直,荆江一路留下了天鹅洲、黑瓦屋、老河、上车湾、老江河等长江故道,说不清道不完的水文地理变异。

长江江豚最喜欢表演顶风逆浪欣然跳跃的水上运动,借助天光水色打量江湾河道的美丽景观。

一九六八年对于江豚来说应当是特别的记忆,华容县集成垸弯弯的上车湾忽然游不进去了。上车湾全长三十五点八公里,而颈部距离仅三公里,老河道弯度巨大,堤内地势低洼,水流湍急异常,极易冲垮堤坝,近百余年来就发生自然截弯十几次。一九三六年《扬子江中游之危机及其初步首要整治工程报告》说得分明:“溃决后影响所及,其范围更广,且关系汉口者尤巨”。一九六八年十二月,上车湾裁弯工程开工,次年六月竣工。新河护岸及上下游河势控制工程实施,一九七一年五月形成主航道,长江从上车湾人工裁湾直泄而下,江豚从此告别弯弯的长江故道。

长江改道后形成的集成长江故道分西支和东支,西支纵向长约十四公里,横向最宽约一公里;东支纵向长约十六公里,横向最宽约一点五公里。故道与大江的母亲脐带联结方式发生变化,全年水位与长江水位变化相同,七至九月为洪水期,水位高,江水倒灌进入故道。当西支上口通江时,故道呈倒“U”形。十二月至翌年三月为枯水期,水位低。西支上口一年中绝大部分时间不通江,故道呈倒“L”形。只有当长江水位海拔高程达到三十四点五米时,故道上下口均与长江相通，高水位时水域面积约五十一平方公里，低水位时约三十五平方公里。以中线为界，集成长江故道属于湖南华容县与湖北监利县共管，北侧(外侧)属于监利县管辖水域，南侧(内侧)属于华容县管辖水域。

原以为我的旅游比江豚自由，其实并不是，出入长江孤岛费尽周折。二〇一三年十一月二十六日，我绕个大弯，上随岳高速公路过长江荆岳大桥，从湖北监利县朱河镇下，奔小车湾镇何王庙码头，寻船过江。我总算踏上华容县小集成垸洪泛区，湖南省唯一一片地处长江以北的“飞地”。搭帮飞越长江荆岳大桥，蒋勇说这么走最方便。

天空多云，太阳暗淡，几只网箱与渔船静静地安守江河，一片轻风清水的感觉，河中央有条渔船，男女二人正忙着投放串网，我们无法过渡。正着急，一辆摩托车突突地跃奔河边，瘦高个子的黑脸汉，他的头上戴有江豚保护志愿者帽，见蒋勇吉普车 WWF 世界自然基金会大熊猫标志，听说我们要采访江猪子保护的事，找到知音的他非常乐意帮忙。

胡红华，湖北何王庙村渔民，湖北人习惯把集成长江故道叫作何王庙故道，湖南集成垸去监利县城赶集，必从何王庙码头过河，胡红华当年曾是摆渡工。他边划船边聊天，长江故道原来清澈如矿泉水，渔业以野生捕捞为主，后来淤塞河口与河床，加上网厢养鱼，水质明显污染，鱼越来越少了。我仔细察看，大约两公里的宽阔河面，到处布下浮标串网，头天放，清晨收，还见有渔家正在劳作。说起捕鱼胡红华神情激荡，最大的一只鲤鱼四十八斤重，前年收获的鳜鱼都有七八斤重一只，捕鱼按季节不同，现在捕白鱼。胡红华与我们拉起亲情，他祖母是岳阳人，洞庭湖好地方哦，那年曾去鹿角镇捕龙虾，赚了六七万块钱。当然，大鱼主要藏在主航道深潭，得用特别的办法才能捕到鱼。我不用力，人家用力，其他网就捕不到鱼了。早两年镇上有人把一只大围网船弄来了，何王庙寸指长的鱼苗都捕捞精光。如今真正打渔的人家其实不多了，这儿还有三十来户。他今天来船上取龙虾笼网，他说去年赚得十几万元，今年不行。今年起，政府着手建立何王庙长江江豚自然保护区，禁止网厢养鱼，拆除了故道所有违法养殖网箱和“迷魂阵”。

船近岸架跳板从河滩踏上江心岛，白芦花嗖嗖摇曳着指向蓝天，集成垸防洪大堤布满杂草刺蓬，荒洲野林如今人迹罕见。集成垸这片沃土，小集成垸泛洪区这个地名，给人们留下何等辛酸的记忆。人类与长江争地之始，可查的历史记载到两百多年前乾隆盛世，一七七五年取名“合成垸”。荆江巨龙的盘旋翻舞，从来不会停歇。清末民初，诸多小垸时废时兴，清道光十一年溃白沙洲上、韩家和吴家大围，清光绪三十四年溃刘家垸。强管洲，霸管水，人与地的争斗更多的是经济利益的强梁争霸，民国二十四年(1935)垸首黎中彩，并蔡家、杨家、合成、团洲等十三个小垸，首次定名“集成”，此后不断“兼并壮大”。一九四八年溃谢家码头，一九四九年溃邬家祠堂。《华容县志·堤垸》篇中，就曾对这种状况表示忧虑：“邑民贪近利而忘远图，稍阜则堤之，几无出水之路，有隙则垦之，不留樵牧之所。”

中华人民共和国成立后，遭遇一九五四年长江特大洪水，集成垸冲成一片汪洋。社会主义集体经济的优势，从此每年冬修的持久战，几十年艰苦奋斗，集成垸长江防洪大堤海拔高程达到三十七点三米，对付一九五四年那种洪水高枕无忧。然而水龙的发怒并不与人商量，一九九八年继一九九六年再次发生特大洪涝灾害，八月十七日长江下荆江华容段最高水位竟达三十八点三一米，集成垸完全淹没，重新变成一片汪洋。

抗洪救灾前线指挥部彻夜灯火通明，华容县委、县政府提出对集成乡实行整体移民的想法。人给水出路，水给人活路，退耕还水、迁移灾民才是治本之道。从九月份开始，次年六月完成，集成垸三千一百四十三户、一万一千四百一十一人告别家园，分散迁居二十二个乡镇的四百多个村场。

芦苇丛中忽然钻出一位年轻人，惊异的眼光反问我们，不速之客的尴尬，确实应该由我承担。小伙子姓蔡，蔡家本是四五代祖居集成垸的大家族。

移居华容县城后,小孩读书方便了,老婆外出打工,男子汉总舍不得故园沃土,经常一个人溜进荒岛,没有电、没有伴,孤独地驻扎在老屋场的破房子里,“搞点野鸡子事儿”。刚刚听过野鸡“咯咯咯”的叫唤声,我问如何打猎?春来红花满洲,芦苇青绿,野生动物、植物多得没法子说。夏季涨大水最好抓野鸡,一天可以捉捕十几只,四面环水野鸡飞不走了。我发现蔡小子笑脸神情有点滑头鬼怪,胡师傅知我疑虑,笑眯眯地说,“搞点野鸡子事儿”,江湖黑话并不单指狩猎,泛指各种闲杂事儿。

我喜欢多管闲事,夜宿石首县城,第二天清早蒋勇开车,我们直奔湖北长江天鹅洲豚类国家级自然保护区,听说集成长江故道保护区的江豚“保种”种群将从那儿迁来。

长江江豚是长江生态系统健康与否的重要指示物种,主要分布在长江中下游干流及洞庭湖和鄱阳湖。二〇〇六年的调查表明,长江江豚的种群数量约一千八百头,年下降速率约百分之五。二〇一二年调查结果显示,长江江豚数量约一千〇四十头,其中干流仅存五百头,鄱阳湖约四百五十头,洞庭湖约九十头,年下降速率达百分之十三点七。

如此加速下降令世人担忧,从目前长江生态环境变化趋势预测,长江干流和湖区威胁江豚生存的因素会持续存在,并且在可预见的将来不可能逆转,因此,江豚自然种群加速衰退的形势难以逆转。基于目前的种群数量及下降速率预测,长江江豚极可能在未来十五年内灭绝。世界自然保护联盟物种生存委员会(IUCN/SSC)已于二〇一三年将长江江豚列为“极度濒危(Cr)”级,长江江豚的拯救和保护已进入了最后的“保种”阶段。

从二十世纪九十年代开始,尝试对江豚进行“保种”——迁地保护。一九九二年在湖北石首天鹅洲故道建立了第一个江豚迁地保护种群。近二十多年来,故道中江豚数量不断增加,每年约新增三至五头,目前已有约四十头。江豚在故道里自由的生活,不需要人类提供外界的食物资源,而且可自行繁殖。该迁地保护群体是目前干流和湖区所有被监测江豚种群中唯一呈增长趋势的种群。然而，天鹅洲故道水域面积仅有二十余平方公里，根据鱼类资源量推算，故道对江豚的最大容纳量约为八十头。按照天鹅洲故道江豚目前的种群增长速度推测，故道中江豚的数量将会很快达到水域的最大承载量。此外，随着种群扩大，近亲繁殖、流行病等因素对种群增长的潜在不利影响将会凸显。全球气候变化所致的高温、极寒天气亦会对故道江豚种群产生不利影响，甚至是致命影响。为了更有效地对江豚进行“保种”，减小“保种”种群灭绝风险，急需在天鹅洲迁地保护区之外建立新的江豚迁地保护区。

长江故道波光涟滟，近岸浮菱点缀，一道长廊踏板延伸至河道中央，江豚网箱养殖基地本不对外开放。有客人来，河道网箱里两只江豚似乎特别高兴，灰黑色的背脊围绕网箱游动，畅快地翻起浪花浮出水面呼吸，小眼睛，大嘴巴，喷水鼻孔发出噗噗的欢叫声。两只水中精灵精彩表演，一前一后，一左一右，时而沉水隐匿，时而浮水跳跃，我尽力伏身贴近拍照，一只江豚忽然急转竖立，头部微微右侧伸出水面向我微笑致意，温和的眼神令我怦然心动。聪明的家伙找你讨食呢！总工程师高建斌说，每天喂养三餐，每餐喂约两斤小鱼，午餐得十一点半，还没到开餐时间，可不能养成它吃零食的习惯。

我心里总惦记着天鹅洲江豚迁居的进展事态。

阳春三月，首批四头江豚从湖北石首天鹅洲国家级豚类保护区成功迁移定居。同年八月，华容县集成长江故道江豚自然保护区升为湖南省级保护区，总面积两千七百四十七公顷。两岸联手拟将储存约六十头长江江豚种质资源，将其建成长江江豚迁地保护区。

二〇一六年八月，集成垸江豚保护区传来喜讯，中科院专家考察发现一家三口，说明喜添新丁。过洞庭湖大桥从君山北闸渡口过江，半个小时后抵达集成垸，我特意采访湖南长江江豚保护站。老渔政吴长林带领九〇后帅哥小吴值守，两人一班，轮值一周，新来的渔政趸船刚半个月，原来的简易工棚搁置水边,老吴说现在条件好多了。聊起江豚迁徙故事,去年三月,从监利天鹅洲四十九头江豚中体检,精选出两对四头迁徙到集成垸。年底,又从江西鄱阳湖迁来两对。新发现,还不知是哪一对添丁呢。我翻阅桌上的江豚保护查询日记,最近五天除八月二十六日风浪太大没有发现江豚踪影,每天距船两百米发现三头、四头或七头江豚出水捕食。江豚出水只刹那间的光影,我真羡慕他们每天都能享受幸福时光。

夜宿趸船,水蚊子见光飞来,尽管灯熄关窗开空调,满墙壁歇伏的水蚊子总会有嗜血的天性。我一夜无眠,凌晨一点、三点、五点接连奋战,壁板上拍打吃饱呆睡的血蚊子。天终于亮了,干脆起床爬上船顶等待日出。东边天际一片橙红色的朝霞映照河面,抓紧出发巡查看江豚去,吴长林说,从何王庙湖北站到集成垸湖南站,长江故道上下拦网距离十二点五公里。平时江豚在集成码头西岸直到何王庙, 涨水时会跑到下游靠近东岸。快艇开到深水区,老吴把船停下来,说前面有两对活动影像。正前方仔细观察,果然看到黑色飞点浮上江面。追逐前行,它们越跑越远。第二次停船等候,终于见到一家三口。

集成长江故道从此日夜有两省的船艇巡查保护, 长江江豚离别四十多年终于回归故里。

最后的挽垸

华容县位于扬子淮地台的江南地轴上,属既有强烈挤压褶皱上升运动,又有升降运动的江南古陆。县境地处洞庭湖凹盆地北缘,地势北高南低,中部丘岗隆起,东西低平开阔,微向东洞庭湖倾斜,并有长江藕池东支、调弦口、华容河等水系横贯境内,分别从注滋口、六门闸注入东洞庭湖,构成了多样性的江湖复合生态系统。

华容县团洲乡，藕池河从这里西向入洞庭，湖与河岸相切，由北至南拉开满弓，抵射似乎不再那么浩渺的湖面。

一片新生的土地，它旺盛的生命力令人吃惊。

清咸丰二年(1852)，长江南岸湖北省石首县藕池大堤溃口。这是一个标志："洞庭湖由盛而衰的转折点"。此后随着荆江"四口"分流的形成，江水长驱直入，挟泥沙南灌洞庭，洞庭湖的淤积遂成不可阻挡之势，堤垸围挽步入高峰期。藕池河口新淤的南洲，很快连成百里沃野，即今日南县。藕池河水继续漫漶，在南县分东南二支。东支流经华容，并没有改变它的贪婪习性，淤洲如魔土地日益扩张，藕池河入湖口不停地东移，东移。一九四七年，曾有一篇《洞庭湖土地之成长》的考察报告，将万林河以南、至北洲子以北的淤洲，称为"注滋口区"，它东向侵蚀湖面，外伸为最新洲、旗杆东洲，"洲土增长最速"。

何培金，岳阳市史志办原主任，洞庭湖方志专家。据他的研究，直到清道光年间《洞庭湖志》问世时，湖中也只有两千顷土地的芦苇田。一望无际的堤垸雨后春笋般出现，是洞庭湖淤积后的产物。他收藏有一份清光绪二十六年(1900)南县某块土地的转让契约，那张契约上，土地只规定了西方的边界，东、南、北边都没有圈定，"因为土地一直在长大中"。

一九五八年，人们在华容河与藕池河东支两河相淤的湖洲上围垦钱粮湖农场，历时三年大功告成。那时，团洲还是海拔低于二十六米的外湖洲滩，冬枯水落，露出一弯月牙湖，白泥滩上稀稀疏疏点缀着鸡婆柳，血吸虫窝子。一九七七年年底，华容县成立月牙湖灭螺围垦指挥部，动员全县近六万劳动力，大兵团作战五十三天，靠着肩挑车推，挽起二十点八公里的围湖大堤，取名团洲垸。

一九八〇年五月，国家水利部召开长江中下游防洪座谈会，决定停止围湖造田，明确提出洞庭湖"不堵不围，维护现状"，结束了洞庭湖自明初以来近六百年大规模围垸的历史。洞庭湖现有堤垸两百二十八座,从一九五〇年起,先后有一千七百二十五平方公里湖泊被围垦,洞庭湖湖泊面积由中华人民共和国成立初期的四千三百五十平方公里,减少到两千六百二十五平方公里,减少了百分之四十。

团洲垸,洞庭湖最后的挽垸,一九八〇年十月成立团洲人民公社,它应当是洞庭湖区最年轻的乡镇。靠着勤劳的双手,经过十几年的艰苦奋斗,团洲成为全省著名的棉花产区,创下面积、总产、单产、绒度、色彩五个第一,农民纯收入跃居华容县各乡镇第二位。

谁也没有料到,洪魔会在瞬间吞没这一切。

一九九六年夏季,长江、洞庭湖流域发生特大洪涝灾害,直接经济损失五点五亿元,还夺走了十四人宝贵的生命。

洞庭湖赋予她的儿女旺盛的生命力,短短三个月,六千多栋新屋重新建起来,乡村公路通了车,中小学校复了课,人们似乎很快抹平了灾难留下的伤痕,继续创造新生活。

建垸三十周年庆典的褪色标语随处可见,我走进团洲乡政府,如同一张张被湖风吹老的脸,平静地与我对视,坚守在阳光里。我执意寻找当年那场灾难的溃口,沿新修的主渠公路往北行,拐上湖堤折回南头,堵口加修的大堤没有硬化,路面坑洼颠簸。站在当年溃口的堤段,外坡杂草丛生,湖水初涨,近岸漂浮着闲舟与垃圾,养殖网箱散布湖面,再远处,退耕还湖的废堤隐约可见,新栽的意杨成行连线,枯黄地悬浮在水中央。湖风伴着一丝不安,从我心头掠过,不知从何而来,缘何而起。

在与乡干部的交谈中,我明显感觉到,防汛依然是一个沉重的话题。从洞庭湖龙口围挽出来的团洲垸,集雨面积五十平方公里,东、北两面滨湖,藕池河从南边包抄,全乡二十点八公里一线防洪大堤,垸内居民算上老弱妇孺两万余众,乡干部只有二十多人,一旦遇上南北两水夹击顶托,防汛的人力、物力和财力，显然不堪重负。

一九九六年洪水退后，全乡五千劳力全部上阵，从兄弟乡镇调来五千基干民兵参战，省里还派来挖泥船，昼夜不停吹填土方，终于抢在次年四月雨季来临之前，完成了堵口复堤。堤脚还没有来得及完全落稳，一场更为严峻的考验骤然而来。一九九八年六月底至九月初，长江、洞庭湖流域再次发生特大洪涝灾害，城陵矶洪峰水位达三十五点九四米，创一八八六年有水文记录以来的最高纪录。

滔天洪水逼来，倒口溃垸的惨痛，像乌云一样压在大家的心头，眼看着高涨的洪水要漫过大堤，村民中一度出现恐慌情绪。危急关头，人民子弟兵派来突击队抢险，大堤在高危水位的重压下，险象环生，十几处溃垸性重大险情因发现及时处置得当，一一化险为夷。十五公里长的临时子堤，挡水最深处有一尺多。靠军民一心，众志成城，人与洪魔的抗争，整整持续了八十多天，团洲垸保卫战最终获得了胜利。

二〇一五年初秋，洞庭湖又提前落樵步入枯水期。八月二十一日那天，秋老虎依然喷发烈日炎炎的怒吼，我重访团洲乡，头戴草帽脚穿胶鞋穿越沟渠直奔湖汊，一路被热汗蒸晒的我想探个究竟。自从三峡大坝蓄水发电，排水量完全由人类计划调控，洞庭湖水位持续下降，抗洪抢险似乎成为历史的记忆，倒是地表水、地下水的枯竭的可能性，给后三峡时代的江湖关系，特别是对洞庭湖区生态环境带来许多全新的挑战。

三峡工程建成不再防汛抗洪了，民居的兴建，街市的繁荣，湖区新农村建设出现新气象。面对国际市场的激烈竞争，昔日著名的棉花之乡，最大的困难便是棉花产业逐渐被淘汰出局，比不上新疆和进口棉的优质高产。团洲乡的棉农并不气馁，坚守遍野棉花，白花淡，红花艳，依然如故地吐苞结实。更多的人家改种玉米，正是秋玉米成熟季节，家家户户屋前晾晒金色的苞谷粒。年轻的团洲乡干部同样不气馁，他特意带着我去看推广的新品种——吊瓜。连片的瓜棚青翠飘香,藤蔓像丝瓜,茎细长,有卷丝,雪白的雌花五星花瓣细裂成卷卷丝带,特别美丽动人的召唤。恰逢挂果的初秋盛宴,瓜棚荫底一个个比拳头大的吊瓜,瓠果卵圆形,鼓鼓壮壮的,成熟地显露出黄色。这是我们的订单农业。吊瓜学名栝蒌,又叫瓜蒌,传统的中药材,果实可食,肉质瓜瓤里面有瓜子,性寒,味苦微酸,润肺祛痰,消肿散结,如今开发成了航空食品,又好吃又防癌。

踏上防洪大堤,近岸湖洲一片绿色,青青苔草在水中浮现,与水流相互勾勒明镜画面,天光云影中只见白鹭成群嬉戏,或翻飞,或觅食,一点儿也不谦让垂钓者。藕池河沟依然水脉通畅,点点线线的白色浮标,铺陈起网箱养鱼的渔家新业。涂天健说,洞庭湖多年不涨洪水了,大湖缺乏丰富的繁衍场所,野生鱼种自然会越来越少、越来越小,人工养殖成为渔业主体。我说,洞庭湖洲的冬天更像大草原,养牛、放羊的越来越多。朱建华先生表示他的忧虑,这位享受国务院津贴的水产专家,用劲踩枯裂的草地,泥底咚咚咚发出楼板的空响声。湖洲陆地化的时间越来越早、越来越长,会给东方田鼠带来繁衍的黄金期。其实就连牛羊也像越冬候鸟一样,舌头只能吃青青的嫩草。候鸟与牛羊无法噬食的冬季枯草,其根基泥沙早被东方田鼠掏空,等雨季来临水漫滩洲,枯草腐烂变质像一条翻白泡、流黄汁的污水河。一旦鼠害泛滥成灾,成千上万的老鼠集体攻击农田村庄,其后果不堪设想。

决战的瞬间

夕阳西下,晚霞映照大地,一支铁甲雄狮从岳阳大道进城,没有片刻停留,“人民武警爱人民”“抗洪抢险,军人优先”的鲜红标语,草绿色军车整齐列队穿越洞庭湖大桥向河西奔去。

二〇一六年七月,又是洪水滔天。据湖南省岳阳市防指会商通报,洞庭湖城陵矶水位达三十四点四四米,上下波动又涨至三十四点四六米,超警戒水位一点九六米。内涝灾害更为严重,从七月一日至七日,全市平均降雨接近三百毫米，比往年多降雨约一百毫米。五十八个堤垸中有五十四个超警戒,超警戒水位一线堤长八百〇四公里,先后发现处置各种险情两百多处。洞庭湖汛情来势猛烈,武警某部队长苏海洪心急如焚,他果断向上级请示,将原准备分驻临湘、建新的兵力全部收拢,集中部署到华容县。当晚十点半,部队接到命令,益阳南县告急,驰援兵力连夜投入战斗。

九日,水乡烈日燃烧,高温蒸腾,苏海洪率领连营干部前往华容所辖堤垸实地勘察。华容河水位高危像一条盘龙喘息不定,浮萍漂走,河草摇曳,水涨水落似乎处于相持态势。美丽富饶的田野禾苗生长,荷花绽放,正是蔬菜丰收花果飘香的季节,久雨初晴,农家抓紧收获辛勤耕耘的丰收果实。新华蓄洪垸两水夹围,围垸土堤不如长江大堤和重点堤垸那么固若金汤,苏海洪听巡堤民兵介绍情况,一个重点一个险点仔细察看,不敢有丝毫马虎。战前动员会上苏海洪强调,做好打大仗的准备。水情就是敌情,各连营研究抢险战法,拿出应急预案,再一次仔细检查抗洪装备,迅速补齐绳索、手电、口哨等物资,绝不打无准备之仗。

月光如水,水如月光。驻地指挥所的灯光通宵达旦。

十日,太阳依然早早升起,蓝天白云昭示天下,时令已经步入酷暑炎夏。或许军旅生涯铸就的敏感,苏海洪总觉得鼻子里嗅到的洪水腥味越来越浓。上午八点半,全体官兵集合,听华容县水利专家的抗洪抢险专题讲座。年轻战士睁大充满好奇的眼睛,学习如何应对洞庭天下水的潜在危机。突然,县防汛指挥部打来电话,新华蓄洪垸大堤发现险情,请求出兵。紧急集合!一边出发一边向上级报告,参谋长率部驰援红旗闸,另一位部队首长率部紧随跟进。

十一日,我随《岳阳日报》记者走进怀乡中学部队驻地。武警部队的军旗猎猎飘扬,大卡车一字排平在操场上,清洁整齐看不出刚刚从前线归来。“防洪责任重于泰山,人民利益高于一切”,这,就是人民军队对党、对人民的铮铮誓言。

部队凌晨才从前线撤回休整,我们的造访显然冒昧。坐在松针落叶的树荫底下,讲述那段惊心动魄的抢险,涂理军嗓子沙哑,话语间伴随不停的咳嗽。接到命令去装填砂石,突然溃堤决口,毫不犹豫地抢救人民群众的生命。我和夏连长冲过第一条水沟时洪水齐膝,冲到第二条水沟前,水就齐腰深,水势太急根本无法站稳,我们抓住高坎上一棵杨树。幸好备战带去救生绳,如果没有,后果不堪设想。

从部队驻地出来,我们直奔新华蓄洪垸堵口复堤现场。舟桥部队架起浮桥打通两岸,货车、吊车、挖机有序施工,人与水的挑战处于高峰对决。

七月十二日上午八时十五分,苏海洪从大堤发来短信:“溃口成功合龙!军民团结,人定胜天!”

山河依旧，或许

明朗山

春暖花开的季节，洲滩翠绿，河汊苍黄，浩渺明镜中天光云影随波荡漾，水草清香中略带鱼腥味儿杂合着扑鼻而来，我们驱车又行船，鱼贯鸟翔般惬意地丈量着洞庭湖乡。

从湘阴县柳潭乡回龙村过渡口，与沅江市万子湖乡明朗山村就隔一条小河。南洞庭湖湿地的心脏如此亲近，让我出乎意料。一头泥乎乎的老母猪不知从何处钻出堤岸，雄赳赳地向前领路。它的主人姿态令我醒悟，与深山老林不同，山里人家肯定有看家狗吠叫迎客，渔港孤岛处于风口浪尖，任凭水涨水落，万物生灵宁静安祥。久雨初晴，家家户户晒坪吊挂干鱼圆盘，女人采摘藜蒿、芦笋，忙着补织地笼网的渔民抬头微笑，黄狗黑狗见怪不怪的，照样伏卧主人身边假装睡大觉。

“三分垸田三分洲，三分水面一分丘。”南洞庭湖总面积一千六百八十平方公里，西南丘岗绵延，湘、资、沅、澧和长江水汇流注入，北部为冲积平原，东南多芦荡沼泽，河汊纵横，洲岛密布，星罗棋布一百一十八个人迹罕至的湖洲和湖岛。沅江市因沅江流境入湖而得名,从南朝梁武帝设药山县算起,建置迄近一千五百年。

明朗山实为明、朗二山对峙,涨水为岛,落水有陆洲相连。相传禹贡九江,布袋口崩,尽泄洞庭之水,使此地屡遇干旱。八仙游洞庭时,张果老发忧民之心,趁夜色偷取昆仑山土拟塞布袋口。挑至万子湖处,因闻鸡叫而神法失灵,将泥土倒入湖中,变成明山和朗山。周边至今仍有扁担峡、锄头山、宛箕湖、急色函、鸡公山等地名。明朗山六十里水路到沅江市区,如今与莲花岛合并,归属琼湖街道办事处。陆地面积六千余亩,其耕地面积一千五百亩,林地面积四千五百亩,岛上森林覆盖率为百分之七十五。周边湖洲、水域面积近五十万亩,藜蒿、芹菜、芦笋、蓼米誉为“洞庭四珍”。一百〇三户、四百来人聚居孤岛,世世代代以渔猎为生,兼营耕种、放牧、砍樵。

我们捷足先登明山岛,只见古木参天,刺蓬掩映,鸡鸣狗吠的,屋舍俨然如湖山仙境。明山寺坐落峰尖平地,岛主周华光告诉我,峰尖本有电线杆子那么高,二十世纪五十年代挖山种粮,可惜了。穿过香椿树林,枝条高高耸立萌发春尖,阳光照耀紫金透红,如今就连大山区也少见。果然有人找来长竹竿铁钩,咔嚓咔嚓采摘一袋子,浓郁清香诱发我们椿尖煎蛋的美食。

穿越广袤湖面,天高云淡,水阔舟摇,突突突的马达声划破天镜,双舟合并波起浪翻勇往直前。靠近朗山岛,码头上一树梨花老远便能望见。转从岛尾靠岸,湖洲绿草茵茵,紫云英、毛茛花竞相开放。穿行林间山径,泥土沉积砖石零散,随处古意沧桑。东汉朗山遗址,战国朗山墓群,如今沉没于湖洲泥底,不知屈原可否留下足迹?

吾等匆匆过客,路过杨朗亭墓,见“朗亭”二字,我感觉应与朗山扬名有关,遂独自驻足探究。

杨朗亭名政观,字明远,生于清咸丰二年(1852),官至湖南协镇都督,统领水师各军。他为官清正爱民,自筹资金固堤筑垸,疏河修路,消除匪乱,济世安民。然而膝下无子，自然心有芥蒂。清光绪十四年(1888)正月，杨都督巡湖至朗山，见杨泗庙香火兴旺，即随善男信女跪拜求神，三十六岁果得贵子。杨明远还愿，将杨泗庙修葺一新。朗亭一字，或许寓意朗山因缘。辛亥革命废除帝制实行新政，据说湘军都督谭延闿惜其才，力保杨朗亭任统制。杨公仁不以兴衰改节，义不以存亡异心，独自还乡。不久愤然病逝，享年五十九岁。杨公墓碑清宣统三年九月由其子朝品率孙刊立，说明其仁义之心。

明朗山作为洞庭湖水寨，杨幺与岳飞、张竣决战，洪秀全与清军水师激战，国民党一九七师阻击日寇入侵，历代英雄豪杰都曾在这里留下足迹。大清诰封武功黄礼周、诰封振威将军黄作霖墓地碑刻保存完好。遇事问老翁，从湖坡林间果然寻得杨泗庙。偌大的泥坪荒弃的瓦屋不知多久无人问津，兽迹斑斑知是放养牛羊的圈屋。石基、青砖、木楼、窗户，坚持抗争雨雪沧桑的岁月风化，亭盖、香炉、台板、立柱、花岗岩石遗物佐证此为晚清建筑。值得庆幸的是，我意外发现“紫云宫”残碑与“千秋朗月临华表”立柱，“洞庭杨家将”守湖镇水的神灵之气，或许永远都在。

青山岛

从营田码头上船，横渡湘江，溯水进入横岭湖。江湖交会的三叉水面，北去的江水清亮，西来的湖水混浊。初涨的洪水淹没水草浅滩，一片稀疏的青黄浮荡在浪波之尾。密集的芦苇布满湖洲，放眼望去，下半节枯黄，上半节鲜绿，整齐划一，仿佛冬天与春天还在交接班。芦苇背后腾起一片旱柳林，一道绿色的屏障撑起高高的蓝天，呵护着这片生命的净土。这儿是白鹭栖息的家园，它们在浓密的枝头做窝，恩爱着生儿育女，友善地群聚而居。不速之客如轰鸣的马达声，机器搅起的波浪翻滚，惊扰那些或独自或结伴在近水草地上觅食的鹭鸟。它会停止觅食，呆呆地立在草丛中，抻长脖子观察你的动静。也许它觉得应该起身打个招呼，便会慢腾腾地扇起翅膀，一张一合如同鼓掌致意，在空中盘旋一段距离，飞回安家的密林深处。

劈波斩浪穿行在横岭湖中，很快我便分不清南北东西。湛蓝的天空笼罩着琥珀色的湖面，淡淡的白云千姿百态、自由惬意地聚散飘荡，光影斑驳、变幻莫测，渐次加深的橙黄色一直涂抹到遥远的天际线。飞鸟悄无声息地从头顶上空掠过，湖光波影中偶尔有渔船出没。阳光火辣，风高浪急，细碎的水沫如雾如风扑面而来。我站在船头顶着烈日的曝晒，前方的水天之间，隐隐显露出一条乌黑的岸线。渐行渐近，赭红色的屋顶、牌坊与亭阁慢慢地从墨绿色的山水背景中推出，放大，终于可以看清，那横向而立的山门牌坊正中蓝色的匾额上，写着"洞庭青山岛"几个金字。

"洞庭犹在目，青草续为名。夜宿依农事，邮签报水程。寒冰争倚薄，云月递微明。湖雁双双起，人来故北征。"这就是杜甫夜宿的青草湖吗？旧时洞庭、青草并称重湖，青草湖便是因青山得名。北有君山，南有青山，青山与君山一样是有来头的。

青山岛呈南北走向，长约三公里，陆地面积八平方公里，最高海拔只有五十一米。青山岛雄踞湘资两水尾间，扼守南洞庭湖的咽喉，距离最近的湘江营田码头十八里水路。大约在七千至一万年前，便有先人在青山岛居住。山上曾有舜帝二妃墓，当地传说，舜帝二妃最初葬在青山岛，而并非君山。到了南宋，义军领袖杨幺称雄洞庭，在横岭湖畎口与官兵生死决战，无奈兵败被擒。杨幺被绑赴青山北嘴斩首示众。后人建有杨幺庙，立有石碑，并永远留下"杨幺头"的地名。

青山作为兵家必争之地，黄沙葬忠魂的故事，一直演绎到抗日战争时期。一九四一年九月十八日，日军以登陆艇为前锋，五百多人乘汽艇攻占青山岛。守军刘儒卿营三百多官兵全部阵亡，日寇在岛上穷凶极恶奸杀掳抢十八天，杀害无辜百姓五百二十四人，史称"青山惨案"。遮天蔽地的古樟树下,走进肃穆的青山抗日死难军民纪念亭,六角祭亭与周边围墙都呈朱红的血色。亭子中央立有纪念碑,永远铭记这段血雨腥风的惨痛。回首门联:“祭祀长铭血泪;青山永证忠魂。”它激发我内心深处的思考。

洞庭留得青山在,留下来的便是种子,便有希望。在青山岛,有一个人,有一棵树,最能诠释青山对于生命的意义。黄鹤,一个真正的“世纪老人”,他的劫难与长寿同样充满传奇色彩。一八九七年八月,黄鹤出生在青山岛一个普通家庭,黄埔军校一期毕业,授中将军衔。一九四六年七月六日,他率六百多名国民党高级将领前往中山陵哭祭,宣读批评蒋介石倒行逆施的祭文。“南京哭陵”事件,让蒋某丢尽脸面,密令缉拿。一九四九年,黄鹤随程潜、陈明仁在长沙起义。不久,他又被错误关押二十四年,年近八旬终于获得了自由,黄老后来出任湖南省政府参事,二〇〇三年逝世,享年一百〇六岁。

与黄鹤一起留在青山岛的,还有一棵奇树。树比黄老的年龄还大些,从他记事起,这棵树就生长在他家的院子里。全岛只有一棵这样的树,现在全岛也只有一棵这样的树。谁也不知道树叫什么名字,也不知道是什么鸟儿衔来的种子。树干出土即分为两根主枝,一枝发东南,一枝发西北。树皮呈青白色,叶子像女贞树叶般厚实。东南与西北方向的树枝,会轮换着荣枯。我们去得正是时候,庞大的树冠如一把巨伞斜搁在地上,当阳的东南边枝繁叶茂,开满一串串白果似的花朵,外层的花萼呈褐色,活像一个个嫩绿的果实。怪不得黄鹤将军曾借银杏指代。我特意拨开西北边的竹丛查看,奇树那大半边的枝叶果然还在换季,鸡爪似的新叶刚刚萌发出来。黄鹤将父母安葬在中央,他的骨灰相伴墓茔右侧。左侧立有诗碑,诗云:“银杏开花叶溪边,青红相映艳如烟。游人络绎观奇树,更羡旁眠两睡仙。”在奇树荫下诵读百岁老人的诗句,“仙鹤树”的浓郁花香令人神清气爽。

我们普通人成不了参天大树,那就成瓜菜好了,野草好了。青山岛的野草都是奇花异草,不仅鱼儿、鸟儿喜欢吃,还有许多名贵的中草药。最有名的当数蔓荆子。北端大片的沙丘坡地，蔓荆子长着拇指粗的木本主枝，却如藤蔓满地爬。细密的旁枝挺起，椭圆的青叶互生，淡蓝的花朵成穗犹如蝴蝶兰，果实累累大如青豆。采摘果实制成药枕，专治头痛顽症。青山岛的沙土，最适宜种西瓜。西瓜香甜倒在其次，西瓜子颗粒大而匀，果仁厚与甜，更是一大名产，旧时一担瓜子运到长沙、武汉，可以兑换十几担稻谷。西瓜子与藠头子，还有中草药蔓荆子、蒺藜子、香附子，加上湖里出产的米虾子和细如粉末的沙子本身，号称“青山七子”。眼下正是西瓜上市的季节，有客自远方来，青山人家不必泡茶。打来一大盆清水，水中泡着新摘的西瓜。不必刀切，指甲划道痕用劲一掰便炸开。你一瓣，我一瓣，瓜汁解渴你咽下了肚，瓜子你得朝水盆里吐，主人指望着这瓜子去换粮钱呢。

新墙河

“关关雎鸠，在河之洲。窈窕淑女，君子好逑。”行走江河湖泊，每见鸟飞草长，我心中总会不由自主地吟诵关雎一诗。洞庭湖和她的江河流经千百年，将历史的所有情感明明白白地写在河洲浅滩之上。洲滩的诞生、变形与消亡，乃是河流生命运动的最高形式。泥沙俱下，水少沙现，水流与河床的相互作用，形成冲刷与淤积的动态平衡。水流中挟带的泥沙且行且歇，无数不规则的流线型淤积体渐渐浮出水面。靠近岸边的称“滩”，孤悬水中的是“洲”，泛称洲滩。没有洲滩的淤积，便没有洞庭湖水过往的一切。

在亿万年的自然生境下，河岸、河床地形地质的差异，水流、水量流速比降的大小，诸多复杂的因素决定不同的洲滩形态。河流的源头，毫无例外深藏于高山峡谷，由于山区地形的压迫，河流经常陡然调头折回，弯成一个拉犁的牛轭状，在河谷形成深滩和轭套。易涨易退的溪水，山洪猛涨猛落，冲出峡谷一泄而下。进入中下游后，河流终于发育成熟，河漫滩和河床通常由完全相同的泥沙组成,河岸极易被洪水冲刷,河床瞬息万变,主流摆动不定,边滩和江心滩运动迅速,泥沙淤积严重,使新生汊道迅速走向死亡,迫使主流改道,加速河床的变化。摇摆无定的游荡性的河段,就这样从容不迫地演绎着时过境迁。

河流终于看到了洞庭湖,尾闾地区地势平坦,可以一马平川地放过来。河宽水深,主流稳定,河道会微微地弯曲,河槽中犬牙交错的边滩依附两岸,以缓慢的速度沿水流方向向下游移动。越是接近湖口,河沙淤积越明显,河流极易分汊,形成蜿蜒性河段,河身像一支莲藕宽窄相间,宽阔的河槽中,常有江心滩存在,将河道分为两股,各股汊道经常处于消长交替的过程之中。洞庭湖雨季来临,长江洪水涌入,南水北水相互顶托,河湖不分,白茫茫一片,河滩与湖洲的演化,便可以用“波澜壮阔”来形容了。

新墙河古称微水,后因南岸新墙镇而得名。清光绪年间《巴陵县志》载:“黄沙港出其下游,为新墙河,由南灌入洞庭湖,《水经》所谓之微水也。”新墙河有南北二源,南源的沙港河为正源,发源于平江县板江乡宝贝岭,流经平江县团山、岳阳县花苗、月田、黄岸、大塅、公田、杨林、甘田,至三港嘴与北源汇。北源的油港河,发源于临湘市药姑山、麻颈之龙窖山,经龙源水库、渔潭、桃林、托嘴进入岳阳县境,再经西塘、筻口、七星至三港嘴与南源汇。二源汇合后经新墙镇、荣家湾由破岚口注入洞庭湖。新墙河自南源至湖口,全长一百〇八公里,流域面积两千三百七十平方公里。

巴陵古城时代,新墙河至南津港能行千担巨船,一九五四年岳阳县曾组织船民疏河扫障,整修纤道,水运颇盛。二十世纪六十年代初起,由于上中游水土流失严重,河床淤积逐步抬高。加上上中游逐级拦河筑坝,河坝没有过船设施,一九六五年新墙镇以上基本断航,只剩下游至湖口金盆港三十五公里,成为季节性航道。

如今人们向往新墙河,为的是铁山水库。一九八一年冬,完成南支沙港河最狭窄的铁山口建坝发电。这个庞大的水利工程,以灌溉为主,结合养鱼、发电、蓄洪、拦沙等综合利用的多功能调节水库,喝铁山水、吃铁山鱼,如今成为岳阳城市宜居宜游的金字招牌,而拦沙功能的挑战始料未及。新墙河本是一条河床为沙质底的黄沙河,或许未曾与水商量,专家算计铁山水库大坝每年可控制流沙三十五万八千八百立方米。

近几十年来,由于兴修水库和拦河筑坝,江河径流量减少,含沙量减少,洲滩运动发生了不可逆转的根本变化。

那天站在新墙河大桥上,我数了数,肉眼能够看到二十多条采砂船。右岸码头,有四条自卸驳船正往翻斗货车里装砂,旁边停泊着两条空船,还有两条朝岸边靠近,船上的黄沙整齐地堆成一座座小山。过桥去,左岸河洲绵延数公里长,新墙河大桥横江十四个跨步,有八步踏在这片沙洲上。挖砂船已攻入核心地带,恰如蚕虫吃桑叶,日夜吞噬着片片绿色。桥头河堤醒目处,立有一块巨大的告示牌,内容为县政府有关新墙河流域河道采砂管理的规定。某砂石场似乎并不在意,将一条大量供应碎石的广告,覆盖张贴在通栏标题上。我倒是学了不少,知道新墙河禁采区的范围,包括公路大桥上下游各五百米,防洪大堤外坡脚三十米、五十米、八十米,最重要的河段,划到大堤外坡脚三百米。每年三至五月,为新墙河采砂申请办证、换证许可期,河道采砂许可为一年一次。这让我放下忧虑,我所看到的采砂船,肯定不会是无证非法开采,划定了禁采区呢。

大堤脚下沙洲平坦,细碎的沙壤长满脚背高的青草,一群水牛远远近近地眯我,悠闲地走卧。红、黄、紫各色野花点缀其间,我叫不出名字,总有灰白的小蝶,忙不迭地与我抢占花魁。

一位白发老人,高挽裤脚趿高套鞋,主动走近来与我攀谈。陈爹祖祖辈辈住在河边,八十多年春荣冬枯,足够将一条河流注入他的血脉。老人说,新墙河旧时河宽水深,不像现在这样,洲滩占去大半边河道。抗日战争时期,三次长沙会战,中国军队凭借天然屏障,英勇奋战,将侵华日军阻击在新墙河以北。战事惨烈时,尸横洲滩,血流成河啊。谈起脚下这片河洲,老人感叹:“三十年河东,三十年河西。”一九八二年特大型的铁山水库关闸蓄水,新墙河就很少发大水了。先是淘金,洲滩被淘得千疮百孔。如今采砂,洲滩眼见变小。这么挖下去,再过几年,不知道到哪儿去放牛呢。陈爹一声长叹,茫然地望着洲滩与河水,脸上布满忧伤。

洲滩同样是稀缺的不可再生的矿产资源,它的生态补偿代价越来越高。我粗略地算了算,四千万吨黄砂,大约二千七百六十万立方米。如果都用十八吨的翻斗货车来拖,可以装满二百二十多万辆车。如果垒起一立方米的沙堆,首尾相接大约二万七千六百公里长,只需堆垒一年半,我们便可以围着地球撒满一圈。

无序采砂的经济利益驱动竟如火山喷发,全线散布东洞庭湖、湘江干流、沅江尾闾、汨罗江、新墙河等河湖水域,岳阳全市年采砂总量曾一度飙升至惊人数字,占据省年采砂总量的一半以上,其中百分之九十远销外地,销量看好。

站在岸上看洞庭湖采砂船,看客或许无可厚非,于江豚却是关乎生死存亡的焦虑之忧。二〇一一年年初,我陪同中科院水生所专家开展洞庭湖长江江豚种群调查,快艇顺水而下,穿过洞庭湖大桥,朝三江口驶近。我站在甲板上,任凭劲风扑面。接近洞庭湖大桥水域,湖面上船舶之多,超出我的预想。体型庞大的运砂船,高架的自卸带从船头斜指上空,横陈水面如炮舰林立。快艇不时拉响警报,甚至动用喇叭喊话,才能从密布的船阵中安然穿过。洞庭湖大桥至城陵矶三江口不足十公里的水域,那天共记录到停泊的大型运砂船数百艘。专家告诉我,采砂作业对长江江豚的生存有威胁,主要包括采砂作业产生的巨大噪声破坏江豚声纳系统,乱挖滥采会改变河道水文和河床形态,增加江豚生存难度,密集的采砂作业阻隔不同水域的江豚迁移和交流等。三江口是洞庭湖长江江豚群体和长江干流江豚群体迁移和交流的唯一通道,在长江中游江豚保护中占有重要地位。拯救长江江豚,治理非法采砂刻不容缓。

二〇一一年年底,湖南省政府统一部署,岳阳市启动河道采砂专项整治行动,取缔非法采砂船只,取缔非法砂场,清理砂石尾堆,对河道采砂实行统一管理。新墙河实施全线禁采。

每天晚上八点至次日凌晨六点为禁采时段,洞庭湖里的长江江豚终于可以睡个安稳觉了。

汨水源

二〇一六年盛夏,我随“对话汨罗江”水文生态科考队从岳阳出发,直奔湘鄂赣三省交界的黄龙山,实地考察汨罗江源头。追随山谷道人九百年前的行程路线,先贤山行十日,我半日车行便抵达江西修水县。无缘借居黄龙禅寺,投宿白桥村庄,如今黄龙乡政府所在地,黄庭坚奉谒惟清禅师必经之路,晚生心中亦饶有兴致。

喜欢寻访老街巷,次日清晨听窗外苏醒,我赶早出门。除了早点餐饮蒸汽热腾,其他店铺还没开张。肉铺案板搁着半边鲜白猪肉,一只白狗跑跑跳跳走近,左瞅瞅右嗅嗅竟无半点偷食野心。勤劳人家起早,洗漱洒扫,挑水劳作。从白河桥头溯水北行,黄龙禅寺南来的白沙河水清澈见底,水草丰盛,树荫苍茫,两岸田野屋舍铺卷天际,远叠黄龙山峰。

汨罗江因屈原投渊而得名,“汨水”源头发源于黄龙山,早有定论,本无争议。争议是正源到底哪条水流最长,或海拔最高?近年来源头不再提旧志“梨树埚”,起因为论证修水县“端午文化源头”,江西省政协与修水县政府共同发起,联合江西省考古研究所、江西画报社等部门成立科学考察队,对汨罗江寻根探源,二〇〇九年五月二十五日在平石寺举行“汨罗江源”立碑仪式,确定位于幕阜山脉主峰黄龙山南麓的黄龙乡太阳垄村是源头。

大自然怪脾气始料未及,二〇一一年六月十日爆发特大山洪,泥石流将平石寺“汨罗江源”石碑冲毁,源头之说又引猜疑。恰在这年,国家水利部牵头开展全国第一次水利普查,江西、湖南两省水文部门重新勘察,按“河源唯长”原则确定,发源于黄龙村上大岭山的渎水更长,认定渎水为汨罗江的正源。

水文兄弟牵手同行,再次确认源头泉眼,这是专家职责所在。将黄龙寺渎水命名为汨罗江正源,我内心的喜悦,于公于私均毫无遮掩溢于言表。它意味着将黄庭坚正式纳入汨罗江文脉。一条流长五百多里的小河,从中华诗祖溯源唐宋盛世,尾闾汨罗有屈子,中游平江有杜甫,源头修水有黄公,汨罗江无愧为中华诗源的千古奇葩。我童年的记忆中,外婆常说“黄龙山发脉”。湖南平江县江夏堂黄氏,五代南唐时期始祖瞻公自金华迁分宁,祖居就在黄庭坚故乡双井,后裔由分宁迁平江。此次黄龙山行有缘拜谒先贤,冥冥之中归宿母系一脉问祖寻根。

黄庭坚(1045—1105),洪州分宁人。字鲁直,自号山谷道人,二十三岁考中进士,任县尉。后以秘书省校书郎召入京师,任《神宗实录》检讨官,迁著作佐郎。先贤毕生追随屈杜诗风,诗文超凡绝尘,开创江西诗派,曾与苏轼并称“苏黄”。他生性直率,为人拙骜,政治上与苏轼荣辱与共,遇事宁折不弯。在新旧两党的斗争漩涡中,他因“诬毁先帝”“修实录不实”加罪,发配涪州别驾,此后屡遭贬谪,他干脆给自己取个绰号:“涪翁”。

宋徽宗崇宁元年(1102)正月,黄庭坚政治生涯似乎出现转机,他高兴地从荆州南下岳州,取道回乡探亲。昔闻洞庭湖,今上岳阳楼。杜甫诗境激昂的情景,刹那间波澜起伏涌上心头。从获罪被贬算起,流放已达七年之久。这时既有望重新出任官职,又能就便回乡省亲,黄庭坚凭栏眺望,洞庭湖上烟雨满川，君山青螺浮黛，好一派天光云影。“未到江南先一笑，岳阳楼上对君山。”抑制不住的喜悦化作诗篇，《雨中登岳阳楼望君山二首》，后人称为他的七绝中的冠军之作。

满怀归家的期盼，黄庭坚风雨兼程，沿着湘鄂赣三省边界崎岖曲折的山路，自巴陵，略平江，过临湘，入通城，转归洪州分宁。他投宿黄龙寺拜见好友惟清禅师。恰雨停天开，在晚晴夕照的余晖里，黄庭坚邂逅一位名叫戴道纯的禅客，款款相谈，他写下《自巴陵略平江入晚至黄龙》长句呈赠：

山行十日雨沾衣，幕阜峰前对落晖。
野水自添田水满，晴鸠却唤雨鸠归。
灵源大士人天眼，双塔老师诸佛机。
白发苍颜重到此，问君还是昔人非？

此诗收录洞庭湖与平江县志，四十四个字的长序值得详述：“自巴陵略平江临湘入通城无日不雨至黄龙幕阜奉谒清禅师继而晚晴邂逅禅客戴道纯款语作长句呈道纯”。黄庭坚“山行还乡”的故事，成为汨罗江诗话的重要佳作。

拜谒黄龙寺，途经灵源摩崖石刻。站立“黄龙山”前摄影，杂竹背景与稻田底色融为一体，摩崖壁照苔藓苍古，山谷居士那充盈天下的大红书法，如甜蜜蜜的清泉水滋润心田。黄龙宗初建北宋神宗年间，由临济八世宗匠慧南普觉所创，慧南祖师以生缘、驴脚、佛手“黄龙三关”名扬天下，祖庭黄龙寺“三敕崇恩禅院”。灵源惟清禅师是慧南祖师最得意的徒孙，他与黄庭坚交往甚深。史载黄公九谒黄龙寺，我无意翔实考证，我最看重“山行”诗草：“白发苍颜重到此，问君还是昔人非？”应当是他最后一次回乡，也是他历尽酸甜苦辣的人生写意。

从黄龙寺后山溯溪探源，乱石堆叠，杂草丛生，特换防水套靴趿趿踏踏，不料裤脚顽皮老是钻出来戏水。熊建红局长传授野外勘查经验，你得先把袜子套住裤脚。一屁股落坐溪流边高耸的卵石，太阳当空照，水汽感觉凉爽爽的。继续硬撞不行，菜园附近必有人家。

门庭敞开，鸡鸭欢叫。农家主人冷方林笑眯眯地招呼老婆快泡菊花茶。借问汨水源，他说是呀，黄庭坚题“三关”就在溪边，你们没有看到？我们喜出望外，请他带路。冷师傅说莫急，我得把砍刀磨快点。老婆给你们准备午饭。小孙子坐在摇篮里乐呵呵的，太婆婆年高得照看。

山里汉子一把砍刀在手，只听唰唰飞舞。旧时交通官道如今人烟稀少，许久无人进山砍柴伐木，溪涧石径杂树刺蓬非得砍刀开路。践溪沟复上岸，山坡崖壁果然发现“三关”石刻。见字思亲，黄公与禅师应是如此逆溪远行。继续钻进郭家垄，梯田稻谷翠绿，高山林海茫茫，别有洞天世界。

我不知书法水平高低，特别感叹它的贴心。黄庭坚留下的镇寺墨宝，据说全由惟清禅师镌刻。与其他摩崖石刻不同，历代书法石刻总喜欢摆出顶天立地的高大架势，“黄龙山”“灵源”“法窟”“三关”四处，均刻溪边山径崖壁，绿林草丛天然呵护，且与人等高。

上大岭山海拔高度 669.5 米，对望整个山脉唯有本条明显呈“U”形沟谷，本地人叫“大埚里”。我问冷师傅，找得到源头泉眼吗？瘦高汉子毫不动摇，挥刀指向竹林丛中，攀陡峭山埂，钻进一条狭长水沟，两侧石壁深近一个人高，浅浅的清水踩齐脚背。通过预读功课，我知道河源“沟漕”特征。这样的源头往往晴天无水，雨天有水。通常也不会有地名，直接用地理坐标或附近的地名代替。不顾竹鞭乱刺我奋勇向前，为没有经历过的寂寞而兴奋，有山谷清香沁人心脾。终于听到泉水叮当响声，加快脚步抢上去，平坦的泥石流滩，一条细细的水带从高坡石座缝隙间喷涌而出。科考队员王淇与刘海用 GPS 定位测量。熊局长高兴地说，与二〇一一年全国第一次河湖普查以及江西省水文勘测数据基本一致。两省确定:汨罗江源头!

德国作家埃米尔·路德维希为《青白尼罗河》立传说:“如果没有尼罗河的存在,所有一切反映自然力量、生物活动、人类奋斗、农业发展、植物、动物以及人类历史等等一系列的景观,无论过去还是现在,都不会如此的精彩纷呈。”饮水思源,欣喜若狂,谨借用此语献给我的母亲河。

镇江塔的前世今生

镇江塔

我们从湘阴县白马寺镇回龙村过河，船行大湖，水天一色。阳光与湖风暖洋洋的，洲滩油菜花开，渔船落锚湖中，行舟踏春恰似浮游在水上世界。穿过迷魂渔阵，网破杆倒收留些许漂浮垃圾，渔季与春汛均在人与自然的斗争之中。渐渐驶入小口塞湖，资江左岸绿洲伸出来，一座宝塔耸立中央，两边各有大树伴护。高塔越靠越近，波光倒影越来越清晰，果真“从湖心里冒出来的塔”。

二〇〇二年二月，《潇湘晨报·湖湘地理》采访报道《湖南塔事》，引起读者兴趣。在湖南，临水而建、镇水辟邪的“文峰塔”不在少数，据古塔爱好者、网友天下人物的梳理统计，洞庭湖周边现存古塔八座，散布于岳阳、湘阴、汉寿、沅江等地，它们最初有的建在江河旁，有的建在洲、岛上，称为“凌云塔”“镇江塔”“镇龙塔”等，都有弥补、烘托地形的作用。此后，报社记者与湖湘地理地质顾问童潜明教授一起又走访、考察湖区五座古塔。

我两次陪童潜明教授考察汨罗江，曾听他讲述洞庭湖地质变迁，心中便萌发观塔念头，我此行目的地就是镇江塔。从明朗山去看镇江塔，水路最近。如若开通航道，明朗山、镇江塔，过莲花坳、撂刀口，可直抵万子湖千秋泱，近观沅江城外凌云塔。今天，二〇一七年三月二十六日，竟与童教授提供的二〇〇五年二月二十一日镇江塔考察照片巧合，汛期未至，湖水淹没塔的一层基座。

镇江塔七层八面，龙角叠檐，笔峰塔尖，一座典型的文峰塔。高二十三点九五米，砖石结构，一层花岗岩实体落地，二层正面开有拱门，门侧左右曾有碑刻，三层竖有“镇江塔”额题。周华光说，塔的第一层连基座有四米多高，涨水坐船从二层拱门可以爬上去，四层空心，顶上几层又是实心砖构。塔内没有什么，全是鸟粪便。仰望塔壁檐角，向阳缝隙生长着杂草灌木，我们缓缓行船靠近，水鸟惊飞盘旋。

镇江塔始建于清乾隆四十七年(1782)，距今已有两百三十五年历史。史载其选址于朱家嘴小集镇的街尾。“镇江”即守望沅江县门户、镇水驱妖之意。镇江塔当初处于陆地，并未置身湖中。童潜明教授分析，在漫长的地质演变中，南洞庭湖盆地发生了“内力地质作用”的沉降，镇江塔在建立后的数百年间，地势逐渐下沉。洞庭湖的下沉和湖水的抬高，造就了如今沅江镇江塔“从湖心里冒出来”的奇观。

周华光证实，中华人民共和国成立初期整修南洞庭湖，万子湖抬高了水位。

双塔凌云

“双塔凌云”为湘阴县城标志性古建筑。一在城东南之湖畔，一在城西北之江边，巍巍双塔，雄峙江与湖。

文星塔位于文星镇东湖西岸，伴有文星桥，始建于宋、元时期，清乾隆五十年(1785)重修。塔用麻石平铺垒砌，斜面上收至顶，塔高三十一米，塔基高零点八四米，边长四点三四米，占地八十八点四平方米。七级八面楼阁式石塔，每一层交错对开四个拱门，并有翘首护檐。塔身中空，内有石砌螺旋台阶四十九级。第一层内有“科甲蝉联”石碑，上面刻有知县李炳所题碑铭。塔刹顶由三颗生铁圆球组成，球上阳文镌刻。刹身由刹杆穿中连接，撑立在刹座之上，刹座叠压于塔顶平台，使整座塔的比例十分协调，精美漂亮，“塑魁星于顶，缭以墙栏坚之”，因此文星塔又名魁星塔。

与文星塔遥相呼应的是建于同一时期的状元塔，位于湘阴城北约三公里的乌龙嘴，湘江经塔下流入洞庭湖。清乾隆五十年(1785)，知县李炳根据“乌龙出角状元生”的民谣修建，故又名乌龙塔。因资金不够，当时未修塔顶。嘉庆三年(1798)，知县李其丰加修塔顶，前后历时十三年，塔用麻石平铺垒砌，七级八方，垂直上收至顶。高二十八米，塔基高一点零六米，边长四点六四米，占地九十平方米。每级对开四门，塔身中空，有螺旋石梯共六十二级，石梯可至第五层。第一层正面朝南，门高二点一五米，宽一米，洞深三点七米，门楣上雕刻楷书“状元塔”三字。塔内五层以上开有天窗，可以望到塔顶，每层之间飞出短檐，翘首饰鳌头。

一九七六年，据湖南省革命委员会地质局的《中华人民共和国区域地质调查报告·沅江篇》载，乌龙塔在建造时“离湘江河岸较远，现三十一点一七米水位则可淹到基础，并到第一层底面”。童潜明教授考察时发现第二层有淤泥痕迹，“现在的乌龙塔，离湘江越来越近了”。主要原因是中华人民共和国成立初期整修南洞庭湖，彻底改变了河床与水位。

南洞庭湖指沅江万子湖以南，益阳城以东，湘阴县城以西，包括湘资二水尾闾地区，占整个洞庭湖面积的三分之一，港汊较多，水系紊乱，流速缓慢，洪涝灾害频繁。一九五二年九月二十四日，洞庭湖突发九级大风，暴风雨中心地带在南洞庭湖，冲溃二十个堤垸，淹没稻田十八万亩，九万多人受灾，死亡两千一百多人。灾情发生后，中央派水利部傅作义部长率团慰问灾区群众，研究整修南洞庭湖。

十一月十五日，湖南省人民政府决定并发布总动员令，全省动员二十四万民工参战，分配湘潭专区十点五万人，以县为总队，区为大队，乡为中队。十二月上旬，二十五万干部和民工陆续到达工地，方圆几百里用芦苇建成的人字形草棚安营扎寨。各项准备工作基本就绪，工程指挥部十二月十日发布开工命令。短短一百天时间，至一九五三年三月二十日，南洞庭湖整修工程胜利完工。整个工程完成土方两千三百一十多万方，新筑五百三十华里的大堤，沿湖百里大堤种植防浪林两百余万株，块石护坡二十三万方，还新修了新泉寺电排站，从此错开了南水和北水，资水和湘水的相互顶托，南洞庭湖区七十余万亩耕地、四十二万湖区人民大大减轻了大洪水威胁，也为后来的经济发展创造了有利条件。

全省大兵团作战，平江总队先后组织七千七百多名民工参加。老父亲回忆说，省总指挥部就扎在湘阴白马寺。那年家父刚刚二十出头，担任县委宣传部长，随县委书记齐寿良在农村蹲点。一九五二年，齐寿良调任湘潭地委委员、副专员。同年十一月，省委、省政府决定成立湖南省南洞庭湖整修工程指挥部，齐寿良任副总指挥兼湘潭地区指挥部指挥。平江总队四千多名民工承担白马寺至姑嫂村堤段。采取军事建制，胡忠明任总队长，范志德任政委，区为大队配营长、教导员，下设中队配连长、指导员。父亲能说会写，抽调总队任政治科长，组织干部教师十五人开展宣传工作，开办《平江工地》油印小报，每期分发各营、连部，并上报湘潭行署、省总指挥部。睡工棚，大甑饭，吃干鱼、萝卜和后方运来的各种干菜，县里派慰问团上前线鼓劲。

“抓晴天，抢阴天，麻风细雨是好天。”一九五三年春节来临，平江总队胜利完成本段的白马寺工程。浏阳、醴陵总队修杨林寨大堤，由于外堤靠湖淤泥太厚，那时全靠人力，不可能清淤，只能用挤淤的土办法，筑好的新堤第二天又沉陷下去，致使工程进展缓慢。平江总队放弃提前回家的念头，发扬互助友爱的精神派兵支援。创造性地用篼箕套住碱底打碱，结合爱国治湖，抗美援朝的形势，新编自唱打抬碱、打飞碱的歌曲。“平浏醴，亲兄弟，杨林寨上比高低。”说起鼓舞士气的口号，如今八十六岁的老父亲依然意气风发。

一九五二年冬整修南洞庭湖，是自明代万历年间在湘阴利用湖洲围垸三百七十多年以来的首次治理工程，是中华人民共和国成立后，为境内农民办的又一件大好事、大实事。其工程规模之巨，动员干部、民工之多，国家投入之大，均史无前例。

孤本的文峰塔

平江县梅仙镇哲寮溪缓缓流过五桥九堰十三坡，从西南出境由大洲倒流滩注入昌江。传统村落的规划建置，最看重河流出境的水口嘴。船形山海拔仅两百零六米，溪口左岸立有翔霄石塔，右岸建有哲寮水庙，共同把守文脉的天经地纬。

翔霄塔本名干霄塔，东西朝向，占地面积六十平方米，塔高十二米，外形呈六边形，边长两米，共七层，每层塔檐翘角整齐划一，保持浮屠宝塔的神圣。钻进塔心空间，底座周围一丈有余，拱门、石框光照明亮，宝塔全部用长条麻石垒砌。“干霄塔”青石板匾额面对哲寮村庄，底层南面“翔霄塔”碑文，首事湛瑞生撰，详细叙说建塔的重要功能。

“哲寮胜地由幕阜黄龙蜿蜒而来，绵亘数十余里，山水环绕，势若星拱，苍翠诡状，绮绾绣错。我族自福六公鼎迁于斯，由明迄今代有伟人，但拾巍科、居台辅的少。追根究源是水口地理文峰所缺。”据《相宅经纂》注释，凡都、省、州、县、乡村，文人不利，不发科甲者，可于甲巽丙丁四字方位选择吉地立一文笔尖峰。只要高过别山，即发科甲。湛瑞生亦即同治年间秀才，明清时期秀才分三等，一等者可获得国家每月发给的粮食和银两，称为食饩，类似现代的奖学金。尽管取得秀才资格就可免征公差和免纳田粮,但多年应试屡败屡战未能中举,湛瑞生仍然心存翔云之志。华表可以捍门户,层塔可以作峰南。他坚定地认为,水口西北船形山嘴的低沉地势,事有不必传之于古,而可创之于今。清光绪二年(1876),湛瑞生为首捐资,召集宗祠公议,众皆踊跃输金,遂甃石建塔。他取名"翔霄塔",希望本族后来者科甲连登,翔腾霄汉。

古塔依然耸立在草木茂盛的矮山头,像高高的桅灯照亮村庄田野,清清溪流弯弯曲曲地绕过山脚冲泄西去,风雨沧桑寂静地守望幕阜昌江。梅仙哲寮,岳阜古道歇脚的茶寮酒肆。记忆中那悠远的蹉跎岁月,从长沙至武汉必经姜源陡岭的阻遏,古往今来歇脚喝茶其实是劳累后的诗意。如今高速公路悬桥隧道轻便地穿越时空,寻访道仙哲人对饮的灵山秀水,倒也闲情惬意而自由自在。

哲寮水源分两支,一出黄柏山芦栗坡,一出橡皮岩黄泥坑。黄柏山本名黄檗山,盛产中药材黄檗树。相传西汉王莽篡政之时,南昌尉梅福弃官隐居此山,炼丹成仙留下梅仙地名。从黄泥坑再往高峰尖的鸡公岩,悬崖绝顶有座鸡公寨,高百余丈,一般人爬不上去,元末乡人避乱,为平江四十八寨之一。

夜宿碧龙峡,柴火吊壶烧得热气腾腾,约请年尊乡贤围炉茶话,乡村老教师湛雅平先生说话从容文雅,几位湛姓老哲寮争相呼应,噼啪炸响的烟火中聊起祖先,似乎团年相聚的味道。

元末明初,鼻祖福六公从江西迁居平江,选择这片风水宝地,湛氏家族开枝散叶,繁衍二十八世,人丁已过万,哲寮村聚居三千多人。一脉哲寮水从碧龙峡岩前蜿蜒而行,进山上十里,出山下十里,山水与人烟毗连,保存有古建筑十五栋,石拱桥五座,古井、古庙、古塔生机盎然。难能可贵之处,尽管世事如棋局局新,本族一世祖湛公福六大人墓,二世祖华叟公墓,三世祖仁先、义先、宗先墓,十七世祖启云公墓,十八世祖湛公其英墓,还有改迁的唐朝盘琪公墓,古墓碑刻保存完好,二世祖华叟公墓的白鹤衔书最为显耀。

哲寮湛氏发家之道应是借漕运商机。话说明朝建都北京,兑解京仓的漕粮仍运往南京,永乐八年(1410)开辟漕河。平江漕运正米六千八百四十四石,每石运输成本加耗米三斗六升,总共耗米达两千四百六十三石八斗四升。当时民运粮船从昌江过洞庭、下长江,运至淮安、临清、滁州、德州,转交通州、天津二仓,经常有船翻粮毁的情况发生,往返劳损苦不堪言。华叟公主持漕运数十年,负责解运平江及巴陵、湘阴、长沙、浏阳、湖北通城、江西义宁共周边七县一州,深感国饷急需而民苦役事,他以国事为重,坚持勤王利民,喜施济分仁,从不谋取私利。凡商号因灾欠债不还的,他从不立卷、不问偿,其慈惠之名众口皆碑。他生前为岳州纳粮做出的最大贡献,是请求朝廷将南米改为兑运,民运转漕给官军,由官军补船费,从此双方便利。此法直到成化七年(1471),南粮终于改兑运为官军长运,民船纳粮只需运至岳州黄华亭交兑官军。华叟公如此则功德圆满,终是福禄寿齐,眼观五代,明宣德元年(1426)仙逝时,享年八十一岁,因功勋卓著,皇恩浩荡永封湛家子孙承当粮运官。这份恩赐永续享受,清乾隆五十七年(1792),湛氏宗祠门前立有"奉上饬例"告示,遇有乡保社长夫役草料采买等差,军丁概予准免,毋得违例混派。倘敢故违,定行深究。

湛家尽管富甲一方,但心中总有遗憾。万般皆下品,唯有读书高。子子孙孙参加科举考试迟迟未见发迹,在地方上面对书香门第终是做不起鳌人。湛氏先祖的坟墓保存完好,显然得益千百年来中国传统家族文化的呵护。

晨雾弥漫,苍山迷蒙,黄泥坑细公垄山谷左龙腾右虎跃,听中央松曲泉琴,白鹤衔书的地理风水若隐若现,二世祖湛公华叟之墓石鼓香炉骏烈清芬沉默无语,守望着碧龙峡过去又叫笔筒坑的龙脉,越加显露祖德流芳宗功庇荫的神秘感。

时光如流水,转折发生在清朝乾隆盛世,十七世湛启云科考中举,三百多年后哲寮湛家终于扬眉吐气。

湛启云旧居北山屋梁架呈月梁形,双鹤衔莲金碧辉煌,撑拱、雀替雕花精美。神龛顶梁悬挂"庆合三星"贺匾,落款为原任广西全省提刑按察使司余有钦题。哲寮湛氏瓜瓞绵绵,北斗魁星光芒耀亮。

走近北山屋,两块麻石柱把守路口,我以为是拴马的,最初并未在意。从池塘流水靠近屋场,地坪前左四柱、右六柱,一排石栏杆像皇家卫士一副严肃神态。麻石柱高六尺,宽一尺,厚半尺,上方刻成官帽曲线形态,柱体两个洞孔天方地圆。左边首块篆刻字迹清晰:"乾隆四十四年己亥岁恩科乡试中试第十三名举人湛启云立"。第二块:"乾隆四十年岁次乙未六月初十日巳时太学生湛启第立"。第三块字迹不清,不知何人何职。边际那块:"大清嘉庆三年戊午季冬月吉旦贡生湛先万立"。依据哲寮村湛姓辈分,平安得胜功,惟伯万朝文,显祖荣宗远,佑启先培德。这三位"启先"同族显然兄弟侄子共享荣华富贵。

我第一次见到如此整齐生动的旗杆石,它比今日高考得中贺匾更令人震撼。据清同治《平江县志》载,自南宋至清末,平江县先后有三百七十一人取得举人、进士、贡生、翰林资格。从大清开始,或许功德之家过于兴盛的缘故,牌坊、牌楼等坊表不再官建。举凡乡科登甲第照例由旌典官拨银三十两,听其家族自行修建。允许厅堂走廊前列屏树斗,或设于门,或建他所,或四柱,或二柱。旗杆顶部带有乌斗图形,一斗为举人,二斗为进士,宣耀经魁折桂的功德。明清时期平江多处建有登科坊、世科坊、鱼跃天池坊、父子进士坊、父子簪缨坊,然而早已随科举制度的废止而消亡。哲寮保存的科第世家旗杆石,恐怕已是绝世孤本。

一个举人的成功,显然会给子孙后代带来典范作用。众族忙碌的第一件大事,照例便是修建宗祠。现存的湛氏宗祠是清乾隆五十年(1792)合族捐建,清道光年间扩建,祠堂构架依然保持旧貌。清道光二十八年(1848)吉冬,湛氏大、二、三房及阖族八门捐修案堂,总理督修、派修首事及捐钱功德碑,记录着湛族的兴盛。

不论翔霄塔功德如何，哲寮村崇文尚武民风纯毅，从来便是出人才、出干部的地方。

慈氏塔

闲暇的日子，披着温煦的阳光独自步行，在破旧的街巷中漫无目的地乱窜，嗅着潮湿而带腥的空气，岳阳古城的根须，它的血脉，依然与洞庭湖相通相连。

鱼巷子依然鲜鱼满市，历史兴衰似乎没有留下什么印记，或许因为它本身便是大湖内敛而律动的鲜活印记。各家随意搭盖的雨棚，将麻石街面挤得更为紧凑，摊棚零担朝街中心流溢，鲜鱼活虾在水柜里游荡，破鳝鱼的，杀活鱼的，挑螺肉的，择藜蒿的，多是女人。男人在屋内忙碌，打包装箱，充氧与冰块，使得鲜活的鱼儿，能够空运到任何城市。水灵灵的鱼巷子，恐怕是维系洞庭湖最后一根脐带，大湖雄伟壮阔的精气，不绝如缕，滋养这座急于走向现代化的新兴城市。

一条货运铁路直抵华菱岳阳港，很少遇见装卸矿石的铁皮货车，水运与陆地的中转，码头仓库依然是物流公司的潜藏之处。湖边木划子上立着一条汉子在捞鱼，他头戴鸭舌帽，蓝衣青裤，脚蹬高筒雨靴。我俯身码头驳岸边，居高临下看得一清二楚。两根长竹竿上部用绳子捆个结，拉开来形成剪刀状的交叉，下端垂直居中套住渔兜，拦口的竹片像两片嘴唇，随竹竿开合。只见他将竹竿拉开，举起张开的渔兜直插水底，罩下去后，沉稳地将拉竿合拢，缓缓地将封口的网兜提出水面。我手指大喊，借问，渔具叫什么？湖风将声音吹成断链，散开去，又荡过来：渔夹子。好名字，真贴切。渔夹子，就是个捞鱼夹子，我想了半天，再想破脑壳也想不出来。一夹，清水网；再夹，空空如也。我在高岸,他在船上,一连十几夹,驳岸边的水域捞了个遍,连半片鱼鳞都没有捞到。汉子抬起头,朝我苦笑,放下渔夹子,摇起双橹,朝不远处的泊船附近划去。

狭窄的游击巷从高高低低的乱屋丛中扯开一条缝,像一挂天梯引向高岸,给人一线光明的希望。麻石条块砌就的台阶,磨洗得锃亮,不知曾被多少水淋淋的大脚板踏过。如今僻静冷落,难得碰到路人与野狗。偶尔一栋老屋,像饱经沧桑的老人闪出来,陈旧的大门石框,透栋的抹灰青砖,可以推想百余年前的辉煌。更多平房,看得出是用断砖块石匆忙搭建,当年日寇飞机轰炸,坚强的居民推倒断壁残垣,搭盖起临时遮身之所。临时好几十年了,有公房的修补,有私房的翻盖,免不了电线乱拉,水管乱接,总算可以守着电视机,过上安宁的好日子。淳朴的平头百姓,始终保持心灵的清洁与宁静。

宁静莫过慈氏塔,无论喧闹与冷寂,它像一只麻壳笋,从瓦砾乱蓬间破土而出,从不言语,孤独地镇守湖岸。欲看碑铭,保护碑石搭晒一床旧棉絮,居民得充分利用每一寸难得的阳光天地。近望七级浮屠,只能仰视,塔基四周逼仄的民居拥挤得破烂不堪,它直插蓝天,给人以平和安详的慰藉,檐角砖缝中生长些许须发,寄生的枯枝残叶,鸟儿与大自然的杰作,宝塔越加显得苍老。数百年风雨侵蚀,塔体严重风化,青砖粉痕毕露,典型的风烛残年的老态,令人心寒。一位晾晒衣服的老妇人,晾晒衣被的铁丝只能拉扯在宝塔身上,古塔真的老了,她指着说,看上去越来越斜,不知哪一天,只怕会被湖风吹倒。

据明隆庆《岳州府志·巴陵古迹》载,慈氏寺塔在县西南巡视府后,高七级。晋沙门妙吉祥建,宋制使孟珙修,明正德间知府张举毁寺,塔存。清康熙三十五年(1706),郡人重修。考《风土记》说:日出之初,影射重湖,镇洞庭水孽。

慈氏塔八角七层楼阁式,通高三十九米,下部塔基用五层麻石铺砌而成,塔身全部用青砖砌筑。自第二层起,每层四面均设有小佛龛,共有二十八个，龛内原供小佛像。每层檐角设小钟，微风吹来，叮当作响。塔顶置有铁刹相轮，上有六根铁链从塔顶直贯塔基，用来起稳固和避雷作用的。从其塔身、密檐与塔刹来看，它显然是佛寺最主要的建筑。

民间传说“先有乾明寺，后有岳州府”。自西晋武帝咸宁二年(276)以来的一百三十多年间，洞庭湖一带共发生了八十余次大规模的水灾，其中最严重的有八次。东晋安帝隆安三年(399)六月，洞庭湖一带洪水滔天，“平地三丈”，灾难惨重。安帝是一个十分虔诚的佛教徒，故“欲藉佛国之力而平矣”。元兴二年(404)六月，安帝决定请永安皇后带着诏书赴巴乾元寺(今乾明寺)求住持昙翼法师以了心愿。当年，西域沙门妙吉祥(大月氏国人，生卒不详)居乾元寺。他提出“依湖筑浮屠(宝塔)不仅可安葬寺内圆寂之祖师，且能安抚云梦泽之孽”。义熙二年(406)，昙翼委托妙吉祥在乾元寺(今乾明寺)内西南角洞庭湖畔行造舍利塔之事。

慈氏塔于二〇一三年被列为全国重点文物保护单位，结合旧城区改造，次年开始大修，这是慈氏塔近两百年后的整体大修，历时三年尚未完工。大修时在塔顶覆钵表面发现八组铭文，落款为大宋治平三年(1066)。另在塔顶第二层相轮内发现古钱币，用布条串成串，藏在一个方龛中。经专家鉴定，钱币共二十个类别、一千多枚，始于开元通宝，止于治平元宝，大部分为宋朝早中期，证明宝塔至少已有九百五十年，为洞庭湖现存最古老的砖塔。

塔前街基督教堂突然拥出一大群人，中老年人居多，带有小孩，橙红色的瓷板贴块与天蓝色的幕墙玻璃交相辉映，老街上最具现代色彩的建筑物。踏着斑驳的阳光，各人抱着各自的虔诚散去。洞庭湖巫风遍野，菩萨总会有接近民众的便捷方式。慈氏塔前高塄上，曾安置一所观音庙。老街上还有吕道观，吕洞宾朗吟飞过洞庭湖，飘过来，飘过去，在岳阳留下许多仙迹。道场所限，吕祖殿与三清殿共处一座楼阁，登高凭栏远眺，洞庭湖万千气象尽收眼底。

汨水九歌

蓝墨水上游

“万顷重湖悲去国，一江千古属斯人。”

每年端午，汨罗江上赛龙舟，平江九龙闹洞庭，如雷的鼓点，冲天的号角，地动山摇的呐喊，排山倒海的舞姿，古往今来承续永恒的历史记忆。

乙酉端午前夜，余光中先生抵达汨罗，参加二〇〇五年中国岳阳(汨罗江)国际龙舟节。我陪同著名诗评家李元洛先生迎候，车门打开，只见一位鹤发仙风的老人轻盈地踏在诗歌源头的土地上。先生脸上全然不见半点倦容，一件浅红色的衬衣，一条灰色长裤，黄纱袜、黑皮鞋，显得特别的精致。先生从台湾飞香港，从香港飞长沙，再从长沙转车汨罗，这旅途的劳顿对时年七十七岁的老人来说，用“风尘仆仆”来形容，显然已是不够的。

第二天一大早，先生便从风雨敲窗中醒来。他庄重地穿好黑青色西服，将一条印着“祭屈”两个醒目大字的长长的黄色丝绸绶带从颈后一直垂挂到胸襟前。这轻轻地一挽，便将那条狭长如带的汨罗江缠绕到了胸前背后，粽子的清香，还有艾叶、菖蒲的清香，弥漫在空气里，两千多年的历史气息随着江波的起伏一浪接一浪地冲击而来。

“蓝墨水的上游是汨罗江。”先生曾绣口吐珠，凭借汨罗江水将锦绣中华源远流长的泱泱诗河，从两千多年前一脉相承连接到了永远的未来。

一九九九年九月十九日，先生第一次湘楚之旅，在岳麓书院演讲答听众问时，以朱熹“问渠哪得清如许？为有源头活水来”的诗句为引子，专门解释他年轻时代意气飞扬的隽永之语的含义：“我想我的聪明，像所有中国作家的聪明一样，都是从汨罗江开始的。《诗经》当然是一个源头活水，不过那是集体的。而一位个人的诗人，像屈原这么伟大的诗家在中国文学史上第一个出现，那确实就在汨罗江。所以我认为汨罗江是一切一切作家的蓝墨水。不论你现在用什么，用电脑，用网络，总之汨罗江是一个上游，是一个源头。”先生追根溯源，用诗意的话语将汨罗江称为“蓝墨水的上游”，充分肯定了屈原的道德、文章、节义对中国人民尤其是对中国作家的深远影响。这句名言不胫而走，“蓝墨水的上游”便成为汨罗江的特指。

风雨如晦，四野清凉。先生神情肃穆地走进了汨罗江边的屈子祠，出席国际龙舟节开幕式前的祭屈原祭龙头仪式。面对设有三牲、香烛的故楚三闾大夫屈原牌位，主祭人身着长袍马褂，吟诵着带有浓郁楚风古韵的祭辞，伴着飘飘洒洒的夏雨，悠长地在屈子祠里回荡。长烛烈烈地亮着火焰，高香吐出淡淡的青烟，钟鸣和着鼓响将虔诚的心灵捶得一抖一颤。猛然的一阵鞭炮爆炸，震撼过后便是浓烈的淡蓝色的硝烟迅速地将雨幕洇浸。大乐三奏，小乐三引，苍凉悠远的曲调如古老的江水汩汩地流淌，又将那颤动的心灵抚慰得趋于宁静。庭院天井里东西两边的那两棵桂花树，湿漉漉的枝叶泛着白光，散发出古老的清芬。先生满头的银丝亦如江畔的青草般湿润，显得格外的清亮。汨水旁边，先生就着焰焰的烛火点燃了《汨罗江神》的祭屈诗笺。诗笺吐出几口淡蓝色的火舌，在先生庄重的目光浸染下迅速化作一股青烟，向那两千两百八十三年前遁水远逝的屈子魂飞去。只这短暂的一刻，便将汉时贾谊投书凭吊的历史轻飘飘地翻过新的一页。

先生早年便立志要做屈原的传人，在他近千首的诗作中，只有二十多首诗是吟咏历代诗人的，写屈原的便有五首之多。诗的题目分别为《淡水河边吊屈原》(1951年)、《水仙操——吊屈原》(1963年)、《漂给屈原》(1978年)、《竞渡》(1980年)、《凭我一哭》(1993年)。这次《汨罗江神》为第六首。

烈士的终站就是诗人的起点？
昔日你问天，今日我问河
而河不答，只悲风吹过水面
悠悠西去依然是汨罗
所有的河水，滔滔，都向东
你的清波却反向而行
举世皆合流，唯你患了洁癖
众人皆酣睡，唯你独醒

逆风而飞是高昂的令旗
逆流而泳是矫健的龙舟
急鼓齐催，千桨竞发
两千年后，你仍然待救吧？
不，你已成为江神，不再是水鬼
待救的是岸上沦落的我们
百船争渡，追踪你的英烈
要找回失传已久的清芬

旗号纷纷，追你的不仅

是三湘的子弟，九州的选手
不仅李白与苏轼的后人
更有惠特曼与雪莱的子孙
投江的烈士，抱恨的诗人
长发飘风的渺渺背影
回一回头吧，挥一挥手
在浪间等一等我们

这首被诗评家李元洛先生誉为“冠军之作”的开篇，其实是写在六年前的秋天。那天先生来到屈子祠，站在屈子问天塑像前，向诗祖当面请教，一个人该如何成为一个真正的诗人：“烈士的终站就是诗人的起点？昔日你问天，今日我问河/而河不答，只悲风吹来水面/悠悠西去依然是汨罗”。在昨夜的访谈中，先生向我们谈到这首诗的创作时说，两千多年来，从上个端午到下个端午，人们年年驾着龙舟打捞屈原。其实，屈原早已成为江神，不再是水鬼。江上急鼓齐催、千桨齐发，待救的是岸上沦落的我们。这首诗的主要意思，不是我们救屈原，而是要屈原来救我们。屈原的忠贞、刚正，他的英烈，他的道德、情操，几千年后仍然能够引起全民族的共鸣。屈原在政治上是失败了，但他的诗歌，却永远流传。烈士的终站就是诗人的起点，历史的遗恨往往用诗来补偿。这就是印度奈都夫人说的“用诗的悲哀征服生命的悲哀”，这就是“poetic justice”：诗的公道。我在《漂给屈原》一诗中说过，流浪的诗族诗裔，曾一步一叹地涉沅济湘，渡过海峡，将千古不绝的楚辞歌赋融化在风里、水里。这次国际龙舟节，有这么多国家和地区的选手参赛，追随屈原不仅李白与苏轼的后人，更有惠特曼与雪莱的子孙。我们只能看到他的背影，如果他能等等我们，我们也许能够追上他的灵魂，找回失传已久的清芬。

先生冒着扑面而来的风雨，像一名勇士登上冲锋舟，乘长风破急浪，朝那水深江阔的汨罗江国际龙舟赛的主赛场御风而行。近岸浅浅的河滩上,大片大片的绿油油的水草漂浮在随意散漫的江水间。一群黑水牛悠闲地在水草上散步,初生的牛犊儿欢快地围在母亲的身前身后尽情挥洒着淘气。白色的、黑色的水鸟翩然翻飞,不时啄下尖尖的嘴喙寻觅着食物。这不就是当年屈原大夫在江边采撷芷兰香草、吟诗作赋与渔夫交谈时所看到的情景吗?不老的大自然总是这么年轻。先生面对着这条充满诗情画意的河流,仿佛穿行在历史的长廊,风起浪涌不时传来遥远的空谷回声。汨罗江两岸十里八乡的人们,早就川流不息地朝江岸边聚集,聚集,人潮更比江潮激荡。先生身上的西服像鼓满的风帆,胸前的绶带像飘扬的旗帜,他仿佛看到,就在前面急雨中的风浪间,屈原长发飘风的渺渺背影。于是,先生亮起圆润而铿锵的喉咙,领着三十多万观众一齐呐喊:“投江的烈士,抱恨的诗人/长发飘风的渺渺背影/回一回头吧,挥一挥手/在浪间等一等我们”。

开幕式结束后,先生答记者问,他的心依然沉浸在汨罗江的历史文化现场。他动情地说:“汨罗江的河水这么充沛、流畅,比我想象的还要美。屈子祠整修得很好,今天的祭祀仪式也很感动,屈原应当受到这样的供奉。汨罗江上游还有杜甫墓。这是一条很清的江,这是历史的现场,历史文化遗产很丰富。”谈到端午节,先生说,农历五月初五过端午节,一个节日,有屈原,有民俗,有屈子祠,有诗歌。端午节在汨罗江上赛龙舟,既可以满足民间节日的需要,又可以提高到文化、文学、诗的层次,因而具有完全不同的特别意义。

先生最为崇拜的中国古代诗人,屈原之后,便是李白、杜甫与东坡了。先生说,成都杜甫草堂名满天下,平江杜甫墓却很少有人知道。好不容易来到了汨罗江,他执意要去看看杜家老二。依然由李元洛先生“全陪”。乘车拐进平江杜甫墓所在的小田村,泥泞的公路坑洼不平。让先生受颠簸我十分过意不去,先生倒兴致盎然:“杜甫一生坎坷,就像我们现在走的这截路。”先生以为,他的诗心与杜甫是相通的。“泽国水乡,真个是满地江湖/飘然一渔父。”

"这破船，我流放的水屋/空载着满头白发，一身风瘫和肺气/这破船，我流放的水屋/汉水已无份，此生恐难见黄河/唯有诗句，纵经胡马的乱蹄/乘风，乘浪，乘络绎归客的背囊……"早在三十多年前，先生便虚拟诗圣殁前在湘江舟中所思所感，蘸着秋风秋雨写下了咏史诗《湘逝》，并拖着一篇长长的考证附注。也许先生正好在颠簸的车上摇晃着他心中的疑问，他当年的捉笔是否准确呢，诗圣当作何评价？先生的心绪像汨罗江里的水泡，咕咚咕咚一串接一串地冒出来，又一圈一圈漾开淡淡的涟漪。终于到了！诗圣遗阡之地。先生快步径奔杜甫铜像前，像是远离的学子前来拜望儿时授业的恩师。杜甫端坐厅堂正在读书，少陵有句皆忧国，孤舟一系故园心，连年的烽火百姓的哭声让他的脸上写满太多太多的忧愁。先生走近跟前，伸出右手去抚摸诗圣安然抚膝的左手背。只一摸，先生的手掌冷得一缩，像是诗圣有灵，捏住了先生伸过去的手掌。先生心里生发一个激灵，伸手再摸，果然已有些许温热。先生的内心泛起一阵波澜，禁不住抚摸再三，觉得一千四百多首杜诗字字珠玑如万古奔流不息的汨罗江水从温暖的掌心直注心底。先生的眼睛流溢出清新飘逸的光芒，他指着诗圣铜像底座上镌刻的生卒年份，慨然长叹一声："活得还不到花甲之年呢！"

杜甫墓地布满青苔，荒草疯长乱蓬蓬地将墓围护坡的封土埋没得严严实实。先生冒着细雨，面朝着墓碑默默地祭拜心中的诗圣。端午时节连绵的雨水使得地面更加溜滑。先生全然不顾，踏着青草沾着泥泞敏捷地从右侧登上了护坡。登高环望，整个墓地尽收眼底。翠柏森森，轻风阵阵，后山传来几声鸟啼。元洛先生有意想让先生给杜甫墓祠留下一首诗，便借景撩拨诗情："余老，你听鸟在叫什么？"先生应声而答："'恨别鸟惊心'呀！"这只鸟儿当然不再是杜诗中那只在战火中惊吓得吱吱乱叫无处藏身的唐朝鸟儿，可杜甫的杰出诗句依然是那么温热。喝过热腾腾的一碗烟茶，主人恳请先生留下墨宝。先生说："诗回台湾后再写，先题一句吧。"这回他破例抄起了墨笔，稍稍试笔，便脱去西装外衣，将洋溢胸中的历史沧桑泼墨于宣纸之上：“墓石已冷心犹热　余光中　乙酉端午”。写罢意犹未尽，执意要李元洛先生续篇。元洛先生接过墨笔一挥而就：“秋桂之清芬　诗圣之魂魄”汨罗江从屈原到杜甫爱国忧民精神魂魄之清芬，就这样随着淡淡的墨香散发开来。

先生的汨罗江溯源之行，水曲路转来到了磐石洲。磐石洲本是汨罗江畔的一个半岛。弯弯的汨罗江随山就势缓缓地环抱绕行，切割出一块翡翠般的绿宝石来。先生健步朝汨罗江边走去。雨后的汨罗江，脚下一湾江水依然清清纯纯，对岸的半弧青山却是格外的秀丽。天光云影，空灵如洗，恰有数片雾岚随着轻风在山脉间悠悠地飘浮游荡。先生傍江而立，让随行的摄影记者将这一湾浅浅的蓝墨水拷贝下来，留作永恒的记忆。宾主尽欢，先生这回端起了酒杯，席上谈笑风生。磐石山庄请先生赐墨宝。先生用他流畅的蓝墨水钢笔，在信笺纸上写道：“江流石不转，始信桃源在人间。”李元洛先生在旁赞叹道：“杜诗活用，神来之笔哟。”我抓住这个机会，请先生为我题下一笺他那句点化汨罗江魂的名言。先生欣然答应，轻言问我：“你想要横写还是竖写？”“竖的罢。”我真巴不得横竖都要。先生神采飞扬，就着餐桌为我心爱的母亲河题下了“金字招牌”：“蓝墨水的上游是汨罗江　余光中　乙酉端午”。

“欲行不行各尽觞呀。”临行前，先生借用李白诗句抒发对汨罗江恋恋不舍之情。唯有元洛先生解其意知其心，即兴背诵起先生的佳作《乡愁四韵》，先生击节而和，给蓝蓝的汨罗江平添一段诗话。我的眼睛有些润湿，我感谢先生，将他的乙酉端午留给了汨罗江：“一个属于汨罗江的端午。一个属于诗人的端午。”先生粲然一笑：“这就叫‘记忆’。”

端午龙舟

每当端午临近，我的血脉会如汨罗江水一样膨胀起来。枯涩了一个寒冬的河道，随着丝丝春雨的滋润，渐渐恢复了生命的感觉。一旦进入闷热潮湿的夏季，按捺不住的欲望就像河野上疯长的草木，拔节展叶恨不得一夜之间布满大地撑起天空。鼓胀恣意的端午水汛，漂浮着花白的泡沫，翻滚着混浊的漩涡，湍急地流淌，流淌，向前，向前，使得从容的岁月也似乎变得急促起来。心灵听从命运的召唤，萌生出义无反顾一往无前的冲动。

咚咚咚咚锵！咚咚咚咚锵！咚锵！咚锵！咚咚锵！

汨罗江上端午龙舟的锣鼓，年年总会如期敲响。两千年前如此，两千年后也是如此。不用你去击鼓，不必你去敲锣，震天撼地的锣鼓声总会如期响起。锣声与鼓点，早就伴着那汨罗江水融入你的血脉，潜伏在你的心灵。只等龙舟下水，溅起一堆浪花，漾开层层碧波，一个伟大民族代代相传的记忆密码立刻被激活，充满期待与希望的锣鼓声像春雷一般擂响，搅醒沉睡的醉生与梦死。

我们都是龙的传人。龙是中华民族伟大的文化创造。它作为一种灵物崇拜，体现了超自然、超人类的神话力量。最初，华夏民族封龙为图腾。夏代，龙逐渐成为整个中华民族的图腾，演变为我们国家的象征、民族的象征。龙从水中游、云中飞，本是能够贯通天、地、人三界的神兽。龙舟，舟作龙形，显然就是这种生命图腾符号在江南水乡物化与演变的产物。而当屈原选择在端午节这一天沉沙殉国，成为人们尊崇的汨罗江神，端午龙舟竞渡祭祀水神的习俗，自然而然地演变成为纪念屈原的民意表达，这是极其合理的推断。

一九七三年，从长沙战国时期古墓中出土一幅“人物御龙帛画”，为这个推断提供了有力的佐证。古帛画纵三十七点五厘米，横二十八厘米。一位神态刚毅的男子，侧身向左立，身材高大，危冠长袍，腰佩长剑，手挽缰绳，立于虬龙之上。虬龙乘风破浪，头高昂，身平伏，尾上翘，状若龙舟。龙尾巴上立着一只昂首的凤鹤，龙的左下角有条鲤鱼在游动。主人头顶上的华盖璎珞飘向右方，他正驾驭着龙舟飞腾在烟波浩渺的云水之间。郭沫若先生来到湖南省博物馆，面对这幅“驾龙舟兮乘雷”的现实主义与浪漫主义相结合的杰作，惊叹不已。郭老指着画中的男子，脱口而出：“屈原！屈原！”画中人物的神采风貌，确实很自然地使人想到屈原。郭沫若抑制不住内心的激动，即席赋诗：“仿佛三闾再世，企翘孤鹤相从。陆离长剑握拳中，切云之冠高耸。”

自从战国帛画上那条龙舟划进我的心河，有如醍醐灌顶，说明至迟在屈原所处的时代，龙、龙舟的神奇形象在我们湘楚一带早就铺天盖地深入人心。作为龙饰文化、龙舟文化起源地生人，我这个龙的传人，原来拥有一份正宗的血统。我有十二万个理由相信，这幅升天引导图的创作灵感和生活原型，应当来自我们汨罗江龙舟端午朝庙的祭礼。

所谓朝庙，便是各龙舟队扛着龙头一齐上屈子庙朝拜屈原的祭祀仪式，故又称祭屈原、祭龙头。依据乡俗，汨罗江上每年端午划龙船，只有朝过庙的龙舟才有资格参加竞渡。

一条新龙舟下水，如果不朝庙，会被看成是对屈原魂灵的亵渎。这是历代传下来的规矩与习俗，不能有丝毫马虎。

汨罗江龙舟竞渡活动，最早一般从农历四月二十四日开始，最晚五月初一龙舟下水。朝庙的时间，过去集中在农历五月初一，现在一般安排在汨罗江国际龙舟赛的开幕式，地点选在玉笥山屈子祠。

玉笥山又叫名山、石帆山，海拔五十八点五米，方圆约一平方公里，汨罗江水自东南往西北绕山而过。屈原漂泊湖湘，最初住在湘阴县南阳里，最终寓居玉笥山。唐人罗含《湘中记》载，“玉笥山有屈原宅”。唐人沈亚之《屈原外传》中说，“原栖玉笥山作《九歌》”。宋人彭淮《玉笥山三闾宅》诗云：“吴山烟锁子胥祠，汨罗水绕三闾宅。”玉笥山下濯缨桥东有一块平地，相传为屈原故宅遗址。文物工作者曾在这片泥土中发现许多战国时期残留的陶片。玉笥山上除了屈子祠，旧时还有玉笥八景，东汉以来便是凭吊屈原的胜地。这片自古叫作楚塘的地方，如今归属屈子祠镇。东去十公里汨罗山上有屈原墓，西去十公里为屈原沉江的河泊潭,距古罗城遗址五公里,距今汨罗市区十公里。

屈原投江后,楚人最早是在其南阳里故宅立祠祭祀。据《水经注》载,汉末,庙宇犹存。因为屡遭水浸,唐宋以来多次重修,历代地方史志均有翔实记载。到了清乾隆二十年(1755),湘阴知县陈钟理以屈原曾居玉笥山,正式将屈子祠徙建玉笥山。现存屈子祠为清同治八年(1869)乡间集资重建,经过大修,二〇〇二年被列为全国重点文物保护单位。

玉笥山上的屈子祠,理所当然的是汨罗江龙舟端午朝庙的圣地。

朝庙的日子终于来临,所有的参赛船员,身穿与龙舟同色的汗背心,乘风破浪将龙舟划至玉笥山南麓,虔诚地舍舟上岸。船长从船头请下龙头扛在肩膀上,走在最前面。一位年长的船员,双手捧着装盛香、烛、鞭炮和供品的供盘,紧随其后。其他船员则肩扛桡子,按龙舟上的坐序排成双行,神情肃穆地小跑步上山。脚踏麻石台阶,顺着山势朝参天的古树林中攀缘而上,仰头可见屈子祠如一座丰碑端立云天。江风与涛声夹带着草木香气沁人心脾,汨罗江特有的清爽与幽凉扑面而来。

屈子祠坐北朝南, 正面牌楼式山门三门洞开。中门上方镶嵌着大理石雕,五龙捧圣的图案,拱拥着“屈子祠”镀金门额。琉璃花板的屋檐下,排列十七幅介绍屈原生平及作品的彩绘石灰堆画。石门框、石门鼓,还有石台阶前的石狮、石象,构成典型的汨罗江建筑风格。步入正门,前进正厅照壁上,悬有司马迁《史记·屈原列传》木雕屏。顶上“光争日月”匾额,为著名书法家周昭怊所书。两侧配有清末湖湘名士李元度、郭嵩焘撰联。

李元度联云:

上官吏,彼何人?三户仅存,忍使忠良殄瘁;

太史公,真知己!千秋定论,能教日月争光。

郭嵩焘联语：

骚可为经，倬然雅颂并传，俨向尼山承笔削；

风原阙楚，补以沅湘诸什，不劳太史采轩猷。

咏联诵记，对景生情，读来“未尝不垂涕，想见其为人”。转过照壁，前厅与中厅之间的丹墀内，左右各有一株两百余年的丹桂，飘香时节，满庭生津。环望庭院，前厅照壁北面，悬挂着一幅屈原画像，两侧对联为美籍华人潘力生撰书：

招魂三户地；

呵壁九歌心。

前进北山墙花岗石上，阴刻苏轼撰联：

诗赋离骚亦时用；

文章尔雅称吾宗。

与之对称的中进山墙花岗石上，阴刻有董必武撰联：

旨远辞高，同风雅并体；

行廉志洁，与日月齐光。

中进正厅，高悬着李铎手书“德范千秋”匾额。正面安放着屈原神龛，木质饰金，雕有龙、凤、马、狮缠绕其间。龛内供有黑底金字的灵牌：“故楚三闾大夫屈原之神位”。左吊巨钟,右置大鼓,梁悬八角宫灯,供桌、香炉、铁磬等祭器一应俱全。

进入屈子祠，来到中进大厅，船长先将龙头恭放在屈原灵前的香案中央,龙口朝着入祠的大门。当身穿青袍黑褂的主祭人肃立香案前,麻衣麻帽的司仪忽然一声断喝:“肃静!”人们很快安静下来。“举行致祭三闾大夫尊神礼!”于是,端供盘的长者点燃香火、红烛,摆上供品,献果、献粽、献三牲。接着,身着麻衣的司仪以沧古的长声喊出一连串的指令:“起鼓!鼓三通!”住祠人擂大鼓三响。“鸣钟!钟三叩!”住祠人敲金钟三声。“奏大乐!大乐三吹!”“起小乐,小乐三奏!”大乐三引,小乐三奏,苍凉悠远的曲调如古老的江水汩汩地流淌。司仪嘹亮地大声喝道:“钟鼓齐鸣!声炮!”在猛烈的金鼓鞭炮吹奏混鸣声和浓烈的硝烟中,主祭人跪在屈原神位前祭拜,执事在案前协助爵酒、授酒、灌地、反樽。司仪唱道:“叩首!再叩首!三叩首!”主祭人依言三叩首。“主祭人起立,复位!”主祭人站起来,以高亢的声调,一吟三叹诵读简短的祭文。祭祀毕,两位执事为龙头披彩上红。司仪再唱:“主祭人引龙舟弟子请龙神上舟!”所有的船员排成两行,弯下腰将桡子整齐地放在地上,面朝神龛上的“故三闾大夫屈原之神位”的灵牌跪下,虔诚地三叩首,礼成。

全体船员起立,将桡子重新扛到肩上,在扛着龙头的船长带领下,缓步绕过后进中厅的屈原雕像。屈原塑像高三米,屈子头戴高冠,手抚长剑,昂首问天,视死如归,一副壮怀激烈的形象。在屈原的目光中,船员们轻快地出庙门,小跑步回到河滩边,依次冲入滔滔的江水中。大家相互击水,替龙头洗“端阳澡”。澡毕登舟,将龙头重新安置在船头。整个朝庙仪式结束,龙舟在铿锵的锣鼓声中,争先恐后地朝比赛河段划去。

汨罗江沿岸百姓特别重视端午节的龙舟竞渡。民谣称:“牛歇谷雨马歇社,人不歇端午逗人骂。”无论工夫多么忙,端午节那天,是不兴做工种田的。不论天晴下雨,男女老少都会穿上节日的盛装,往汨罗江边为自己的龙舟队呐喊助威,挤得赛场两岸河滩白花花的一大片。站在河岸浅滩,看龙舟中流击水,人们更多的是从龙舟锣鼓的点子声中来判断赛事的进展。龙舟锣鼓击打的点子与节奏,会视赛事的紧张程度而定。但它在开阔的江面回荡,总是那么揪心,如同直接敲打在人们滚烫的胸口。如果锣鼓声是平稳的"咚咚咚咚锵",这表明暂无战事,龙舟只是在江上划着太平桡闲游,正在召唤更多的观众赶往汨罗江边。如果江面上传来"咚咚锵、咚咚锵"的锣鼓声,那就表示比赛开始,龙舟竞发。比赛会很快进入相互咬住争先冲刺的阶段,这时的锣鼓声,便会如同暴风雨一般越来越急促越来越紧迫:"咚锵、咚锵、咚锵……"两岸观众的呐喊声如潮席卷,惊天撼地。汨罗江风俗:"宁可荒掉一年田,不能输掉端午船。"竞渡的胜利,被看作是本宗祠、本村子的莫大荣光。得胜者往往要用红轿子将龙头和桡手抬回去,将龙头摆在祠堂的神龛上敬香、叩拜。甚至还要请戏班子来唱几本戏,热闹数日,以示庆贺和炫耀。一次偶然的机会,我曾在平江县浯口镇江氏祠堂大门的横梁上,发现供奉着一支陈旧木色的招子,如同关公的青龙偃月刀一般气派。问乡民,得知这是该镇龙舟队十几年前参加汨罗江国际龙舟赛折桂的神物。

杉木船子溜溜尖,
我和你来划龙船。
龙舟划向前,
河里捞屈原。
三闾大夫是屈原,
粽子撒向深水渊。
投江在今天,
捞了两千年。

这是一首《划龙舟》的汨罗江号子，当它那古朴桀骜的方言，和着高亢激越的腔调，伴着龙舟锣鼓和桡桨的节拍，从一伙肌鼓肉黑的船古佬水淋淋的胸腔，震天动地的吼叫出来，汨罗江水悲风骤起，玉笥山麓白云腾空。

玉笥山，又名石帆山。怪不得天下龙舟都没有风帆。上玉笥山朝过庙，请得三闾大夫尊神和龙神，龙舟的风帆便扯起来了。

河泊潭

我静静地站在江岸边的荒草丛中，盯着眼前的一潭清水。水面不见一丝儿的涟漪，天光云影宛如一幅淡雅的水墨画，倒映在水底，泛着幽蓝色的光彩。河床黝黑的泥沙像是沉到了天外，洁白的云朵和蔚蓝色的天幕，飘在河床与水面之间。一湾清澈见底的江水，看起来似乎无限深邃，从水底可以穿过那片亘古的时空，走进两千三百年前山河破碎的楚国，去追赶一个长发飘飘的凄苦身影。

河堤不远处立着一块水泥碑刻，枯黄的冬茅草烈烈地蓬起，随风摇曳着寂寞的荒凉。拂去岁月的烟尘，鲜红的字迹告诉人们，这儿就是当年屈原投江的地方。

“河泊潭（又名屈潭，沉沙港），战国时代的爱国诗人屈原，目睹楚国危亡，痛不欲生，遂于公元前二七八年农历五月五日，在此投江殉国。”

五月端午前后的汨罗江，不会像现在这般清明。进入雨季，铅色的天空低沉沉地笼罩大地，天地间总是雾蒙蒙湿漉漉的。密集的乌云夹带着暴风雨像一条狂龙从大山深处蹿了出来，张牙舞爪在广袤的乡野田园横行肆虐。溪流漫溢，山洪陡涨，往日如少女般清纯温顺的汨罗江，一夜之间会变得粗暴强悍起来。混浊的江水翻滚着白沫，漂浮着枯枝荒草，猛烈地冲刷着两岸的石壁河坎，摧枯拉朽一路裹挟西去。狂风暴雨过后，翠绿的山林蒸腾起淡淡的薄雾，凉湿的风不时搅起一场细雨，使人觉得就像是在汨罗江水中行走，周身浸润在无边的水世界。江岸边的一切，仿佛刚刚从江水里爬出来，来不及抖落细碎的水珠，洒下一路湿淋淋的印迹。五月初五，和七月初七一样，也算是农历中一个特别的日子。汨罗江人每年相约在这一天，家家户户将门头插上清香的艾叶，把四处弥漫的瘴气堵截在门外，驱邪避灾。采来松针、菖蒲、夏枯草，烧上一大锅黄糊糊香喷喷的百草汤，人人沐浴更衣，强身健体。然后驾舟行船来到汨罗江上，带上粽子、咸蛋等祭品向水中抛撒，祭祀汨罗江神，祈求全家人平安地度过瘟疫流行的恶月。

流放沅湘栖居玉笥山已是九年的屈原，对楚地的乡俗民风有一种特别的亲近感。巫师们载歌载舞，祭祀远古的神鬼，高亢的乐歌代表神鬼来表达来自魂灵世界的对话，曾经何其强烈地震撼他的心灵。他禁不住泪流满面，哼楚曲、记楚辞，整理出不知在民间传唱了多少年的《九歌》。神话传说中的湘君、湘夫人，活灵灵地在水中起舞，袅袅兮秋风，洞庭波兮木叶下，凄美的爱情令人一咏三叹。尤其是那惊天动地的国殇，战士们操吴戈兮被犀甲，车错毂兮短兵接，旌蔽日兮敌若云，矢交坠兮士争先。这种奋勇杀敌、不怕牺牲的英雄气概，正是：诚既勇兮又以武，终刚强兮不可凌，身既死兮神以灵，子魂魄兮为鬼雄！“楚虽三户，亡秦必楚。”怪不得千百年后，腥风血雨中总有楚人登高振臂一呼。

屈原特地选定端午节这一天以死殉国。迷茫的凄风苦雨将他淋得透湿，全身没有一根干纱。这一切，他毫不在意。政坛的刀风剑雨，已经将他刺得体无完肤。只有一颗心，依然为楚国、为故乡而绝不屈服地跳动。他早就抱定了必死的信念，一直等待着这最后时刻的到来。

屈原当初辅佐楚怀王出任左徒时，曾以博闻强志，明于治乱，娴于辞令而扬名天下。入则与王图议国事，以出号令；出则接遇宾客，应对诸侯。楚怀王本是极度信任这位远房宗室的。屈左徒成天忙里忙外，可谓内政、外交一把抓。其时诸侯争雄，秦国称霸。合纵与连横，成为天下格局走向的关键。横成则秦帝，纵成则楚王。面对虎狼之心的秦国，楚王听信上官大夫等亲秦派的谗言，屡屡损兵折将、割地受辱，吃哑巴亏。楚国强弩之末，日渐衰落，国难当头，本是用人之际，上官大夫争宠，他使出了最险恶也是最容易得手的一招：诬陷屈原功高震主。上官大夫向楚怀王进谗说，屈原自称老子天下第一，“非我莫能为也！”天下君王，莫不是老虎屁股，谁敢挑战君王的权威，立马龙颜大怒。“王怒而疏屈平”，谗佞得计，小人当道，屈原的政治生涯从此走上了穷途末路。他两度被赶出京城郢都，最终放逐沅湘，流落到汨罗江畔。

出没风波里的渔父，也许是最后一个见到屈原的人。史书上说：“屈原至于江滨，被发行吟泽畔。颜色憔悴，形容枯槁。”

这个画像应当是准确的。长发飘飘的屈原，颜色憔悴，形容枯槁，迎着风雨一路苦吟朝汨罗江边走去。

这是中国文人艺术形象的典型范式，直到如今，许多富有气质的艺术家，都喜欢蓄着披肩的长头发，这便是师崇诗祖的渊源。悲愤出诗人，诗人的本源来自悲天悯人的终极关怀，来自以天下兴亡为己任的忠肝义胆豪情壮志。铁肩担道义，妙手著文章。这是从屈原开始，一代又一代的仁人志士不懈追求的崇高理想。然而，残酷的现实生活中，楚怀王时期的上官大夫，楚顷襄王时期的令尹子兰，一次又一次将屈原修明法度、举贤授能的美政主张践踏在脚下。屈平疾王听之不聪也，谗谄之蔽明也，邪曲之害公也，方正之不容也，故忧愁幽思而作离骚。美好的理想常常就这样被小人玩弄于掌心，当着你的面，狞笑着把它撕成碎片，这便是轮番上演永不落幕的人间悲剧。江山代有小人出呢，他们躲在黑暗的角落，煽阴风，点鬼火，要手腕，弄权术，将一己私欲恶性膨胀成社会肿瘤。舞台上的英雄人物，总是冷不防便成了阴谋的猎物，落入重重机关陷阱，如同困兽仰天长啸发出撕心裂肺的吼叫。忧愁幽思郁闷于心，无异于千百把割肉的钝刀削骨的利刃，纵你是英雄好汉钢筋铁骨,怎经得起如此销魂铄骨。

也许,这正是屈原的画像与塑像,为什么总会被人一本正经地弄成束发结绾甚至于峨冠博戴。人们不忍心看到一个走投无路的屈原。可英姿雄发的屈原只是曾经的屈原,不是永远的屈原。最后走向汨罗江在江水中永生的屈原,本是披发行吟、颜色憔悴、形容枯槁的样子。

渔父在汨罗江上看到屈原一副凄苦落魄的模样,不由得大吃一惊,夺口而出:“子非三闾大夫欤?何故而至此?”屈原从沉吟中醒过神来,用手拨开湿淋淋遮贴在额前的长发,这才看清,原来是头戴箬笠身披蓑衣的渔父,与他打招呼。“何故而至此?”这是一语双关的诘问。为什么会流落到这里?为什么会沦落到这等地步?这也正是屈原一路上苦苦思索的问题。他已经在心底不知拷问过自己多少遍了。屈原朝着风雨如晦的江面答道:“举世混浊而我独清,众人皆醉而我独醒,是以见放。”独清、独醒,这便是自己执意孤行而不愿随波逐流。不怨天,不尤人,不是糊里糊涂,明知赴汤蹈火也勇往直前而绝不后悔。

在世人眼中一向超凡脱俗的渔父劝慰屈原说,圣人不凝滞于物,而能与世推移。既然举世混浊,你何不随其流而扬其波,今朝有酒今朝醉呢?屈原神情坚毅地摇了摇头,摆摆手,吟诵起了他的《怀沙》之赋。渔父知道说服不了这位犟脾气的三闾大夫,他微微一笑,荡开双桨,哼起了古老的歌谣:“沧浪之水清兮,可以濯吾缨;沧浪之水浊兮,可以濯吾足……”

如今汨罗江上再也看不到渔父的身影,他就这样划着船儿哼着歌儿朝水云间远去,连船与桨荡起的涟漪,也一齐跟着消逝。从水云间吹来似乎若有若无的江风,那首叫作《孺子歌》的古老歌谣,却依然在江面上飘荡。近水的河滩上,一条小板凳素面朝天,明媚的阳光亮晃晃地浮起一层光晕。一只装有半截泥土的罐头瓶子躲藏在板凳的阴影下,想必安顿着充当钓饵的蚯蚓。一根竹钓竿安静地斜支在江面,与水中的倒影对应成夹角。只有红蜻蜓伏歇在钓竿的尖儿守望着水中的浮标，钓鱼的人却不知去向。这莫非是渔父当年留下的钓竿吗？寂寞的河泊潭水，有了这根无主的钓竿，沉寂在潭底的古老历史被丝丝缕缕地牵扯出来，引发我们对于人生如流水般无尽的感叹。

人的一生，就像一粒种子落入泥土，一条鱼儿游入江河，总会发生点什么。历史，就是这样不急不慢地翻开下一页。说句实话，我向来不太相信孟夫子所说的，天将降大任于斯人，必先苦其心志，劳其筋骨之类，这其实算不了什么。宝剑锋从磨砺出，梅花香自苦寒来，这种先苦后甜的期待，依我看来，充其量只不过是炫耀扬眉剑出鞘的荣光，或是鼓吹傲雪花枝俏的暗香罢了。一旦时来运转意气风发地登上理想的巅峰笑傲天下，曾经的苦难便化作七彩的光环笼罩在身上，飘飘欲仙、云里雾里、令人不敢仰望。这种时势造就的英雄，哪怕是伟大的历史人物，过去一切的坎坷曲折，只不过是辉煌的历史铺垫。

屈原的命运没有这般轻逸，他在颠沛流离中沉重的脚步只能远离京城与故乡，朝着相反的方向挪动。遭谗放逐去国离乡，英雄无用武之地，满腔热血壮志难酬，最后眼睁睁地看着心爱的故国家园沦陷敌手，落得个报国无门、回乡无望的凄惨下场。这种双重无奈的人生际遇，如洪流般荡涤，如烈火般燃烧，足以摧毁任何青春年少的容颜，足以击垮任何匹夫莽汉的勇猛。屈原，举世混浊而我独清，众人皆醉而我独醒，这份在滚滚洪流中的清白，这份执着，只能选择以牺牲自己的生命来证明。屈原得知秦军攻破楚国郢都的消息，他知道自己该上路了，该从汨罗江水沉入另外一个世界，将自己的灵魂托付给西流的江水。从汨罗江可以漂过洞庭湖，出城陵矶进入长江，便可以溯江而上，回到京城郢都，回到自己的故乡秭归了。当年他就是从那儿一路漂泊过来的。

屈原步履艰难地登上守望河泊潭的凤凰山，面对汨罗江水流逝的西北方极目远望。“鸟飞反故乡兮，狐死必首丘。信非吾罪而弃逐兮，何日夜而忘之。"(《哀郢》)不知是天意还是巧合,秭归的故乡也有一座凤凰山。屈原随着灵魂的召唤,朝着潭水中熟悉的故乡家园走去。衣带裹着长发漂浮起来,如同摇摆的鱼尾在水面荡起一圈圈漩涡。正如诗中所说,屈原化作潜龙沉渊,无与伦比的高贵灵魂找到了自己的故乡。

从此,河泊潭成为一面照彻灵魂的镜子。

屈原墓

投江殉国,屈大夫为何选择端午,为何选择河泊潭,这是千古之谜。

每年农历五月,汨罗江进入雨季高潮。铅色的云层低沉沉地笼罩大地,天地间总是雾蒙蒙湿漉漉的。乌云夹带着暴风雨像一条狂龙从大山深处蹿了出来,张牙舞爪在广袤的乡野、田园横行肆虐。溪流溢漫,山洪陡涨,往日如少女般清纯温顺的汨罗江,一夜之间会变得粗暴强悍起来。混浊的端午洪水翻滚着白沫,漂浮着枯枝荒草,猛烈地冲刷两岸的石壁河坎,摧枯拉朽一路裹挟西去。狂风暴雨过后,翠绿的山林蒸腾起淡淡的薄雾,江岸边的一切,仿佛刚刚从江水里爬出来, 来不及抖落细碎的水珠, 洒下一路湿淋淋的印迹,使人觉得就像是在汨罗江水中行走,周身浸润在无边的水世界。

从此,三闾大夫成了汨罗江神。

"三闾魂归于泉,尸归于坟,灵归于祠,为其实。"唐代蒋防《汨罗庙碑》"三归",应当是屈原化身汨罗江神的最好诠释。

二〇一五年四月五日,恰逢清明。约请屈子祠老馆长刘石林先生领路,我们驱车前往楚塘拜祭屈原墓,一路大雨下个不停。屈原墓位于汨罗江北岸汨罗山,南距汨罗市城区四公里,西距玉笥山十公里。相传屈原投江后,洞庭湖水倒灌,尸体逆流归返玉笥山,渔民打捞上岸,土墩取名晒尸墩。

这个民间故事演义成为九龙闹洞庭。一九九一年端午佳节,中国湖南国际龙舟节开幕式在岳阳楼前举行，如雷的鼓点震撼大地，雄浑的号角穿越长空。伴随一声地动山摇的呐喊，九十九位穿着祖制龙服的舞龙人，高擎九条色彩斑斓的长龙跃上洞庭湖的水上舞台。顷刻间，龙珠腾空飞舞，彩龙盘旋翻滚，排山倒海般的龙舞大阵，编织起一套接一套的精美图案，组合成一个又一个的生动造型。龙阵飞旋，力挺雷霆，数万观众群情激昂，欢声高扬。

平江九龙舞始于汉，兴于唐。端午祭屈子，行龙三日，临江而舞。九龙闹洞庭，送回屈子尸首的故事，与划龙船、玩龙舞，五月初五、十五过两个端午节的习俗完全吻合。随着乡村劳力外出打工，“兴师动众”的集体活动渐渐消失。伍市镇白杨村姚姓家族率先恢复九龙舞，接着浯口镇西冲村江姓家族也成立了九龙队。白杨村设有龙坛，供奉龙神，老龙会的坛主、掌门一应俱全。历史上除端午节外，不遇祈福消灾、驱邪求雨，是不能出龙的。每次出龙，先要禀告龙神，三卦同行允可，开坛设案，倡龙祭龙，方可出行。由于队伍庞大，规矩严格，套路纷繁，舞姿奇妙，一九九八年中央电视台拍摄专题片，取名《中华一绝》，多次在国际频道播出。二〇〇一年文化部授予平江县伍市镇“中国民间艺术九龙舞之乡”。二〇〇八年平江九龙舞列入国家非物质文化遗产保护名录。从此，平江九龙舞威震天下。

尽管渔民投放粽子等鱼食，屈原的头部还是被鱼蚀去一半，女媭为其配上半边金头。为防盗墓，女媭决心修筑十二座疑冢。她日夜以罗裙兜土筑坟，孝心义举感动天神，特派土地老爷赶山驱土一夜筑成。故汨罗山又名烈女岭，民间有“九子不能葬父，一女打金头”的传说，讽刺楚怀王客死于秦。屈子祠镇原名楚塘乡，便是丘陵西麓取土洼地。

昂首握剑迎风行吟的屈原雕像端立山丘，花岗岩铺砌的石阶平台，摆设神位香炉案台。台胞陈老先生说屈子梦中有托，他筹募资金修建。牌坊联云：“读离骚吟九歌屈原汨水留傲骨；观渔夫颂天问诗人宇宙贯英名。”刘馆长介绍，它是屈原墓十二座疑冢中形态最好的封土堆，小丘高约六点五米，堆底直径约四十米，墓前“故楚三闾大夫之墓”石碑，清同治六年(1867)刊立。其余十一座，除京广铁路西侧有一座因一九五八年修路掩埋大半，其他均保存完好。经文物专家考古发掘，疑冢皆为春秋到战国晚期墓葬，一九五二年湖南省人民政府拨款维修，一九五六年列入省级重点文物保护单位。一九八三年冬，中南五省文物专家联合考古，共发掘东周、秦、西汉至南朝的中小型墓葬一百〇一座，出土文物九百一十三件。证明汨罗山古墓群无一是假，可见“疑冢”之说乃后人附会。

撑持雨伞，脚踏湿地，攀缘至十一号墓葬顶峰居高远眺，冬枯春绿交替的山野景色，在苍茫雾水中远铺天际。汨罗山四周丘陵平坦，耕地与墓地界线分明。清光绪二十八年(1902)所立的“三闾大夫墓”，均由屈子祠镇人民政府和汨罗市文物管理所编号立碑，明确责任保护人。当地村民凡耕作动土，一旦发现五花土夯筑的封土堆，便知是古墓，主动报告积极保护。时逢清明祭祖，茅草枯黄，松柏青翠，大大小小的坟堆墓地星罗棋布，黄花红盏的吊串纸钱色彩艳丽，成为一道独特的民俗风景线。我忽然意识到它的重大意义，千百年来，当地土著村民与远古先祖相伴相依，共同守护的汨罗江畔，这里是屈子遗风真正的精神家园。

平江河

从水运河道来看，凤凰山扼守汨罗江通往洞庭湖的咽喉。凤凰山北端的凤凰咀，与对面的磊石山隔河相望。汨罗江东边的出口，便从两山相夹的河道注入洞庭湖。外有磊石山作为天然避风屏障，河湾水深面阔，紧傍凤凰山脊，凤凰山下的河泊潭，便成了汨罗江河口的天然良港。直到清末民初，平江县货物全赖汨罗江水运进出。丰水季节，木帆船可达上游的龙门厂。枯水季节，五至十吨的货船可通航至长寿街。而载重一百吨的货船，在正常水位下，常年可直达县城。

明清时期，外江和内河的水运业由各地帮会控制。这其中最主要的原因，便是各水域通航承载能力的限制，因而被划分成不同的航区。大型木帆船航行于四水（主要是湘水）主干流中下游，经洞庭湖而通往江淮，称为大河船，净载重量在一百吨以上。而四水上中游与各支流以及溪河中，便只能通行称作小河船的中小型木帆船，净载重少则一吨，多则近百吨，以二十至五十吨居多。到了清朝嘉庆年间，水运中兴，仅湖南一省，行驶外江的船帮便有十三帮，而内河可通航县，先后形成四十八帮。后来，湘阴帮与长沙、善化、湘潭、浏阳等船帮联合起来，组成五邑帮，湘阴商船集中运力参与湘江的货运竞争，汨罗江的货运业务，渐渐地全部落入平江帮的手中。但有一条无法改变：大河船与小河船的货物转驳，必须停靠河泊潭码头。河泊潭属湘阴县境，平江往来商船在人家管辖的码头作业，货运税收等经济命脉掌控在别人手中，历来诸多不便。平江商会不知想过多少办法，明的暗的采取过种种手段，一直想由平江人自己来掌控河泊潭码头，始终无法如愿。

平江商会负责人找清朝大臣、湖湘学者李元度帮忙。李元度(1820—1887)，字次青，号笏庭，自号天岳山樵，清道光二十三年(1843)举人。清咸丰二年(1852)，曾国藩在湖南办团练，李元度上书议兵，应召入幕湘军。授云南按察使，以终养开缺回籍。清光绪十年(1884)中法战争爆发，应彭玉麟之邀，往广东办理防务。次年，任贵州按察使。清光绪十三年(1887)迁布政使，同年病殁。著述有《国朝先正事略》《天岳山馆文钞》《天岳山馆诗集》《南岳志》《同治平江县志》等三十多种共一千五百多卷。

李元度觉得这是一件有利于平江经济发展的大事，他运筹帷幄，让平江商会向湘阴县府请求修建屈子庙，走活一招“以文载商”的妙棋。李元度不仅为屈子庙题额，并亲撰《河泊潭新建屈子庙碑》记之。

李元度提出的理由无懈可击。汨水为平江经流，行两百里入湘阴，过玉笥山为屈潭，屈子怀沙自沉处，即今河泊潭。平江与湘阴，同为古罗国。屈原庙食遍大湖南北，在平江与湘阴亦不止一处，偏偏屈子怀沙尽节之所的河泊潭独无，岂不是阙俎豆之报，人家会说我们数典忘祖呢！再说凤凰山，为历代凭吊屈原的圣地。司马迁便在《史记》中写道："适长沙，观屈原自沉渊，未尝不垂涕。"如今凤凰山上一片荒芜，人们无处凭吊。有个叫周韫祥的，就曾赋诗说起这件事：

朝登磊石岭，暮宿凤凰台。
日落愁人泣，天空野鹤哀。
轩辕不复返，灵鸟何时来？
遗迹茎萧索，临风漫举杯。

湘阴县既在玉笥山建有屈子祠，而凤凰山因其林深草乱让人"临风漫举杯"，不如我们平江人出资购地，再在凤凰山修建一座屈子庙，作为人们从湘水、洞庭乘船就近凭吊屈原的场所。如果怕当地百姓有意见，我们建庙所需的材料，全部从平邑调运过来，保证不损耗湘阴县的一砖一石、一草一木。

如此说来，何乐而不为呢？由平江商会各盐号捐金购地立祠，各船户亦出钱相助，共筹得八千余金。标记有"平邑"字样的青砖、麻石和木材、花草，用快船运上凤凰山。兼作平江商会会馆的屈子庙，庙门修得比屈子祠略高，戏台前的地坪更大，信芳亭那四根石柱子，撑起的楼阁成了中转货物的堆场仓库。平江帮会的牌子在新修的屈子庙挂了起来，拥有两艘万担大船、五十艘千担中船以及几百条木船的平江商会，终于独掌梦寐以求的河泊潭码头。屈子庙中还祭祀着财神关帝爷，自然也就不足为奇了。

从那以后，汨罗江尾闾这段分支，便叫作平江河。凤凰山屈潭码头，便叫作平江港。由于汨罗江在河泊潭形成一个乙字形的弯道，凤凰山虎踞龙盘，屈子庙的山河气势比玉笥山屈子祠更为壮观。往来的军政要员、商人、船老板，都会到庙里来烧香敬神，岳州知府和平江、湘阴知县，依例还要春秋两次拜祭屈原。郭嵩焘《谒屈公祠有怀李次青》诗赞道：

> 生长江潭屈子乡，罗渊疑冢久荒凉。
> 一筇白发寻遗迹，万壑苍烟隔夕阳。
> 长佩高冠骚意在，抽思惜诵楚风长。
> 昌江独揽湘流胜，洄溯蒹葭水一方。

一九五八年围垦国营汨罗江农场，将这段河道的出口堵死，平江河变成了哑河。平江港的名称，依然沿用至今，只是那些喷写“平江港”编号的船只，永远只能在洞庭湖上漂荡，再也无法驶进河泊潭。一九六九年，香火衰落的屈子庙被夷为平地。

我两次去看望落难的凤凰灵鸟。前一次是清明时节，这次是橘子黄了的时候。从河泊潭边登上凤凰山，看不出有什么特别。它本是江湖尾闾地区一脉寻常浅山，呈南北走向，长约十二里，东西宽三里，平均海拔高度四十五米。山不高，它狭长的背脊歇伏在汨罗江尾闾的水中央，拖着弯曲的河网抖动着绿飘带跃跃欲试，似乎想跳越横亘在北面的磊石山，一头扎进洞庭湖水里去。亿万年过去了，灵鸟始终没有拍翅飞起，只是静静地守望在汨罗江河口。

那是河湖不分的洪荒岁月，传说轩辕黄帝南巡，他来到洞庭湖滨的这座小山，坐在湖洲的蒿草地上吹拉弹唱，张乐教化先民。忽然，洞庭湖上飞来十二只凤凰，雌雄各六，双双对对和着音律节拍迎风起舞。郭嵩焘修纂《湘阴县图志》，认定这便是凤凰山名的由来。

汨罗江故道与入湖河口的改变，只不过五十来年光景，在亘古的历史长河中，短暂到完全可以忽略不计。沧海桑田却变化得如此迅疾，屈原农场成了著名的农业试验区，上市公司正虹科技便是当地人的杰作。围垦造田付出的生态与文化代价，却不知如何评说。人工堤坝牢牢锁住了凤凰山，平江河与它的河泊潭水再也流不到洞庭湖了。就像一截被阉割结扎的阑尾，活生生地剥离了江河与大泽的血脉相连。没有了鲜活的血液流畅，没有了更新的吐纳脉搏，它的命运已经注定。流逝的只是时间，不再是河水，昔日的桨声帆影，被寂静与荒草替代。

山顶高地一片浓密的橘林，便是屈子庙遗址。起初我还抱着一份念想，不知能否寻得一块屈子庙铭刻有“平邑”字样的特制青砖。到那儿一看，林地耕作得细致干净，任何残砖碎瓦都无处寻觅。橘林南边一棵高大的桂花树，合拱粗的主干爬满暗绿的青苔，枝繁叶茂撑起巨伞般的绿色冠盖，守护着一方山水。乡人告诉我，这棵历尽百年沧桑的老桂花树，如今成了屈子庙唯一的眼鉴。抚摸它满身的伤疤与青苔，我当然知道桂花树见证了屈子庙的兴衰。可惜，它只能沉默无语，无由诉说。听乡人说屈子庙最后一个和尚依然健在，我喜出望外，不再静心静意地聆听它枝摇叶动的絮语，便急匆匆地下山去寻访。

我们赶到凤凰山福星村，几经打听终于找到了他。老人头戴一顶蓝布帽，身穿一身黑色的中山装罩衣，脸色红润，精神饱满，倒有几份像城市里的退休工人。儿孙们住在大路旁边的楼房里，他却执意一个人住在制高点的小山包上。简朴的几间土屋，像是守着一座孤庙。我们找到他时，他安静地坐在门前的阳光里，津津有味地读着一本《三国演义》。从老人的屋后望过去，汨罗江如一条弯弯的白练，鲜亮地从绿茵茵的田野宁静地流向天际。

邵正华，一九三〇年生人。一见面他就坚持说，一定要叫他“僧自果”。老人捉过我的手掌，用指头一笔一画在我的掌心把他的法号写出来，眼睛里闪着狡黠的光亮，神态飘逸活像一个顽皮的小和尚。他本是湘阴县三塘乡人，兄弟三个。因家贫，他刚满五岁就被父亲送进屈子庙。长老僧智慧，给他赐名僧自果。一九五〇年抗美援朝，僧自果二十岁了，年轻后生眉眼生得清秀。乡村干部说，你当和尚无牵无挂，正好保家卫国，你不去当兵，谁去？僧自果脱下禅衣，重新拿过邵正华这个生疏的名字，穿上军装应征入伍跨过了鸭绿江。仗打完了，复员回到家乡，这才想起他其实是无家可归。他披上法衣，回屈子庙重操旧业。本以为青灯佛卷了却余生，想来日夜与屈原为伴，倒也落个清静。谁知到了一九六七年，湘江风雷造反派像一群凶神恶煞冲了进来。僧自果被押到晒坪，召开群众大会批斗一番。然后一箩系，将他双手反吊在屋梁上，吊了两天两夜。屈子庙被砸个稀巴烂，他被就地安置到凤凰山茶场劳动，返归俗世，名字又叫作邵正华了。邵正华娶妻生子，步入老年，儿孙满堂。不知不觉，已经几十年没有人叫过他的法号了。

听说我们找他采访屈子庙的情况，老人高兴地招呼儿子、儿媳、孙儿，快快端凳泡茶。往事如烟，拂去轻烟的岁月偏是那么清晰，老人又回到了被人尊敬地称为“僧自果”的岁月。

僧自果回忆说，屈子庙常住有五位僧人，平江商会每年贡奉给庙里一百二十块光洋、三百斤茶油和二十担稻谷。到了五月初五赛龙船，七月十五放河灯，这是汨罗江的盛大节日，河泊潭上舟桅云集，码头岸边人山人海。屈子庙唱起戏来，远近百姓挤得水泄不通。就连称霸洞庭湖的飞天强盗，来看戏时也是规规矩矩，还打发赏银呢。说着说着，老人禁不住哼唱起来：“四时花不谢，八景草常春。金灯照亮天堂路，银灯照破地狱门……”

曾经如此辉煌的屈子庙，如今片瓦无存灰飞烟灭，只有李元度题的匾额被黄希望家保存下来。

屈潭村007，门牌号码非常好记。屋后古樟遮天，屋前竹林作篱，站在地坪里就能望见河泊潭水。几间土坯房还是一九五四年汨罗江发特大洪水后重建的，到处泥砖开裂，墙面斑驳，大门当顶画着一幅平常人家常见的毛泽东像。走进厅堂，当中摆着一桌香案，镌刻着“屈子庙”三个大字的青石竖碑倚案而立。这是屈子庙的匾额，雄浑苍劲的字体，与平江天岳书院的门头同出自李元度手书。当年镌刻在屈子庙廊柱门楹间的李元度、郭嵩焘撰联，如今白纸墨字张贴在南北两边的墙上。字迹端正，装裱严整，纸色泛黄，灰尘积染，一看便知有些年月了。

黄希望老人头戴一顶藏青色的鸭舌帽，帽檐下花白的粗发，勾勒出两只仙人似的长耳朵。这位七十七岁的老人，年轻时靠行船为生，在南京、汉口以及湘江、汨水沿岸码头四处闯荡。他拿出橘子招待我们，说：“来过好多人，想高价收走这块碑。竖在这里，便是历史。”当年他们拆毁屈子庙，青砖、石碑后来都被抬去修了水渠。黄老费尽周折，找回这块匾额，将它藏起来。他坚信，有朝一日凤凰山会重建屈子庙，石碑一定会重新立起来。附近的村民，遇上有什么大事与病痛，依然习惯上屈子庙烧香磕头求拜三闾大夫。庙没有了，匾额还在，楚三闾大夫屈原的神位还在。香烛神纸的烟熏火燎，将屈子庙碑的右下角染上一块黑晕，村民们以这种近似愚拙的方式，留取历史的印迹。

西斜的阳光悄无声息地从大门口溜了进来，给昏暗衰老的堂屋带来一片耀眼的光芒。屈子庙碑光影斑驳，映照在石灰脱落的墙壁上，那些纸糊的对联显得格外鲜明亮堂。我的眼睛有些润湿，心底忽然涌出莫名的惆怅。我曾亲历的那场文化大革命，彻底摧毁了屈子庙的一切。这些普通的乡民，却替我们找回了被践踏的历史。他们在清贫的生活中，始终守护着凤凰山。屈原作为人民心中的汨罗江神，是任何力量也摧不倒的。面对案桌上简陋的屈子灵位，我虔诚地敬上一炷香，双膝跪地，叩上三个响头。

磊石山

一叶孤舟漂浮在烟波浩渺的水云间，乘风破浪逆水南行，渐渐感觉到两条河流握手时的力量。近岸青山烘托一丛乱石，磊石迭出，铮铮挺立，亦如诗人光明正大的行事作风，纯洁的心可鉴证天地，与日月争光。诗人歇桨泊舟，蹚过浅滩，随手将缆绳系在水边的一方怪石上，踏着萋萋芳草朝绿林深处走去，河滩的潮泥上踩出一串脚印。

这应是屈原留给磊石山河口的第一印象。两千多年前，楚国三闾大夫屈原如飞龙潜渊，从磊石山河口溯流而上，行吟的诗韵化作清风明月，殉国的忠烈唤醒绿水青山。从此，汨罗江，这条蓝色的河流，便与屈原的名字永远联系在一起，成为天下蓝墨水的上游。

屈原投江一百多年后，西汉著名政治家贾谊试图走进这个源头。贾谊，二十岁出头进入朝廷，一年之内升至太中大夫，时称“贾生”。贾谊认为，汉朝代秦已二十多年，天下安定，应当适时改革。他草拟了色尚黄、数用五、改官名、更法令及列侯诸国等一些具体方案，呈奏汉文帝。那些将相大臣们对贾谊此举相当反感，纷纷诋毁贾谊擅权乱事。满腔热忱的贾谊，在众大臣眼中成了喜欢噪事的捣蛋鬼。文帝无奈，只得疏远贾谊，将他外放为长沙王太傅。贾谊这段经历，与屈原因起草主张改革的“宪令”而遭谗流放何其相似。贾谊赴任，从洞庭湖转渡湘水时，路过磊石山，自然会想起屈原。英雄惜英雄，他吟就《吊屈原赋》，在汨罗江河口“投书以吊屈原”，“因以自喻”。面对谗谀得志、方正倒植的时世，贾谊在祭诗中表示，当追随先生，神龙潜渊，凤凰高逝，览德辉而下之，摇增翮而去之。

应当感谢太史公司马迁，他可谓屈贾二人的真知己。司马迁二十岁开始游历江南，曾从磊石山河口溯流而上，实地考察屈原自沉之渊。这位惨遭“腐刑”，忍受天下奇耻大辱的男子汉，在撰写《史记》时，干脆将屈原与贾生二人并作一传。末了，似乎觉得余意未尽，他来一大段自白，表明与先贤相通的心迹。太史公曰：“余读《离骚》《天问》《招魂》《哀郢》，悲其志。适长沙，观屈原所自沉渊，未尝不垂涕，想见其为人。”后来的人，两千多年来有无数人，亦如我，都是读过《史记·屈原贾生列传》，勾起心中的梦想，期盼着有一天，能够亲临汨罗江凭吊屈贾，追溯湘楚文化之源。

后来者溯汨水源走得最远的是杜甫，走得最苦的也是杜甫。他几乎是一步三叹，追随屈原的足迹，把汨罗江作为人生最后的驿站。贫病交加的杜甫，昔闻洞庭水，是从长江一路漂泊而来的。登上岳阳楼，北望家山，凭轩涕泗流。他终是受不了凄冷的风刀霜剑，于是改道湘江。途中，杜甫经过磊石山河口，在夕阳中参谒汨罗庙。有幸投诗赠汨罗，杜甫追思屈原，对着一江春水慨叹："湖南清绝地，万古一长嗟。"杜甫南奔北突，归路迷茫，苦叹乾坤万里，竟然没有自己的容身之处，忍不住涕尽湘江岸。可怜的杜甫，甚至被人误传饿死，饿得吃牛肉撑死，连尸首都被大水打走了，只捡得一只破靴子，草草地在湖洲替他撮起一座空坟。其实，杜甫知道，他还不能死去。就是知道自己快死，他也要和屈原在一起。狂风暴雨敲打着破烂的船篷，杜甫又冷又饿，强撑起精神，从湘江折回来，伏枕吟就三十六韵奉呈湖南亲友，便将一叶孤舟划入汨罗江，追随屈原而来。当小船划进磊石山河口时，杜甫病得没有一丝力气。莫说像屈原那样投水自沉，他连拿笔赋诗都撑不起了。一路溯汨水而上，杜甫没有留下任何断句残章。他只盼船儿快快地划到昌江县城，上岸投亲就医。然而，他终是没有撑到那个时刻。离县城还有十里水路，杜甫在船中咽下了最后一口气，只得就近安葬在汨罗江上游平江县小田天井湖。远移工部死，来伴大夫魂。与其说是天意，倒不如说是天意成就了杜甫最后的心愿。

我一直期待，追随诗祖的身影，从磊石山河口进入汨罗江，开始我的溯源之旅。

早春二月，汨罗江故河道如一轴水墨画卷铺陈在大堤脚下。翠绿鲜嫩的春草从肥沃的潮泥中钻了出来，密密匝匝，泛起绿色的波痕。狭长的河水恣意穿绕，将绿地切割成弧形的岛，分流出条状的洲。一洼洼积水星罗棋布，如同水汪汪的大眼睛，期待流云与飞鸟的投影。一对水牯母子，似乎是这偌大一片河洲的主人,吃足了,喝饱了,依恋地呆立着,做沉思状。

沿着乡村公路前行,直抵磊石山脚。我迫不及待地冲在最前面,踏着石阶朝上疾走。山口闪出一栋红砖红瓦楼房,上下两层。一排方形红砖立柱,挑出一长溜通畅走廊。二楼入口依着山势搭桥横过,楼廊设置水泥花案栏杆。一望可知,这是二十世纪七十年代乡村常见的集体建筑。不知是大队部,或是小学校?不知什么原因,这栋办公楼,哦,还有背后一栋宿舍楼,早被废弃。所有的房间,门窗都被凿取一空,留下一只只空洞的大眼,打量着地坪前的荒草与枯木。一楼正中两面相依门框的墙壁上,赫然写着"商店"两个蓝色大字,保留着大集体时代喧嚣的记忆。

越往山上走,丛林幽深,荒草没径,除了山坡上垒堆的坟墓,再也看不到其他任何人迹。我踏着满地枯叶,像一只野兽盲目地瞎闯,脚下发出枯寂的回响,仿佛背后有野物突袭追赶。我越走越快,很快就迷失了方向,找不着北。因为我自己并不知道,我要去找什么,看什么。来自内心深处的召唤,引领我去寻觅早就无法抵达的时光。满山的樟树撑开巨伞遮天蔽日,抬头望不见天。好不容易我找到一处林木稀疏的天窗,那是一片松林,被人砍伐了几根,浓密的山林总算开出一处天窗。在黑暗中探索,我找到了光明,尽可能地扑上前去。突然,一道拖着长羽尾巴的黑影,在我前面的草丛中咯咯咯地腾飞而起,吓得我猝然止步。惊魂甫定,我得检讨自己,我的闯入显然无意间惊扰了一只野雉的清梦。树影婆娑的窗外,一条大河横亘在山脚,对面黑沉沉的岸线,将阴沉沉的天与白茫茫的水隔离开来。一艘堆积货物的轮船,突突突地驶过,将宁静的江面划破。山脚近岸河滩露出一角青色,使得迷雾茫茫的湘江变得亲近起来。

磊石山位于湘江、汨罗江与洞庭湖三水交汇处,呈东西走向,最高海拔不足百米。正所谓山不在高,而在于踞守要津。磊石山旧名万岁山,不知秦始皇泛舟洞庭,是否登临过此山。亦名五木山,因山顶尖如五木冲天。从水上乘船相望，山石嵯峨相叠，最终得名磊石山。我始终相信，屈原当初拐进汨罗江河口，应当是登临磊石山之后做出的选择。不妨想一想，那时的洞庭，比八百里更为壮阔；那时的九江，以沅湘最为绵长。屈原流放江南，漂泊沅湘，为什么会选择汨罗江作为自己最后的归宿呢？我总想在磊石山河口找到一点什么，试图揭开这个沉入江水两千多年的谜团。答案显然是提着竹篮打水。莫说两千年前的历史，就是几十、上百年前的旧事，也难以找到淹没的痕迹。漫地的野草和撑天的树林，会将一切人为的印记悄无声息地掩埋起来。

隔河相望，对岸高高的防洪大堤背后，输电铁塔耸立，一团团绿树点缀着红顶白墙的房屋，似乎传来鸡鸣犬吠。一脊数里长的窄带河洲，将河水中分。河那边才是汨罗江的主航道。可见几艘采砂船高撑着传送带停泊在岸边，船头升起缕缕炊烟。河洲上开满金黄色的油菜花，鲜艳夺目，给铅色的视野抹上一道亮丽的颜色。近岸河滩仿佛全是用青草编织而成，不知名的细碎黄色野花杂缀其间。时鲜的蓠蒿抽出绛色的条梗，撑开菊叶似的细片。正是蓠蒿上市时，采蒿人从湖滩上踩出一条条野径。紫云英亦不甘寂寞，从碎石砂砾中连片生发，淡红色的花朵开得热热闹闹。目光如果再往山脚延伸，可以看到一条清晰的洪水消长线。当汹涌澎湃的山洪夺口而出，会将砾石，还有破鞋子、枯树枝以及各色漂浮的垃圾打往山洼，堆积成弯弯曲曲的等高岸线。

我突然发现，山脚的乱石滩潜伏着几只褐色的怪兽，盯住前方横流的河水与倾斜的天幕，一声不吭，纹丝不动。这五六块奇形怪状的风化岩石，不知是天外陨石，还是山崖滚石，更像是从河滩上长出来的。颜色呈赤铁锈，那是岁月悠长的年轮。岩层显剥落状，那是洪峰肆虐的标记。不知经过多少风雨霜雪，大自然以它造物的天工神手，在汨罗江河口留下一组独特的雕像。它会是大禹治水时被丢弃的巨石吗？它会是屈原登岸时系舟的缆石吗？我走近它们，友好地拍拍它们粗糙的背脊。它们还是一声不哼纹丝不动，只在我的掌心留下一版蝌蚪文的凹印。可惜，我一点儿也看不懂，无缘破译。

我独自一人继续走向最远端的河口，身边的汨罗江水出奇的平静，一种琥珀色的清亮，几乎看不出水的流动。我原以为，一条河流经过五百里的长途跋涉，到达终点的时候，多少总会表现出一点激动。殊不知河流静如止水，倒是我抑制不住怦然心动。我追随着河水朝天地的尽头走去，真想变成一条游鱼或是一只水鸟，扑进如诗如画的仙境。

磊石山既是汨罗江终点，亦是她的血脉和她儿女闯荡江湖的起点。二〇一五年四月十日，我陪同《汨罗江畔》栏目组再次赶往磊石乡。从汨罗江右岸遥望磊石山，黝黑色山嘴被一片青草洲滩托起，水牛似绿地星点散布。湘江与汨水亲密交融，混合后汇入洞庭湖。鲇鱼口洲一个长湾由南向北穿插至湖中央，借磊石山将南洞庭与东洞庭分界。长山村高台船码头踞守岳州府境，跳过鲇鱼口对望漉湖，湘江主航道浩浩荡荡奔向洞庭湖。江心又天然生出一片绿洲，近岸中国渔政巡艇，江外中国石油趸船，五星红旗让风口浪尖的渔船找到安逸的家。

久雨转晴，阳光明亮，渔民聚集在草滩柳林，拉起虾网长笼，一边编织修补，一边谈笑闲聊。编导庞越，摄影董庆胜，经历一个多月的鞍马劳顿，终于到达终点，从来没有如此轻松过。年长的渔民、贤淑的妇女、盯人的孩童，还有船上安然瞌睡的小狗，随意拍摄采访，乐呵呵的笑脸，伴随着渔村水乡的特有清香，给人以湖阔天高的感觉。

湘江南来，汨水西去，兄弟俩亲密无间地拥抱在一起。汨罗江历经千辛万苦，终于挽着憨厚长兄的手臂，一齐投入母亲湖的怀抱。平缓的汨罗江水汇入洞庭湖的那一刻，将河口一色青翠的河滩切割出一道微微朝北的弧角，亦如一位睿智的长者嘴角边会心的不易察觉的微微一笑，智慧的万丈光芒洞照我的双眼，竟然引起一阵眩晕。正午的阳光透过厚实的云幕辉映大地，泛光的水面反倒比灰蒙的天空显得更为明亮，从近前一直铺展伸向遥远的时空。湘江西岸如一道细长的墨痕若隐若现，勾勒出天际与地平的分界。从我的右侧顺流北去，便是洞庭湖了。一个长发飘飞的渺渺身影，正从那茫茫无际的水云间踏浪而行。

“等一等我！”我差一点儿喊出声来。

诗祖在水中，我却在岸上，永远无法抵达那个时光流淌的河口。

诗　魂

老病孤舟

唐大历三年(768)暮冬,经过前后十年的颠沛流离,杜甫在湖北公安憩息数月,一叶孤舟继续沿着长江南下,漂泊到了洞庭湖边的岳阳城下。离开公安县城的那天清晨,启明星仍然挂在东方。邻鸡野哭如昨日,物色生态能几时。穷困潦倒的杜甫,此行更欲投何处?依然舟楫复江湖。舟楫眇然自此去,江湖远适无前期。

顶着夹雪的寒风,杜甫的寓船从长江拐进洞庭湖,远远望见飞檐翘角的岳阳楼,临湖峙立,他那颗冰冷的心,这才稍稍有了一些暖意。一阵急橹快桨,船儿终于停泊在岳阳城下。杜甫拾级而上,一步一叹登上心中仰慕已久的危楼。他凭轩远眺,百感交集,禁不住泪流满面,写下了那首《登岳阳楼》的千古绝唱:

昔闻洞庭水,今上岳阳楼。
吴楚东南坼,乾坤日夜浮。

亲朋无一字，老病有孤舟。

戎马关山北，凭轩涕泗流。

显然，连年战乱流离失所，杜甫心中的离愁国恨有增无减。亲朋无一字，音信渺茫，何谈家书抵万金？白头搔更短，老病有孤舟，遥想戎马关山北，烽火连年不断，独登斯楼，怎不叫人如何凭轩涕泗流呢？

“岁云暮矣多北风，潇湘洞庭白雪中。渔父天寒网罟冻，莫徭射雁鸣桑弓。去年米贵阙军食，今年米贱太伤农。”(《岁宴行》)触目所见，民不聊生。高马达官厌酒肉，老百姓却是卖儿鬻女还租庸。岳阳的年关岁末，就在这北风白雪中苦苦挨过。“万国城头吹画角，此曲哀怨何时终？”杜甫心中的理想之灯并没有被风刀霜剑所熄灭，依然保存着最后一线希望。他在另一首题为《泊岳阳城下》的诗中写道：

江国逾千里，山城仅百层。

岸风翻夕浪，舟雪洒寒灯。

留滞才难尽，艰危气益增。

图南未可料，变化有鲲鹏。

岳阳北通巫峡，南极潇湘，湖拆吴楚，江带千里，城楼百层，独占风光。可惜国运衰弱，时运不济，风翻夕浪，雪洒寒灯。贫病交加的杜甫，一叶孤舟停泊在岳阳城下，回首往事，展望前程，坚信自己追求的理想并没有选错。天将降大任于斯人也，必先苦其心志，劳其筋骨。“留滞才难尽，艰危气益增。”杜甫政治上的进取热情与创作上的探索精神，在生活的苦苦煎熬中，依然不曾消退。他暂且南行，一旦鲲鹏展翅，便会扶摇直上九万里。

春天终于来到，天气转暖，日照清新，随着阳春三月的桃花水汛，冬枯的河道又日见丰满起来。江湖云帆齐发，两岸枫林竞秀。老病缠身的杜甫振作精神，满怀激情又开始了《南征》：

春岸桃花水，云帆枫树林。
偷生长避地，适远更沾襟。
老病南征日，君恩北望心。
百年歌自苦，未见有知音。

杜甫从岳州乘船溯湘江而上，经过潭州(今长沙)到达衡州(衡阳)，本想投奔相识的衡州刺史韦之晋。不料他人还在路上，韦之晋却已改任潭州刺史。夏末，当杜甫折回潭州，得到的消息却是韦之晋在四月间去世。杜甫无依无靠，后来的日子几乎都是在船上度过。

唐大历五年(770年)四月，湖南兵马使臧玠犯上作乱，潭州城内火光冲天，杜甫从梦中惊醒，带着全家驾着他的小船南下，再往衡州。他在途中写下《逃难》：

五十白头翁，南北逃世难。
疏布缠枯骨，奔走苦不暖。
已衰病方入，四海一涂炭。
乾坤万里内，莫见容身畔。
妻孥复随我，回首共悲叹。
故国莽丘墟，邻里各分散。
归路从此迷，涕尽湘江岸。

“乾坤万里内，莫见容身畔。”他在衡州，计划南下郴州，因他的舅父崔伟在郴州任录事参军。他溯郴水入耒阳县境,适逢江水大涨,停泊在方田驿,五天不得食。耒阳县令聂某得知这个消息,派人送来酒肉,附信慰问。杜甫得以救济,曾写过一首诗表示感谢。但水势不退,他的小船无法前行,只好调转船头,又回衡州北上。等到水势稍退,聂县令派人再寻找杜甫,却是渺无踪迹。在河洲上捡得一只靴子,聂县令推想杜甫必是被大水淹死了,便在城北替杜甫撮了一座空坟。

事实上,杜甫因大水无法南下郴州,只好改变计划,想北上汉阳,预备沿着汉水转道襄阳返回长安。谁知身体不济,他病倒在舟中,怀着“战血依旧流,军声动至今”的遗憾,在湘江的船上他支撑着写下了绝笔长诗:《风疾舟中伏枕书怀三十六韵奉呈湖南亲友》。杜甫再也经受不起江湖风浪的折腾,回乡无望,便想取道风平浪静的汨罗江,转往上游的昌江县城,投靠亲友就医。谁知沉疴难起,船还未到县城他就去世了。他的次子宗武时年十七岁,无力归葬故里, 只好就近上岸, 将杜甫暂且安葬于离县城十里的小田村天井湖。四十余年后,他的孙子杜嗣业曾想把杜甫的灵柩归葬故里,并请著名诗人元稹作了墓志铭,后因干戈扰攘未果。

风骚共源

元稹(779—831)与白居易并为中唐时期新乐府运动的倡导者,在当时影响极大,史称“元白”。他们的诗作“江南人士传道讽诵,流闻阙下,里巷相传,为之纸贵。”唐元和八年(813),元稹在《唐故检校工部员外郎杜君墓系铭并序》中,对杜甫在诗史的地位做了权威的评价:“至于子美,盖所谓上薄风骚,下该沈宋,言夺苏李,气吞曹刘,掩颜谢之孤高,杂徐庾之流丽,尽得古今之体势,而兼人人之所独专矣。使仲尼考锻其旨要,尚不知贵其多乎哉,苟以为能所不能,无可无不可,则诗人以来,未有如子美者。”杜甫后来被人称为

“诗圣”,与元稹的极力推崇密不可分。

元稹在《墓系铭》中还伤心地谈到了杜甫之死:“扁舟下荆楚间,竟以寓卒,旅殡岳阳。”平江县地处岳阳与潭州之间,唐时称昌江县,杜甫为什么会一叶扁舟划进汨罗江上游去呢?

我想再举一件史实:唐天宝十四年(755),曾任检校工部尚书的徐贞安,因避安史之乱南游,从江西修水登临汨罗江源头的黄龙山。在拜谒黄龙寺祖师超慧禅师时,徐安贞表示想隐居山林。超慧禅师向徐尚书极力推荐平江山水形胜,促成徐安贞下定决心,流寓平江,隐居回台寺。与此同时,侍郎刘光谦隐居长庆寺,白琪隐居白水寺,陈常甫隐居惠果寺,陆善经隐居芭蕉寺,李安甫隐居九峰寺,史称“六相隐平江”。

唐天宝年间有如此之多的名相投奔平江来隐居,最终六相都安葬在汨罗江的青山绿水间。十几年后,杜甫走投无路,溯汨罗江而上,其实也就不足为奇。我以为,杜甫在无法回归故里的情况下,不论昌江县城是否有亲友可投,他都会选择汨罗江作为最后的归宿,因为屈原的诗魂便浮耀在蓝色的汨罗江水之中。上年春天杜甫刚刚凭吊过祭祀屈原的汨罗庙,他的心与屈原是相通的。

早在唐乾元二年(759),流寓秦州的杜甫得知好友李白在流放途中遇赦,千里江陵一日还,正游历湘楚洞庭一带,他高兴地写下《天末怀李白》:

凉风起天末,君子意如何?
鸿雁几时到,江湖秋水多。
文章憎命达,魑魅喜人过。
应共冤魂语,投诗赠汨罗。

如今杜甫自己身处洞庭湖,亲朋无一字,孤舟无所适,谁说他就怎么不

会想到驾着船儿往汨罗江上走一遭,亲自与屈子共诉衷肠,投诗相赠呢?北宋初年徐屯田的《过杜工部坟》一诗,便以为这是天意:

水与汨罗接,天心深有存。
远移工部死,来伴大夫魂。
流落同千古,风骚共一源。
江山不受吊,寒日下西原。

宋人吕大防《杜工部年谱》载:“大历五年庚戌。是岁,杜甫年五十九。春在潭州,四月避乱入衡州,至耒阳。盛夏回棹,秋至潭州,沿湘而下。冬卒于潭州岳州间舟中。作《风疾舟中伏枕书怀三十六韵奉呈湖南亲友》等诗。”

明天启三年(1623)的《杜氏家谱》印证了杜甫卒于潭岳之间的说法:“子美公由左拾遗授职员外郎,晚游湖南,卒于潭岳之间,旅殡岳阳。所生二子,长宗文公早逝,次宗武公病难归葬,嘱其子嗣业公归葬偃师,又因干戈扰攘未果。爰葬平江,卜居是邑,以祭守其墓。”平江杜氏,便从杜甫的儿子宗武、孙子嗣业一脉世代繁衍,最初在小田的聚居地今称杜家洞。

早在明嘉靖二十一年(1542)春,有一位名叫陈垲的参政驻节平江,他翻阅县志,得知平江杜姓人家,藏有杜甫为左拾遗、后裔杜邦杰为承节郎的诰敕,立即来到了县市民杜富家中,求得一见。子美敕为唐至德二年(757)所授,邦杰敕为宋绍兴三十二年(1162)所授。陈垲“阅之而悠然起敬慕之情”,他在《跋杜氏诰敕》中详细记述道:“文皆简古,真敕语也。唐敕有黄纸,高广皆可数尺,厚如钱,故久存。字大二寸许,倔而劲,年月有御宝,宝方五寸许,色转沉,中有碎裂,而全者皆为蛇文矣。宋敕用白绫,如今敕度,而细腻坚厚非今所及。字用行书,方寸许,俊逸流动,有晋风神,且类今所传宋高宗御书,或当时宫中宦官、女史所习也。年月隐隐有御宝,年月后细楷书侍中、中书、平章、仆射等官，盖中书所奉行也。后复有承节郎四行书字。”询问这两件诰敕的来历，是为杜氏传家至宝。陈垲既喜子美之有后，又喜得见先代典章以为异，因录之。

到了清嘉庆年间，长沙举人陈宏亮与好友、平江名士彭作梅一同来到平江小田村凭吊杜甫墓，两人以诗酬唱。陈诗入县志，彭诗存清嘉庆十八年(1813)刻印的自选诗集《剑啸草》。两人和唱诗作曾一同刊立杜甫墓旁。陈宏亮《昌江访杜少陵墓》诗四首：

其一：

一从金鼓震瞿塘，三载崎岖卒耒阳。
旅榇不归罗子国，居民犹指少陵乡。
空山绿树存华表，落日寒烟似草堂。
太息乱离天宝后，九原何处问行藏。

其二：

故乡回首落城东，晚岁潇湘遇益穷。
车驾更无黄阁老，干戈惟有白头翁。
楚天云水伤心处，秦地关河泪眼中。
万古昌江一抔土，只今犹是作飘蓬。

其三：

为问儿孙几代传，敝衣辛苦事原田。
柴门尚例成都隐，花诰犹存至德年。
零落大家谁骨肉？凄凉名士只山川。
碧潭秋月梧桐雨，想象吟魂在九泉。

其四：

残碑剥尽泪横流，才大如公死却休。

一疏空遭明主怒，千篇但述旅臣忧。

剑南云物风尘夜，河北家园战斗秋。

直到没身归不得，满山春草吊荒丘。

"万古昌江一抔土，只今犹是作飘蓬。"陈宏亮的祭祀组诗，读来颇有杜传的诗史风味。"旅榇不归罗子国，居民犹指少陵乡。"说明平江当地一直认为，杜甫的遗骸并没有动迁，杜甫的后人一直在这里守祭，因而"柴门尚例成都隐，花诰犹存至德年。"杜家祖传的两件诰敕，可惜后来不知所终。到如今，残碑剥尽泪横流，满山春草吊荒丘。

清同治十二年(1873)九月，李元度、张岳龄与平江知县麻维绪、县学教谕陈之纪等人，相约同访小田村杜甫墓，商议修墓立祠的有关事宜。此后，李元度针对新旧唐书对杜甫墓葬的讹说误传，写了一篇史料确凿的《杜工部墓考》。张岳龄曾在任甘肃布政使回乡途中，专程至陕西、河南实地考证。张岳龄亦将考察情况写成《杜工部墓辨》一文。两人的杜甫墓考辨，第一次系统地考证了平江杜甫墓的真实性。杜甫"旅殡岳阳"，正是平江县南三十里小田村杜甫墓的由来。岳阳别无杜墓遗迹，在小田村无疑。四十三年之后，杜家曾想迁葬回乡，大历、元和间干戈梗道，未能归葬，也是意中之事。且河南的偃师、巩县均不能确指杜墓所在，更无杜甫后裔。而平江小田村有杜家洞，杜甫后裔犹藏有拾遗诰，这不正是信而有征吗？

直到十年之后的清光绪九年(1883)初冬，杜甫墓祠的大修得以实施。当时，杜氏族人曾详细记述了大修的过程："原墓癸山丁向，花砖结顶。墓下砖砌圆首门三，皆砖所封。塞外嵌红石碑，字皆剥落无迹。择吉日换碑之时，门面封塞之砖中有拆裂而隙者，窥其内如堂室然。再进，有砖作花窗，内深邃不可见。……红碑之下，揭土三尺，始知地有砖。中分人字势，以罗经牵线合人字缝较之，与杜氏谱据所载癸丁山向相符合。由此而下，砖分三级，有半月池、小方池形。池外有瓦筒便于出水者。视此古砖古迹，未便移易，今仍之。惟墓顶花砖，形类扇页，侧面有阳文转草花式砖，因岁久不全，拟照此造新者补之，而陶工苦难合作，因用坚厚石块镶合成墓。径一丈，高五尺，附以石围。碑换青石，高一丈，宽二尺有奇。旁附石板，镶以石柱。”

这段摘自清光绪二十二年(1896)《杜氏族谱》的文字，记述了当年维修杜墓几件最为重要的事情。一是将墓塞字迹剥落的红石碑换成了青石碑。二是从裂缝中看出墓室空如堂室，有砖作花窗，为典型的唐代砖室墓。三是用罗盘牵线考证，原墓确如旧谱所载“癸丁山向”。四是古砖古迹，不便移易，一应照旧，未做改造。五是墓顶形似扇页的阳文转草花式砖，今人竟无法照唐代复制，只得改用块石镶合成墓。

事实上，这次大修的规划和准备工作相当充分，施工严格按照“整旧如旧”的原则，分步进行。张岳龄、李元度等人一鼓作气，清光绪十年(1884)重修杜子祠庙，包括飨堂、门栋、官厅、僧舍及浣花草堂。十一年(1885)又在官厅后坡新建“铁瓶诗社”，作为诗人聚会之所。

杜墓修整完工，清光绪九年(1883)十二月初五日，张岳龄、李元度与乡绅文士四十五人联名，呈禀请祀杜甫墓冢。三日后，获准上报。次年三月十六日，由平江知县李宗莲具文，奏请抚督藩宪批准。批文称：“经本县亲自勘查，山向遗址，均多符合，益徵真确”，“墓为公之孙嗣业所筑，谱据昭然。”“从此次修建之后，古异说均不足惑。”大功告成，抚今追昔，李元度吟就《新建小田杜工部墓祠落成纪事得百韵》。此前，“公墓历五朝，马鬣渐倾圮。墓旁无片瓦，何以荐清醴。”如今，“想见礼成时，左徒应戾止。风马策云车，公也迎倒屣。两代萃孤臣，万古扶人纪”。

诗圣遗阡

“千秋万岁名，寂寞身后事。”杜甫用来形容李白的这两句诗，倒成了他自己一生最好的写照。

杜甫卒世的时间与安葬的地点，过去众说纷纭。全国各地共有杜甫墓八座，分布于湖南平江、耒阳，湖北襄阳，河南偃师、巩县，陕西华阴、鄜县和四川成都。杜甫卒葬地，曾经误为耒阳，又有后来迁葬河南偃师、巩县和湖北襄阳之说，平江杜甫墓反倒鲜为人知。除了杜甫后裔每年清明时节的祭祀扫墓，平常很少有人光顾。好在杜子庙一直兼作校舍，“两个黄鹂鸣翠柳，一行白鹭上青天……”孩子们琅琅的读书声，会给杜老夫子孤独的灵魂，带来些许的安慰。其后风云突变，听不到读杜诗，清明也见不到家人的踪影。更有甚者，竟然趁乱打劫，推倒石碑，挖开了杜墓的左室。满以为能够盗得金玉财宝，结果，只发现有石制油灯两盏，霉烂古书一堆，以及糯米粥糊的柳条坨多个，内藏字纸碎片，也许这些便是最后伴随杜甫的孤灯与诗稿吧。

一九八二年，平江县修复被破坏的杜甫墓时，经文物专家实地考证，平江杜甫墓与长沙等地发掘的唐墓属同一时代，确认“具有中唐砖室墓特征”。杜子祠台阶前两个刻有莲花纹覆盆式麻石柱基，亦为唐代形制。确认墓、寺、祠均始建于唐代。这样，距清光绪年间大修整整一百年之后，一九八三年，平江杜甫墓列为湖南省重点文物保护单位，开始引起海内外人士的关注。次年，国家文物局主编的《中国名胜词典》，确认耒阳杜甫墓为衣冠冢，平江杜甫墓为卒葬墓。一九八八年，平江杜甫墓作为岳阳楼洞庭湖风景名胜区的景点，被国务院批准为国家重点风景名胜区。

二〇〇五年，在李锐等人的倡导下，平江县根据湖南省文物局下达的批复，再次对杜甫墓祠进行落架大修。九月二十二日，平江杜甫墓修缮竣工典礼暨“杜甫诗歌与时代精神”国际学术研讨会隆重举行，平江杜甫墓祠正式对外开放。

杜甫墓依然保持古朴的风貌，墓前的祭坪青砖铺地，缝隙里长满岁月的青苔。墓室一室两耳，楔砖砌成。墓前四根红麻石柱嵌三块长方形的青石墓碑，横顶雕刻有朱雀装饰图案。正中一块墓碑上，“唐左拾遗工部员外郎杜文贞公之墓”一行大字居中竖刻，右刻“光绪九年癸未冬十月吉日”，左刻“署平江县事武陵知县李宗莲题”。墓室圆形封堆用红麻石块镶嵌合成，顶尖一个石球结蒂，下托莲花图案，四围块石如花瓣般相叠铺展，又如莲蓬覆地。墓堆蓑衣沟外，用红麻石护围，弧形相抄直抵墓门左右两侧的青砖护坎，构成三级台阶式墓地。翠柏苍苍，野草离离，后山清风不时传来花香鸟语。

杜墓前距三丈，建有飨堂，即祠庙。东西两旁甬道各一，可通墓前。飨堂上下门皆木棂，敞开见墓，便于祭祀。堂内皆石柱，堂檐正中悬挂着“杜文贞公祠”匾额，为李锐所题。两侧廊柱，有李锐撰书的楹联：

千秋痛感茅屋叹；
百代犹闻酷吏呼。

读来引发人们对这位关注民间疾苦的“诗圣”无限的追念。

祠堂石柱，悬有清人彭德树撰联：

入川入湘，而葬于斯，长忆先贤留足迹；
三吏三别，忧时多感，永留诗史在人间。

张岳龄撰联则更具有平江特色：

与杨孝子共结芳邻，风马云车，应将遗事谈天宝；

后屈左徒告终此地，骚才诗圣，各有英灵护汨江。

檐阶前设天井，一棵古罗汉松铁骨金枝，不知经历了几百年。天井以下为门栋，壁门外作牌坊，额曰："诗圣遗阡"，面对墓祠前的宽阔地坪，当路而立。

飨堂东廊门通官厅，官厅三间四架，正厅供奉着杜甫铜像。诗人右手持书，左手护膝，凝神忧思，面北远望。杜老夫子总算有了一个安定的居所，想来再也不会哭叹茅屋为秋风所破。官厅右壁，绘有诗圣杜甫遗像，录有至德二载授左拾遗敕令及李元度《杜墓考》全文。对面左壁，画有四幅杜甫诗意山水画及"海内存知己，天涯若比邻"联语，这些都是清光绪年间的原貌。官厅上下门亦为木棂，檐下匾额为中华诗词协学会副会长赵焱森手书"诗风万古"四个大字。两侧石柱为知县李宗莲的旧联：

诗有徐屯田，疑冢千年成铁案；

梦征李供奉，芳园一夜荐琼筵。

东西厢房廊柱，悬有李元度联：

自大历庚戌至光绪甲申，相距一千余载，窀穸犹新，赖有徐诗征尘史；

问偃师虚附与耒阳空冢，何如三十六湾，汨罗上湖，恰从屈子共骚坛。

曾任平江知县麻维绪撰联，倒不失其县令本色：

来伴大夫魂，祠墓千秋同景仰；

近寻彭泽宰，菊松无恙赋归来。

官厅左侧建有僧舍，僧舍之后为浣花草堂，另立大门颜曰："阐幽庵"。这样，杜子庙自东而西形成飨堂、官厅、僧寺三位一体的结构。

墓东一片山坡，多植有松、柏、榆树。从官厅后拾级而上，一座独立的建筑虎踞其上。山门匾额："铁瓶诗社"，两侧青砖墙壁，"追求、真理"四个大字标语清晰可见，当是民主革命时期留下的印迹。

"铁瓶诗社"因纪念发起人张岳龄而命名。张岳龄(1818—1885)，字子衡，一字南瞻，晚年自号铁瓶道人。张岳龄出身于书香门第，其父张瓒昭，原名宝昭，字绚珊，号斗峰，清道光年间举人，著述盛丰。曾任东安训导，他经常深入瑶寨峒乡，劝瑶民送子读书。并带头捐金倡众，先后兴建清溪、石期、凤山、柏子、芦洪诸书院。张岳龄幼承家学，肄业于长沙城南书院。清咸丰二年(1852)出任平、浏团练事，屡功赐号策勇巴图鲁，授荣禄大夫，布政使衔，任福建按察使。张岳龄热心故乡的公益事业，曾在县城东南购田数百亩，牵头新建天岳书院，并资助建藏书楼，买书数千卷。又曾仿古社仓法，在县城西北隅建谷仓一所，买谷四万斛，以济饥荒，世称"万石廒"。张岳龄学识渊博，尤工诗词，著有《铁瓶诗抄》十二卷。位于汨罗江河东英集岭背的张岳龄故居，建于清同治八年(1869)，至今还保留着曾国藩题赠的"味蓼书屋"匾额，现列为湖南省重点文物保护单位。

平江县作为全国著名的中华诗词之乡，民间诗社之风，源远流长。铁瓶诗社现辟为展馆，介绍唐宋迄今，民间是如何延续诗圣遗风的事迹。一九八六年，平江县成立天岳诗社，诗社在县城有五个小组，在乡村有九个分社，正式会员三百余人，外围爱好者八百多人，涵盖社会各界人士。他们经常聚在一起，采风吟诗，开展具有尊文儒雅之风的活动，正是延续了古来诗风。

江豚，水中精灵

梅雨季节，洞庭湖借助季风的力量，长波短浪，摇曳生姿，动人的旋律从湖面传达到湖庭的心脏，入夏的夜晚拱出满天星斗与月亮交相辉映，牢笼横空的云影与水镜相互反射，把碎珠溅玉的金属声播撒到万顷湖面，有丝竹管弦之盛，铺展如娥皇、女英的裙裾，采集收拢全是千古爱情的恋人絮语……

往往在这个时候会有黑白美人鱼从长江追逐到洞庭湖来嬉闹游戏，一身雪白飘逸柔姿的是白鳍豚，表妹就是那灰黑釉光的江豚。在那个汹涌的洞庭湖入口，在那个江湖交叉的湘江主航道，在那个涟漪融融的青草湖，在那个波纹与坡岸相接的芦苇滩都会听到那些嘈嘈杂杂、细碎的呢喃，抑或南风涌进的哗啦啦，转头是北风掠空，浪头是那般扑扑拍拍，那些低空翔集的候鸟，唧唧复唧唧，嚓嚓又嚓嚓，汇聚为合唱的团队。

有江豚粗壮的声音不时噗——噗噗，那种音柱散如网状，细细地辨别还有呲——呲啦地吞吸之声。它是一个冲浪的高手，但不激起惊涛裂岸，如若潜翔却可搅动江湖，在水与水草，鱼与虾群中你可以听到一点摩挲的亲昵之声。它极像游湖的一艘潜艇，出没于波浪和湖底的泥沙之中。如果在一个刚刚苏醒的早晨，你站在岳阳楼纵览壮观的洞庭湖，那个慵懒的美人儿恰江湖间闲庭信步，把声音吹得细雾一般散在绿色的芦苇荡里，窸窣的音韵流动，把那些动人的乐章刻录在湖坡与水滩的密纹里，嘟嘟，咕咕，啪啪，啦啦……众声喧哗又将洞庭湖的早晨撕了一个大口子，接下来便有了惊天的一掠，江豚一个优美的弧度，在长江与洞庭上连接了历史的天空，又是一个优雅的入水，波花中的尾巴把拍击的声音递送出湖底的深度。

感知扑鼻的嗅觉，贴肤的触觉，体验入喉的味觉，闹耳的听觉，或许那眯眼的视觉夹带钻心的刺感，像青青野草一样生机勃勃芬芳飘荡，长江大湖最美妙的奏鸣曲，因此我相信洞庭湖的声音是来自它的内部。

另外，要理解一种深度不需要寻找江湖的底部，仅仅观看洞庭湖面那些鱼类和江豚的表演，一种游戏的声音便是测量命运深度的方式。

源自神话　谁来笑傲江湖

白鳍豚和长江江豚都是生活在长江里的珍稀动物。在长江中生存了两千五百万年的白鳍豚，或许将成为世界上第一种因人类活动而导致灭绝的豚类动物。如今，被称作白鳍豚“丑表妹”的江豚也遭遇种群数量急剧下降的危机。豚类与人类共享同一条江河。淡水豚的今天，就是人类的明天，保护江豚也就是在保护人类。

——《文明》二〇一一年第一期第八十九页

这是一个警世钟般的宣言。从人鱼传说开始，人和鱼有共同的始祖，生命开始于水中，先有蛋白质，核糖核酸，甚至极简单的腺体，由它们决定了细胞的形态。一种生物史也是人类的生命史，长江豚类迁延了几千万年作为种群的存在，在没有任何天敌，尚有居所，不是因为它自身的生物基因的退化，今天，人类轻轻地移动数字的坐标便宣告了这个物种消亡，而且是因人类活动而导致的功能性灭绝，这对地球与宇宙来说是何其重大的事件，曾让人想起就心痛。

“物质不灭”这个伟大的物理学定律被改写了。

从中国视角看有三种生物是举世独绝的：

黑猩猩最聪明。把一个电视屏幕分成无数网格，将1至9分别零乱填入其中任何一个方格里一个数字，让人与黑猩猩来同时训练识别顺序，前提是仅扫描一眼方格屏幕。瞬间熄灭后，黑猩猩可以迅速在方格内完成九个数字的秩序排列，人类却不能；

大熊猫最漂亮。其形象标志为憨态可掬，黑白二色对比，庞大笨重而又毛茸茸。《功夫熊猫》流行全世界，熊猫也是全国各动物园展览最受欢迎的贵宾。世界自然基金会(WWF)选择大熊猫作为logo形象标识。中国又因其成功的人工繁衍保留了这一古老的物种，大熊猫是珍稀的国宝，为一级保护动物；

长江豚，包括白鳍豚与江豚，当之无愧是最古老、最自由的生物。科学界发现大熊猫的生存年代距今有一百万至三百万年，而中国科学家发现并定为新属新种的原白鳍豚，出现的时代大致为中新世。据周开亚教授的权威编著《中国动物志·兽类第九卷·鲸目·食肉目海豹总科·海牛目》所载：“生活在距今约两千万年前的中新世时期的原白鳍豚是白鳍豚唯一已知的近亲。”中新世在地质年代表中是新生代第三纪的第四个纪，距今约两千三百三十万年至五百三十万年。“水中大熊猫”完全可以称之为水中活化石。大约中新世中期，海平面急剧上涨，海水淹没大片陆地。随着晚第三纪的海平面下降及季风带来的雨季，长江中下游平原形成大面积河流与沼泽地，丰富的淡水资源为淡水豚类的演化提供了良好的先决条件，白鳍豚和江豚就这样成为长江和洞庭湖最古老的定居者。

与江豚书：从个体密码说起

江豚属鲸目、齿鲸亚目、鼠海豚科，其形似海豚而小，广泛分布于亚洲热带和亚热带沿岸海域与一些河流中。最终有了国际新发现，长江江豚是全球已知唯一的淡水亚种，洞庭湖便是江豚在长江中游最顶端的繁衍栖息家园。

姓氏：一个属于中华的族内种群。江豚在我国古代文献中的记载，最早见于东汉时期。许慎(58—148)《说文解字》认知为：鰤，鱼名。从鱼，匊声。出乐浪潘国，指朝鲜的乐浪海域。又说，产于江东，指从鄱阳湖到洞庭湖一带。有两乳。说明自古以来便知道江豚似鱼非鱼的特征。

命名：晋代郭璞(276—324)《尔雅注》正式称白鳍豚为"鳍，是鱁。体似鱣，尾如鰤鱼。"一千七百多年前的郭璞不仅用江豚注释白鳍豚的尾形，还详细对白鳍豚的特征做了科学的解说："大腹，喙小，锐而长。齿罗生，上下相衔。鼻在额上。能作声。少肉多膏。胎生。健啖细鱼。大者长丈余，江中多有之。"无疑江豚与白鳍豚都是属于汉民族领域内的生物种群。

还是这个郭璞在《江赋》中说："鱼则江豚海狶叔鲔……"这是中国古文献第一次命名：江豚。不仅与海狶相区别，还有同类中与白鳍豚相区别。古文献中记载江豚所用的名称有十三个之多。在湘鄂土语中白鳍豚为"白旗"，江豚为"黑旗"。洞庭湖渔民因见滚圆肥厚，其憨可掬，便称它为"江猪子"，又叫"黑江猪"，与其相伴的白鳍豚又叫"白江猪"。在浔阳江、扬子江一带又称它为"东方美人鱼"。

体征：江豚形体分头部、腰部和尾部，全身呈纺锤形。成年江豚全长一点二至一点九米不等，体重一百至两百二十千克。头部较短，近似圆形，额部稍微向前凸出。上下颌几乎一样长，上下共生长七十颗左右的小牙齿，小牙齿纵切面为铲形，便是它喜欢捕食小鱼的缘故。江豚吻较短阔，眼睛较小，没有标志性背鳍，尾鳍与白鳍豚一样，左右两侧鳍的侧鳍类如鱼的双翅，在头部略后，状如合指手掌，内缘、外缘均微微凸现。仅尾鳍呈凹槽状，跃入水中的后尾拍水，活似一个凹月铲，这中央一缺又像一个“丫”字，粗看是黑灰色，实际是紫灰色或者黛色，皮肤滑腻，有深浅不一的色素斑，这是识别江豚个体差异的标志，此外就只有靠鳍的形状大小了。单凭肉眼几乎无法分辨它们个体的差异。白鳍豚和江豚的区别在白暨豚有较狭长的嘴吻和背鳍，身体通白，江豚则表现为青灰色，在其隆形浑圆的后部有鼻孔，俗称为喷水孔。

综述：清代王念孙(1744—1832)《广雅疏注》引证了《说文解字》以来十余种古籍材料，较全面地保留古代江豚的面貌。“江豚”一词，江字含义自古而然，豚，臀也，说白了是一个大肥屁股，语义转借，喻其肥也。王念孙在《魏武四时食制》中描述：“黑色，大如百斤猪，黄肥不可食。数枚相随，一浮一沉，一曰敷，常见售。 出淮及五湖。”这表明了江豚是群居群聚，游走于长江，而繁衍于洞庭五湖，栖息在江湖之间，作为图腾是长江中下游广阔地带的河神崇拜。

信仰：据《周易·中孚》解说：“中孚，豚鱼吉。移涉大川。”中孚即信，《周易》将江豚作为守信的象征，守信如江豚则吉祥。自古至今洞庭无论耕农渔民都尊崇了这种信仰，江豚知风、守信的精神意义越来越影响深远。这不仅仅是它作为庞然大物，还是最重要的水上预警员。清代词家任鹗(1842—1898)熟知洞庭湖水性船事，曾受命于岳州救生局。他编撰《行舟要览》描写：“江豚产于荆州、洞庭之处，吹浪可以生风，故江猪出舞，舟人谓之‘拜风’。”江豚拜风一直是渔民的预警信号，洞庭湖的渔民赶紧收帆停网，返岸归港。在洞庭湖渔民传说中，风信标的旗杆也比不上江豚拜风的灵验。在洞庭湖里渔民从不敢捕杀，不敢食用，因为它非猪非鱼，体黑而光滑，没有鳞，肉肥而腥恶。认为伤了江豚是不吉利的，视为一种凶兆，甚至会卖船改行。生命不可侵犯是渔民的潜意识规则，古今同理。

水上芭蕾　如新月浮波

东洞庭湖首先是一个水上大舞台，春吹杨柳，花信自燃，绿如茵的芦苇似乎是铺成的长洲浅滩，春汛桃花水漫上湖洲，水波涟漪，动荡如舟，这时候的绿色是铺在水上的，芦苇的秆部潜入水下成了一个复杂的水生植物与动物聚会的丰茂世界，众多的浮游小鱼，叼子鱼、鲢鱼、团头鲂、翘嘴红鲌……

去湖几十里远的君山岛和许多无人居住的小岛，小岛底下广袤的湖滩沙洲，在本底湖一带还有几十万亩的芦苇荡。湖岸边环护的杨柳树与弯弯曲曲的港汊构成了春夏之际的水下草场，这是鲤鱼、鲫鱼、草鱼最热衷的场所，在那儿扑散产籽，孵化幼苗，是洞庭湖鱼类最好的繁衍的温床。抑或有些鸥鸟、鹭鸶扑簌簌地来芦苇荡成群结队捕食，麋鹿也惊悸不定地钻入芦苇荡中私相交配，引颈长鸣，不时还会有白鹭扑腾地歇在它的背上……

洞庭湖与长江连接的湖口弯曲三江，长江称为上水，源自巴陵西为荆江段，洞庭湖口西侧的芦苇长洲谓湘浦，收容沅江和湘江之水合流，三江相会城陵矶，史称三江口。往往春夏或秋天水流会形成不同的浪坡，看得出三水汇合的情景。每年五至十月为江水汛期，高水位激增至三十三点五米。江豚爱逆水而上，每到春秋它总爱借涨水与退水的地方蹲守，在这些浅滩与深水的结合部巡视，这是它生命最活跃的季节，那些鲫鱼、鲤鱼、草鱼都已喂得肥肥的，江豚最喜欢这些肥鱼，它爱做这种嬉闹，水戏完了它也会潜入深水中去寻找鲇鱼与黄颡鱼，在湖的不同深度享受着它热爱美食的快乐。这个家伙最大能吞食两斤多重的鲢鱼，不过和它体征成正比的是，它喜欢吃胖鱼，不喜欢吃瘦鱼，在它的菜单里居然还有挑食这一习惯。它总是逆水张大嘴，以它那种人类无法感知的特别腥气，随着游浪水波驱赶着那些小鱼小虾推涌到它嘴里，或者那些戏水跳跃的浮游鱼类也会惊跳弹落进它的嘴里，它每年都会这样不劳而获地享受它的美味餐食。

洞庭湖渔民往往称它为爱吃自来食的家伙，一个喜欢吃自来食的慵懒美人,不过吃饱了它也喜欢作鱼戏,又因为它的呼吸习惯,总是爱出风头,所有的淡水鱼只有它敢跳出湖面冲天而起，一个翻转又以八十多度角的弧度自由入水。当白鳍豚升空时是双色耀眼,胸部洁白如天鹅在水面一掠,而背脊又是青灰或青蓝,中央稍偏尾部有一个三棱形的鳍,突出一个弧度以后是尾鳍一翘,柔软光滑的肌肤跳珠溅玉,一道水色银光,无论是晚霞飘落还是初日阳光那都是美丽的风景线。特别是洞庭湖洁白的秋夜月中,豚体在划空时摆出了修长的柔姿,上部宛若人形,双翼划开真是肥胖婴儿的双手,后部由粗转细,尾鳍有力地拍击能在几秒钟之内转运几个曲线,“砰”地入水如新月浮波,闪亮一瞬便是波光涟涟。

在水中它或者一个深潜,或者左右游弋呈水平方向摆动,这时你听到了来自洞庭湖内部的声音。它会用各种声音传达江豚群体的情绪:吱吱嘎嘎地寻找同伴,相互之间还有清脆的吱吱——呲呲,由弱呼到激越,有时候还会在危险中发出尖锐的哨叫。江豚的声呐丰富多彩,欢乐的声音是放松的,生命节奏是缓慢的,气息往往是噗、噗噗、呲呲,纯哨音是紧张时求援同伴,呼求配偶时往往动作与声音都闹得很大，每年三至五月正是江豚交配的黄金季节。它们的回声定位极其准确,因此它们极易合群,是那种散得开,又合得拢的样态。你几乎无法相信它的声呐可以判断一毫米的短草,在攻击和回收时,它与对象在十几厘米距离内的碰撞,准确夺取又准确逃离,其转弯的灵敏度也就在瞬息之间。

黑白江豚无论在水上与水下永远都是一个舞者，那精妙的舞姿只有在水的重力下才可以感受到那些动作的奥义。但江豚的舞蹈却是水成全了它的完美。

水,特别是静深的湖水,太纯洁,无形无色,清凉纯净,穿透浸润,水在内部活动:坍塌,涌动,合流,扩散,不断聚合又不断分裂,水的不固定成全了黑白江豚，于是它的秘密全都在携水而行，直冲，回旋，上升，潜游，刚柔相济，快慢互补，水在它的喷涌中成柱、成雾、成网，汇成雨阵和波浪的壮丽景象。水无质无纹，所以提供了最细微的元素环绕江豚，于是它才能感受到水下最细微的变化，一滴水或一片浪，留下的全都是江豚生物节奏的痕迹，将水纳入永恒，江豚才有可能不朽。

终结仪式　洞庭湖口依然

二十世纪八十年代末九十年代初，洞庭湖渔民经常能够发现白鳍豚，江豚群体活动更多，一家两口、三口，一群几头、十几头，最多有几十头一起活动。一九八八年，白鳍豚列为国家一级重点保护动物，江豚并没有引起特别关注，充其量不过是在科学研究中作为白鳍豚的替代品被豢养。人们乐观地认为，长江干流和淡水湖泊有足够的空间和食物容纳这两个物种，它们古老而强大的生存能力与现实的生存环境似乎并没有发生什么灾难性的变化。

二十世纪八十年代以前长江江豚种群数量为四千三百头，那时还蔚为壮观，可九十年代调查时只有两千七百头左右，一九九六年以后，江豚一直被国际自然保护联盟(IUCN)物种生存委员会(SSC)的濒危物种红皮书收录，并列为濒危级物种。一九九八年《中国濒危动物红皮书·兽类》也将它收录濒危级，如今依然只是国家二级保护动物。二〇〇六年调查，长江江豚只剩下一千八百头，由此可见江豚数量是成倍数锐减。这与白鳍豚灭亡的前兆比例暗合，当年白鳍豚存量：一九八六年三百头，一九九〇年两百头，一九九五年不到一百头。一九九七年详查，从长江口至宜昌段，包括其支流洞庭湖、鄱阳湖，采用地毯式搜寻共发现白鳍豚二十三头，乐观地估算总数不会超过五十头。

二〇〇六年年底，中国科学院水生生物研究所、长江渔业资源管理委员会和瑞士白鳍豚保护基金会合作，组织来自中国、美国、英国、日本、德国、瑞士和加拿大等国近四十名鲸类专家，带着世界上最先进的观测设备，组织有史以来最大规模的长江淡水豚考察。最上游的驿站依然是城陵矶，往返三千四百公里，搜寻三十八天，这次国际顶尖级的科考合作，考察结果由失望到绝望，残酷的事实是：没有发现一头白鳍豚。

二〇〇七年八月八日正式宣告：长江白鳍豚已经"功能性灭绝"，意味着长江中一种淡水哺乳动物的消亡。

美国《时代周刊》将其列为二〇〇七年全球十大灾难之一："这是人类历史上第一种因人类活动而消亡的脊椎动物，也是近五十年来第一种灭绝的动物。"

人类正式对自己下手了吗？一种令人悲伤的标志性仪式。

它发生在中国，发生在洞庭湖。悲乎，人类尊严的反讽。洞庭湖白鳍豚的科学考察始于美国人霍伊，提交鉴定的时间为一九一六年八月八日。由中国人保护的白鳍豚，遭逢两个巧合的历史刻度。八月八日，不知是否可定为我国动物的纪念日呢？

湖滨黄沙湾依顺湘水航道守护着洞庭湖口，对面湖中央便是小小的艑山，君山仙岛的天然哨所。一脉青山依然森林茂密，斜坡低谷、高耸撑天的古树将湖光山色遮掩，脚踩林间灌木杂草贴近围墙，方能冲破百年岁月的沧桑。一八九九年岳阳城陵矶对外开埠，美国基督教神学博士海维礼夫妇奉复初会派遣，于一九〇一年随美国商人从上海来到岳阳，开设教堂，兴办学校与医院。一九〇七年岳阳教会学校迁建湖滨黄沙湾，俗称湖滨大学。百年老态的圆拱回廊欧式建筑如今安然寂静，空无一人。我独自登楼，蜘蛛网扫，蚊虫惊飞，楼板发出空荡荡的声响。

一九一四年年初，查理·M·霍依（C.M.Hoy）跟随父母来到岳阳湖滨教会学校。这位十七岁的青年最喜欢穿中国衣服，戴中国帽子，成天坐船下湖打猎。冬季的洞庭湖,小天鹅、鸿雁、豆雁、白额雁、灰雁,还有漂亮的赤麻鸭、翘鼻麻鸭、罗纹鸭、绿头鸭、针尾鸭,五花八门的野鸭子成群结伴地栖息在湖泊草滩。二月十八日,霍伊与猎友高高兴兴满载而归,返回城陵矶湖口时,东北角一群白鳍豚跳跃起舞。在这之前,霍伊曾经射杀过黑江豚,看见白江豚,他举起猎枪射击。枪声响起,白鳍豚消失了。霍伊持枪守候,知道它们会在不远的地方再次出现。因为受惊潜逃,几分钟过去,那群白鳍豚再也不敢浮出水面。霍伊转身准备收枪时,忽然发现一只白鳍豚在六十多米远的地方出水呼吸。霍伊果断开枪,距离太远,他并没有抱什么希望,将枪杆收回船板上。打中了!一个中国船工大叫。它的长嘴伸出了水面,划船靠近,听它发出小公牛般的嗥叫声。船工冒险抓住它的嘴巴,大家用绳子套住它沉重的身体,把它拖回湖滨学校。

从小对自然历史感兴趣的霍伊保留了它的头骨和一些颈骨及颈椎骨,并带回美国。他从一本《皇家自然历史》书中得知,科学家们用这些骨头对豚和鲸的种类进行分类。一九一六年八月八日,霍伊给华盛顿的史密森学会美国国家自然博物馆的馆长写一封信,并附上一张白鳍豚照片,直接提出:“在中国,我射中了一只像海豚的动物,我一直无法归类。如果你能帮助我把它归类,我将非常感谢。”美国国家自然博物馆哺乳动物馆馆长、著名哺乳动物学家米勒先生慧眼识珠,博物馆以七十五美元收购,鉴定这是世界第一个白鳍豚头骨标本, 标明是来自中国洞庭湖的淡水豚的头骨与颈椎。一九一八年,米勒先生公开发表研究论文:《来自中国的一个淡水豚新种》,随文发表霍伊提供的一张白鳍豚照片、一张白鳍豚绘图以及十三张白鳍豚骨骼照片。按照国际生物命名规则, 米勒先生为来自太平洋彼岸的这种淡水豚正式起了一个拉丁文学名:Lipotes vexillifer ,英文名字叫 Chinese river dolphin ,中文译名“白旗豚”。在此之前世界其他四种淡水豚早已命名,它比最早命名的恒河豚晚了一百〇八年。

科学精神的不懈追求，霍伊这位天生的博物学家在城陵矶采集的白鳍豚标本，以及他致美国国家自然博物馆两封信中对白鳍豚生物习性的详细介绍,为人类“奠定和描述了一个新的种类”。一九二三年,已经被美国国家自然博物馆聘为标本采集员的霍伊,在《中国科学与艺术》杂志发表《洞庭湖里的白旗豚》回忆录,同时发表了他手持猎枪蹲在这头白鳍豚尸体后的珍贵照片。他深情地说:“有时候一个偶然的机遇改变了一个人的生活。一九一四年的冬天,我在中国的洞庭湖中捕获到了一只白旗豚,这件事就改变了我的生活。”他表示最大的心愿就是能够重回白鳍豚的故乡。第一次世界大战爆发,霍伊应征加入美国海军,很快被博物馆召回加入去澳大利亚的考察队。令人遗憾的是,霍伊在澳大利亚不幸患上寄生虫病,英年早逝。

中国洞庭湖发现神秘的白鳍豚,在国际动物学界引起轰动。美国自然历史博物馆不甘落后,决心采集完整的白鳍豚标本。一九二一年十月,采集长江中下游爬行动物和两栖动物的支队长波普从武汉赶奔岳阳，同样落脚海维礼的湖滨教会学校。在教会的帮助下,波普亲自租船下湖搜寻,奇怪,没有看见白鳍豚的踪影。受命不惜一切代价抓住白鳍豚的波普,委派翻译到岳阳街头张贴收购白鳍豚的广告,悬赏十美元。漫长的一个多月过去,十二月二十一日下午,波先生,白旗来啦,白旗来啦！二十一美元与渔民成交,一头蓝灰色的雌性豚翻滚木板上,运到湖滨传教士学校。波普先生请一位王姓的中国画家画下白鳍豚彩色素描,然后精密测量,解剖,速描,摄影,如愿以偿获得世界第一个完整的白鳍豚骨骼及皮肤标本。

一九二二年，英国科学家也在洞庭湖口获得一头体长二点〇八米长的雌性白鳍豚标本。

波普一九四〇年出版过《中国的动物新领域》,他说当时希望至少再能得到一个标本的机会:“尽管鼓励渔民,然而再无人带给我们,雇用的渔民和船只再也看不到这种动物。他们对江豚保持着敬畏的心情,相信厄运会降落在折磨它们的人们身上。”

同样在长江的洞庭湖口，一九八〇年一月十一日，湖北省嘉鱼县渔民胡氏兄弟捕获一条雄性白鳍豚活体。中国科学院水生生物研究所接岳阳城陵矶水产公司的电话，派专家用专车从岳阳安全运抵武汉，世界上第一头人工饲养的白鳍豚，取名“淇淇”，从此成为闻名中外的“长江女神”。二〇〇二年七月十四日，“淇淇”结束长达二十多年明星一般的高贵生活，寿终正寝地离世而永存。它相当于一个七十岁古稀老人，这是生命的自然终结，亦是人类科学研究的奇迹。我不知道，一生孤独的“淇淇”，它会如何怀念远方的洞庭湖故乡呢？

与水商量　事物自身的立场

雾霾消散的日子，我随世界自然基金会(WWF)朋友出征，三江口水上走廊如今依然是湖湘唯一通江达海的航港，年年水涨潮落，岁岁草绿芦枯，忙碌的采砂船、货运船大口大口地喷出憋积的闷气，长长的尾浪摇摇曳曳突飞猛进。湖风顶着船速斗智斗勇，船快它快，船摇它摇，激怒的铁甲水狮猛然吼叫，腥风夹带白浪从船头扑上来，咬牙切齿呼啦啦地扫荡船舱。我是骑龙而来的勇敢战士，战火纷飞的泪花耳鸣无可躲避，屏息深呼吸，坚守观测前线。水上漂浮物若隐若现，总会勾引追寻的欲望，充满希望的望眼欲穿，期待湖面上跃然浮现黑色的弧光。中国渔政江豚保护巡查艇从东洞庭湖西岸逆芦苇滩行走，湖面浪线总是碎银一般闪闪烁烁，就在视觉搜寻疲惫之际，看！江豚！黑色的脊部背影突然从观测前线跳跃水面，黑色的漂浮物一个两个……时隐时现。巡查艇以最慢的速度尾随，近约三十米距离，两只江豚一前一后，相隔咫尺，戏水向前，即便它发现了大鱼或船只也还是那般匀速而进，不急不忙地向君山后湖游去。

如果你梦想与江豚亲近，湖北长江天鹅洲豚类国家级自然保护区，二十一千米长的牛轭形长江故道，如今成为长江江豚迁地保护宁静而快乐的家园。美丽的“水中大熊猫”头部先露出水来，有隐形额纹，吸气时额隆突而起，分不清眼与耳是一种钝圆，在钝圆之下有一条弧形线，那才是一张宽阔的大嘴。在噗噗之后我们只能看到黑黑脊梁有四十到五十厘米的背部，似潜艇在水波之上的脊梁，浮水仅为两至三秒，最长十秒便转入潜游，需要呼吸再浮出水面换气。最显眼的喷水孔突出水面，喷出的水柱有时可达一米多高。顺水游时身体凝然不动如一条炭线，逆水冲浪它倒异常活跃，在水中它的尾鳍弧度大，灵动有力，有时能拍出一片浪花，常常是雌雄互戏，母子玩闹，有时突然转向，一个翻腾一个拍击便是一个水柱一片浪花，这时候它只不过是长江大湖的一个俏皮的顽童。听它浮出水面时那迷人的短促的“噗，噗噗”声，高兴时它会一个急转身，头部竖立水面向你微笑致意，它灵悟的对视眼神令你怦然心动，感知它与人类共享同一条江河的和睦情怀。看着它远游的身影，一个水柱或一口喷雾，在江河湖海之上它又是一个生命的信使，唯有它才可以真正地放浪形骸，笑傲江湖。

江豚，远游的神灵。

江豚是自由生命的自然分娩，繁殖率并不高，目前人工繁殖技术尚未过关，其技术难度远远大于大熊猫的生产。雌江豚怀胎十一个月，每胎产一仔。与一般胎生动物不同的是，小江豚出生时先露出尾巴，依次再出身体，最后是头部。胎儿整体娩出，新生命的仔豚奋力向上游动，母豚腹面朝上，身体朝仔豚相反方向远冲，用力拉断脐带，只见一股鲜血从脐带流出，仔豚浮出水面，向着生命的天空喷吐欢笑。

江豚为水下哺乳类动物，哺乳期六个月。幸福的授乳时光，母仔常出现在较浅、较缓的水域。哺乳时母豚身体微微侧向一边，将一侧的鳍肢露出，幼仔紧贴豚妈妈的腹部，每次授乳时间大约五至十分钟。有时雄豚也参与抚养幼仔,让幼仔游在雄豚与雌豚之间,更靠近母豚,三头豚同时沉浮,几乎平行露出水面,在水中自由地游翔。这与人类的"三口之家"携手出游何其相似。

成年豚有着明显的保护、帮助幼仔的行为,具体表现为驮仔、抚带等方式。驮豚时,仔豚的头、颈、腹部紧贴母豚背部,当母豚头部入水背部略弓时,可见仔豚斜趴在母豚背上,活像我们乡村常见的母背娃。从远处侧面观察,常见到母仔豚前后相继露出水面。若仔豚呼吸频率稍高,母豚会坚持潜没水中忍气受憋,先让仔豚露出水面呼吸。有的幼仔长得已经相当大了,仍会由母豚托带着,就像撒娇的孩子离不开娘。托带时,母豚常用鳍肢或尾叶托着仔豚的下颌或身体其他部位,前后相继露出水面。

江豚母性极强,若仔豚受困或被捕,母豚不忍丢弃,绝不会单独离去,宁愿同时被捕,或同归于尽。母仔豚若被围网隔离,它们同样不会各奔前程,成日成夜相互声呐呼救,一来一回同时转向紧紧地伴跟游走。渔民一旦救助放生,母仔重逢,它们快速潜水远离,逃奔安全地带。

母豚为什么这样分娩?奥秘是江豚在水下生产,幼仔豚头部先出来便会溺死。江豚超越人性般的母爱智慧表明,事物无论出现什么奇迹都有它自身的立场,从生命记忆的源头开始,事物便进入某种特别有序的编码方式,在事物内部,或者外部找到一种联结方式,这便是事物所以相互联系的观念,一种事物按顺产编码,那是常识;一种事物按逆产编码,那是反常识。事物总是按自身立场制造奇观。

空气中,泥土里,树木中,水里都生产生命,可是生命生产都以各种相异的形态,呈现生命的多姿多彩,它们对立、相反相成、同质都适合事物自身的立场。偶尔个别事物以反叛者目光剥离事物表面现象,表明世界万事万物总是以多元开放而又运动的姿态恢复自己纯洁的面目。

江豚是水的一种语言, 它的生命样态依靠水来表达其运动行走与生存饮食,这如同大地行走的野兽,天空飞翔的鸟禽,每一个事物顽固地坚持自己的立场。

因此自然有了丰富多彩。

鸟的语言是飞翔,走兽的语言是奔跑,豚的语言是水。只有人类采用了说话的方式,而非纯音秘语,触碰方式超过声音方式。人类用话语和自然事物发生联系,所以人类与生物交流就得与翅膀、与兽蹄、与水商量而建立一种亲和关系。我们可以把水也视为一种奇特的生物,水与空气一样具有致密的特征,是它们打磨、包裹世间万事万物,每一次流动都产生丰富多彩的语言内涵,水每时每刻都在与重量和速度奋斗,水的形体是运动者的规定,如果是流水的命运,事物的结果将会另外改写。

白鳍豚、江豚的命运刚好是水的语言,它交给了时光,交给空气,它无法挽留这些永恒的形式,以它自身立场和人类做永恒的告别。

旗舰　水危机信使

一种生命体我们如果举倾国之力是没有保护不了的，大熊猫便是成功例证。可白鳍豚的保护是悲剧性的,另一个残酷的事实取代远古的神话。白鳍豚的功能性灭亡,这个警世之钟还没有把我们的头脑警醒,江豚又面临同样的现实。

记得二○○八年冬季洞庭湖水鸟江豚麋鹿科学调查启动仪式，我听中国科学院水生生物研究所研究员王丁作《长江豚类的保护现状和展望》的主题演讲:“白鳍豚和江豚两种淡水哺乳动物处于食物链的最高层，作为长江生态系统的旗舰物种,长江如果不能支撑豚类的生存,有一天它也不能支撑我们人类的生存。”中国鲸类保护生物学学科组组长,二○○六年王丁作为总指挥,曾经亲历那次令国人“丢脸”的长江淡水豚类考察。如今江豚种群数量正在以每年百分之五至十的速度减少,他大声呼吁:“如果再不引起重视,再不采取行动，江豚将会继白鳍豚之后，成为长江流域灭绝的第二个物种。”

二〇一二年，世界自然基金会（WWF）与中国科学院水生生物研究所再次联合组织科学考察。结果表明：长江全流域仅剩江豚九百二十只，种群数量远远低于国宝“大熊猫”。洞庭湖约一百只左右，意味着它已经接近种群存活能力最危险的阈值。

保护生物学认为，构成自然群落的许多物种是进化的结果，处于群落中的物种不仅具有自己独特的逃避捕食者、寻找食物、捕捉食物的方式，而且相互间还有更多的依赖关系。江豚保护区内物种的存活率，同样依赖于保护区的大小，种群有一个最低生存条件，种群的灭绝有一个过程。当洞庭湖的江豚种群数量小于五十至一百时，这种远缘杂交繁殖的种群会发生近亲交配而逐渐失去适应性。在大小受到局限和生境隔离的自然保护区，灭绝是很难避免的。

生物学家常常提到“旗舰种”，这类物种的存亡可能对保护生态过程或食物链的完整性和连续性没有严重的影响，但是由于它们的魅力（外貌或其他特征）而为人们所喜爱和关注，如我国长江流域的大熊猫、金丝猴和江豚，对这类“旗舰种”动物的保护，更能唤起人们的同情，得到更多的资金以帮助保护大片生境。

气候、环境、流域的变化，工业、农业、生活的污染，拦坝、航运、采砂的破坏，全人类共同面对的难题，明挑暗斗地伤害水中游走的江豚，它的生存空间越来越危险，安全通道越来越狭窄，食物缺乏，家园遭到破坏。有毒有害的化学物质通过食物链传递，就这样悄无声息地在以鱼为食、以水为生的豚类体内积累，对江豚生存和繁衍造成直接伤害，甚至暗藏于胎盘或乳汁从孕豚或母豚传递给胎儿或幼豚。千万年遗传基因似乎正被打碎，江豚的繁衍栖息从来没有如此剧烈而深沉的挑战，它们似乎惊慌失措地向人类呼救。

最近几年，由于重视洞庭湖生态环境的保护，许多生存于此的动植物都有了向好的迹象。其中,江豚的身影也更多地出现在人们的视野中,这美丽的身影,是对为保护大自然而作出不懈努力的人们最好的褒奖。

篙锁斜阳，或鱼鹰

那天的夕阳像一片霜叶，飘起来了，圆圆的，从空中滚下来，隐入湖洲芦苇丛中，把原本葱绿的叶脉抽成了绛褐。青蓝色的云层散开的时候，斑斓纷杂的云影与水光彼此吞没，浓淡相宜地浸染，纠结为朦胧的雾气，袅袅地袅袅地舒卷着，与长堤背后的炊烟汇合，苍矣茫矣悬浮于河湖之上。就连无边的寂静也抽成暮色，如期光顾采桑河——洞庭湖东北角一处偏僻的港汊。

采桑河不知何时变得宁静多了，平坦间看不出河水流走的样子，却依然带动河底的鱼群。渔家座船抛锚水中央，鱼形风车缓缓转动，从平顶舱屋踮脚探脑朝来风方向眺望，像值勤的哨雁警惕地守护周边的动静。尖头狭肚的渔划子上空无一人，小船大船围拢一起，连成一片水上村寨。顺水寨再往上，河面支起一排绿色的养殖网箱，箱体深沉至河底，上边悬水而居两尺余高，方方正正像一丘丘水田，架往半边河岸。养殖网箱的迎水，竹竿平伸与斜支交合，一个直角三角形浮卧河面。一勾，一弦，呈人字，一群鱼鹰蹲守竹竿上，等距离排开，防止它们啄咬打架。这群鱼鹰便是杨老倌的全部生命，自从人工养殖的鱼市在江河湖海间交易，野生鲜鱼便越发显得金贵，采桑河上只杨老倌坚守这一片浪荡水域，依守旧时的生活，采集人生的金贵珍宝。

“鸬鹚西日照，晒翅满鱼梁。”鱼鹰驻架而歇，从羽翼初丰，鱼鹰的跗蹠就会系上一截绳索，养成约束习惯。夕阳斜照里，鹦鹉般红绿相环的头颈饰羽多么光艳，它们嘴啄苍天，低眼照水，一阵长风拉过来，鱼鹰耸身轻抖珠飞玉溅，把长嘴埋在羽毛里梳剪，长阔型的双翼，暗棕色羽毛勾勒出黑色的边缘，疏密层叠有序，像是鳞片编织的盔甲，伸展开来的刹那，每一片飞羽和覆羽都如此鲜亮，透出金属般的质地与光泽，如同衣饰华雍的贵妇人一般魅力四射。抖开翅膀的时候，袒露胸腹，幽幽亮亮，说它是个卖弄风情的女子亦不为过。在摆头展翅间，它们把自己清点了一遍，大大小小二十多只。

凉风从芦苇间荡出一箭沙哑粗犷的啸声，那只不甘寂寞的黑鸟便掠过河波，拖曳出长长的清浪。

这时，高高的湖堤边，出现杨老倌的身影。从河床望去，逆光剪出他的瘦高身形。杨老倌伸出右手，手指习惯地弯成丁公姿势，朝河中大喊：“野马！上来！”水中嬉戏的活物，便是他口中唤作的野马。野马听得主人声音，警觉回头，鼓翅跃出水面，身如舟行，双翅抖风，两脚点水掠空滑翔，在水面牵扯出两条细弱的浪线。杨老倌伸出长篙，唤作野马的鱼鹰便稳稳地落在篙尖。

划破的天光很快缝合了水影，暮色抚平了白昼的喧闹。杨老倌不再理会，径自转身。野马是唯一没有被绳索牵住，允许自由飞翔的鱼鹰，它迈着铿锵武士的步伐，在苇洲沙滩上摇摇摆摆冲天一鸣，咯——哦——一任沙喉喑哑搏击长空惊扰野水魂魄。老倌子放心了，有这声音的武士，会伴随他守护采桑河无尽的岁月和流水。

鸟的地理学

溯采桑河北上，旧时直抵长江调弦口，行走于江湖之间的商船，便捷地南来北往，满河风帆拖带着夹岸芦花。舟船从大河上游漂来，帆影又随流水渐渐远去。随着岁月的流逝,长江调弦口建闸堵口以御洪水,水上运输被汽车替代,采桑河渐渐淡出历史舞台。五十六年的光阴里,增长的人口把欲望写在垦耕的每一寸肥沃的水土之上,用长堤锁住湖湘最大的湿地。广袤的荒洲野水原属洞庭湖的本底,鸟类、鱼类,还有无数叫不出名字的动物、植物,它们伴水而生,相互依存,凭借湖泽洲滩繁衍生息,终是被扰人的耕作渐渐逼退。

一九九八年夏秋之交,困缚既久的龙王爷冲天一怒,翻江倒湖搅起滔天洪水,堤破垸溃的灭顶之灾,将大片的粮棉作物与精构其中的土屋瓦舍一并没收卷去。人给水出路,水给人活路,人们试图与龙王爷重修旧好,退耕还湖缩拢铁围般的长堤,收拾起残砖败瓦撤离水窝子,迁往高坡的中心集镇。杨老倌舍不得采桑河,鱼鹰总不能住进城镇吧,任人怎么劝说也不肯离开。无奈,只好允许他和其他几户老渔民依堤岸内坡搭盖一长溜三层红砖楼房,俨然半边小街。不知是谁,给取了个时髦的名字:迎宾楼。这份美好的期盼,也算是门庭冷落的另一种表述。

日子随着太阳东升西落,采桑河水涨涨落落,无论如何涨落都归入洞庭湖。野马与杨老倌死生契阔,眼下到了秋风萧瑟的季节,寒夜凄清如许,迁徙的鸟阵拉成人字,排成一字,变幻不定挪移天空与云彩。晨雾擦着草尖浸入水的骨肉,一望无垠的外湖洲滩,眨眼之间变成颤颤巍巍的鸟岛,莽青青的湖草洲上羽翼云盖,白亮的浅水把滩涂挤成无数岬角,黑压压的雁子、野鸭攒头叽咕在一起,用毛色勾肩搭背,嘎嘎的叫声随风传来,扯痛了空旷的湖面,把情话从清晨传与傍晚。从哪里来的鸬鹚,又不知飞往何方?它们并不眷顾这家族中的异类,野马知道,它们一定会去围湖大堤脚下那片杨树林里,一夜风流过后,匆忙忙赶去另一个温水的地方。野马也许会嫉妒这些远亲,同一个种类,你守住了自由,年复一年把飞翔送给洋流。我贪吃了一回便让人家卡住了脖子,任凭我扯起喉咙叫几声,甚至扑腾着翅膀追飞一段路程,毕竟家野两隔，疏远了。

再说，野马也舍不得离开杨老倌。

诞生在风景之后

杨老倌十四岁跟着父亲放养鱼鹰，经他亲手调教的鱼鹰一茬接一茬，许多鱼鹰人家都来他家捉鹰崽，“鱼鹰杨家”的声名随之播满洞庭湖区各州县。不知不觉半个多世纪的时光像河水一样流过，霜雪凝结在他的头发上再不肯消融，阳光浸染的脸庞一天到晚像喝醉了酒，鹰钩鼻子泛起酒糟红点，一双眼睛骨碌骨碌地活泛，望上去他竟然与鱼鹰有几份相像。

世纪末年的洪荒风景之后，野马意外地破壳出世。野马是杨老倌亲手从代孵的母鸡肚子底下捉出窝来的。一窝十几枚蛋，只孵出它一只宝崽。说它是宝崽一点也不为过，这些年来孵化鹰崽年年竹篮打水一场空，野马的出生，让杨老倌心中重新燃起了希望，一定是上天送给他们鱼鹰杨家的礼物。

鱼鹰嫩崽刚出窝，一坨光溜溜会抽搐的活肉，就像一只红毛老鼠，眼睛不会睁开，听到脚步声近，便知呼饥号寒。肚子饿，它张开尖嘴唧唧唧唧地叫唤。感觉冷，便像蛤蟆鼓气伸长脖子一呼一噗。杨老倌如同晚年得了个满崽，见宝崽身上发冷，赶紧给它围紧挣乱的草絮。开肚的食物，杨老倌侍弄得特别精细，河洲一种叫作革命草的草窝子底下捉来鲜活鳝鱼，先剪尾滴血，让血滴汩汩流入瓷碗内盛着。抄起柳叶利刃，将鳝鱼破肚，剖刺，细细地切成肉丝，放入血碗中搅拌，浸润成红殷殷的营养鳝片。小家伙唧唧地张嘴讨吃，杨老倌心中有数，任它再怎么闹，每次当吃五片的，只喂它三片，怕喂得太饱毛病多，宁愿多分几次喂，不怕麻烦。喂上一个星期，小家伙的眼睛睁开了，身上长出绒毛，可以喂鱼了。自此眼看一天一个样，约二十来天，鱼鹰长出雏羽，雄威的架势便露显出来了。

这天杨老倌下河，错过喂食时间，匆忙之中，一条毛花鱼递过去，野马早就饿得哦哦直叫唤，性急地扑上去伸嘴一啄，杨老倌来不及缩手，中指尖被戳得鲜血直流。“嗬，这么厉害！”顾不上手痛，杨老倌疼爱地顺手给它脑壳上敲几丁公。或许从那时起，野马便记住了杨老倌的丁公弯指。转眼五十多天过去，野马体羽生齐，它不停地扑翅叫唤，得离巢觅食，跟成鹰下河捕鱼。

左岸的动物

在外人眼中，鱼鹰看起来仿佛生得一个模样，杨老倌眼睛一扫，每只鱼鹰的毛色、体态、性格，甚至于聪明程度，他都一一了然于胸。杨老倌会依据每只鱼鹰的特点，给它取一个叫起来顺口、听上去响亮的名字，如同给孩子取的诨名。比如毛色深浅不同，叫黄毛，叫黑毛，还有灰毛。那只动作总是慢半拍的叫憨巴，凡事打抢冲在最前面的便叫抢食叼。洞庭湖俗语，野马指成天不落屋具有反叛性格的少年，落在一只鱼鹰身上，可见野马分外的特立独行。

平心而论，生有一双长阔翅膀的飞禽，要想驯化得服服帖帖，听从主人的调摆，把它喜爱的捕获物乖乖地吐出来上交，显然不是容易的事。人为财死，鸟为食亡。杨老倌说，卡住鱼鹰的食物，便捏住了它的生死命门。余下的事情，只不过久而久之让它养成习惯。驯化鱼鹰，几十年来他得心应手，唯独在野马面前险些栽了跟头。

上午九十点钟的光景，隔夜食消化得一干二净，饥饿会产生捕食的原动力，鱼鹰们急迫地伸颈翘尾叫唤不停，该下河作业了。松开鱼鹰脚绑，杨老倌一把拎着鱼鹰的长脖子，绕喉结系上一根稻草，两个线头从乌黑的颈部呈八字形张支，像绅士礼服上的金色领结。死结套住鱼鹰的喉管，使它无法吞食够上斤两的大鱼。捕上一条大鱼，主人会赏给一条小鱼作为奖励。劳作半个来小时，哪只鱼鹰捉鱼多，就让它先上船歇缓一会儿。杨老倌坚持一条，不管什么情形，绝对不能让鱼鹰吃饱，吃饱了，自然会舍不得卖力。

或许幼时过于溺爱，野马体质好经得挨饿，并不在乎这种小儿科的激励。一丢入河中，野马扇动它久窝的翅膀，扑扑地在水面上练起踏水舞蹈，东边飞来，西边飞去，搅得满河不得安宁，同伴不再安心捕鱼，毕竟玩乐有时比吃喝更有滋味。

对不听话的鱼鹰，照例得杀鸡儆猴，给挑头闹事者处以严厉惩罚。杨老倌划船拢前，举起手上的挑篙，劈头盖脸扫过去："老子打死你这匹野马！我叫你乱蹦！叫你乱蹦！"野马一见势头不对，一个长凫潜入水底，能逃多远便逃多远。它从远处钻出水面，只见杨老倌在船上扬篙跺脚，大骂不绝。它不知素来疼爱它的主人，为何突然之间像变成另外一个人，变得如此粗声蛮气。且不理他，径自偷着玩乐。

杨老倌自然有狠招，野马归群，杨老倌冷不防一把揪住野马的脖子，另一只手卡住双翅腋窝，把它往死里摁进水："我叫你乱跑！叫你乱跑！老子呛死你这匹野马！"野马起初奋翅挣扎，泼乱一阵水浪，无奈鱼鹰凫水的本领再高，毕竟在水底憋不了三五分钟，野马七魂二魄全然失散，被杨老倌丢上河岸，瘫软在烂泥里，浊液自喉管往外直冒，连翅翼都无力抖动一下。

从那以后，野马知道杨老倌喊叫"ye-ma!"便是对它发出的命令。望着杨老倌手中的挑篙一举，或是鱼招子往船板上一顿，野马便懂了，自己该是收敛的时候了。

种族歌剧

野马蹲守鹰架子上，鱼鹰都缚上了架。脚下的采桑河水有点混浊，泛起灰黄的光亮。野马微微扬昂头颅，鹰钩嘴斜指天空，不时苍凉地鸣叫一声。蓝宝石眼睛泛着幽亮的绿光,眼尖处一点铜钱大的橙黄色,与上喉部半圈白毛相衬,斜照余晖里格外醒目。它头顶和下喉部的短毛间,夹杂着丝丝细细的白羽,表明野马正处于精力旺盛的生殖期。

杨老倌一直把繁殖鱼鹰的希望寄托在野马身上,野马膘壮毛齐,游水速度快,追鱼下嘴狠。其他鱼鹰胆敢近前抢食,它会放弃追鱼,先与挑战者啄斗。明明它在划子上歇脚,别的鱼鹰叼着鱼送近来,它喜欢突然来个饿鹰扑食,抢不到鱼,啄几下鱼尾巴,围拢主人邀功讨赏。如此优良健壮的种鹰,一生可遇不可求,杨老倌总是宽慰和鼓励自己,野马是上天送给他最后的礼物。群内养有三只成年母鱼鹰,年关岁末的日子,正是捕鱼旺季,杨老倌宁可减少收入,也不让种鹰下水,让它们吃好,歇好,养得容光羽亮,好让它们承担起繁衍种群的神圣使命。

野马与母鹰的交配,看来无可挑剔。母鹰下蛋,隔日一个,隔一日又一个。母鹰下蛋的时候,野马蹲守窝前寸步不离,哪只公鹰想浑水摸鱼插上一腿,野马“哦!哦!哦!”厉声吼叫,扇扑翅膀拍打来犯之敌,捍卫神圣的夫权、父权。鱼鹰蛋比鸭蛋略大,蛋壳浅绿色,杨老倌一个一个对着光亮挑选,挑选个大体圆的受精卵,送到抱巢的母鸡窝里代孵,最多的一窝,有三十多枚种蛋。杨老倌心中充满希冀,期待重新听到鱼鹰嫩崽的唧唧鸣唱,他虔诚地祈祷上天保佑,保佑祖代相传的“鱼鹰杨家”不至于在自己手上断绝了香火。

又是几年过去,偏没有孵出一只鹰崽来,鱼鹰寡蛋就是放油煎也没有人吃,繁衍的希望就在这年复一年的明晦交替中渐渐暗淡,杨老倌终是灰心丧气。野马的交配变成了阉鸡踩水浪费表情,踩不踩水,杨老倌后来不再关心了,自然也不再另眼相看,不再让野马与母鹰享受那段吃喝玩乐的清闲日子。下湖作业,野马一时来了劲,仍然会追逐异性,挣扎着爬上背去。嫌它碍眼睛,杨老倌总是呵斥一声,棒打鸳鸯一挑篙扫过去。

鸟与荷

一个荷花盛开的特别日子,野马给杨老倌长足了脸。

洞庭湖野生荷花节开幕式,特设鱼鹰捕鱼表演项目,同时也是首届洞庭湖区鱼鹰王争霸赛。竞赛以半个小时为限,设尾数、总重、单重三个单项冠军,综合主人与鱼鹰的表现,由评委会评定最佳搭档,授予“洞庭鱼鹰王”荣誉称号。

鱼鹰人家守着一份古老的传统业次, 却又眼睁睁地看着鱼鹰种群的衰败而无可奈何,听说有了这么一个展示与竞争的舞台,东洞庭、西洞庭,还有南洞庭湖,包括湖北监利、石首、洪湖的,本省长沙、益阳、常德的,岳阳本地南津湖、黄盖湖、芭蕉湖、鹤龙湖的,各路鱼鹰高手踊跃应召,一决雌雄。

采桑河附近的团湖荷花公园,五千多亩荷莲蔽水连天,享有中国野生荷花之乡的美称。火辣辣的阳光下,团团荷叶撑起绿伞,密密匝匝地遮盖水底世界,偏是盏盏荷花争奇斗艳,如同点点红烛,将满湖无边无尽的生命照亮。黝黑的团湖鲫鱼,油黄的团湖鲤鱼,成群结队地在花枝莲蓬之间快活游戏,激起浪荡的水花。撑开一只采莲游船,枝动花摇的吱吱声,艳丽的光影飘逸,将沁人的寂静荡向荷湖深处。白鸟不时惊起,款款地从绿湖腾升,在明净的空中盘旋,复落入远处的荷莲丛中。

这些花花絮絮,野马当然不知道。杨老倌点篙,渔划子朝指定水域撑去,一片荷莲稀疏的宽阔水域,下湖的鱼鹰特别多,围观的人特别多,吵吵闹闹的。野马蹲在船舷,它本是“人来疯”,弯颈仰头,双翅耸抬,尾翼上翘,朝天伸展长嘴,喉咙深处不停地发出咯咯的叫声,全身抖颤像一只被激怒的斗鸡格外兴奋。

只听一声哨响,杨老倌横挥挑篙,野马收翅扑下水去。各路鱼鹰浮游四散，乌黑的颈脖在水面左顾右盼，主人急切地用挑篙尖尾拍打水响，溅起水花催促自家鱼鹰快快潜水追鱼，湖上一时风生水起。野马不慌不忙地划水，杨老倌不紧不慢地划船，顺势用橹片挑水泼戽野马，替它助威鼓劲。就在这时，岸上响起一阵热烈的掌声，谁家鱼鹰首开纪录，死死地叼住鱼脑壳，鱼尾巴一抖一抖，扑扑地朝主人船边游去。主人立马伸出长竿的鱼招子接应，鱼鹰一吐嘴，猎物落入网兜，主人高高举起向四周观众炫耀，是一条约半斤来重的黄牯鱼。接下来的时间，掌声、笑声、欢呼声与水浪声连成一片。各路鱼鹰好手尽显身手，有连鹰带鱼泼刺刺挑上船的，有主人俯身探手掰开鹰嘴取鱼的，团湖鲤鱼、团湖鲫鱼、大头雄鱼、胖鲇鱼、肥草鱼、刺鳜鱼，各色鱼种像是有意助兴，纷纷被鱼鹰的长嘴叼上来。

眼看比赛接近尾声，人家捕了两三条，杨老倌连鱼招子还没有打湿呢。野马依旧不紧不慢地扎下水去，又浮上来，一双祖母绿宝石眼睛左右搜寻，微张的嘴里空空如也。杨老倌心里有些着急，一边加快摇动双橹，一边用脚踏响卧搁在小舟上的鱼招子，嗒嗒！嗒嗒！嗒嗒嗒！节奏越来越急促。

就在这时，野马游水动作明显加快，它一边往前游，一边回头注意主人是否跟上。杨老倌会意，用力加速荡船，野马对上眼神，一个猛子扎下水去。杨老倌一边随手荡橹，一边注目巡视，只见船头不远处，湖面犁开一道浪痕，野马乌黑的背脊露出水面，脑壳却一直浸在水里。逮着大鱼了！杨老倌心头一喜，歇橹稳住渔船，双手举持招子，严阵以待。果然，野马忽然调转头直奔渔船游来，杨老倌双手举稳招子，说时迟，那时快，就在箭影与划子平行的刹那，招子直插野马嘴下将猎物截住，杨老倌顺势猛然将鱼兜沉沉地提出水面，哗啦啦水响，哦嗬！好大一条团湖鲤鱼，尾巴伸出兜外边好长一截，观众的欢呼声摇醉满湖荷莲。

以水中冲力硬拼，野马根本不是大鲤鱼的对手。野马机灵，它死死啄住鲤鱼的一支划鳍，不弄痛鱼，它自然不会挣扎乱窜，猎物却已是无法脱逃，野马咬着它游走，顺势把鲤鱼带上水面。野马知道，主人一定会张网以待。

鸣金收兵，比赛结果，大鲤鱼重十二斤八两，单重和总重第一。毫无争议，野马和杨老倌扛回了“洞庭鱼鹰王”金匾。

杨老倌一高兴，抄起剖鱼刀，将野马脚上绳索的死结挑断了。

还有——

紧随野马身旁，鹰架上有六只雏鹰分叉两排站立。雏鹰上体羽毛棕褐色，胸脯仍是白色的，像系着白兜兜的幼儿，看起来比家鸭大不了多少。它们晾翅摆势的，似乎随时会扑下河去显试身手。这批接脚鱼鹰，杨老倌费了老大的劲。它们从微山湖采买，坐汽车转火车，像侍候老祖宗似的，总算安然带回洞庭湖。

杨老倌这群鱼鹰，如今恐怕是洞庭湖上最后的人工饲养种群了。只几年工夫，昔日与野马同打擂台的鱼鹰，大多杳无音信。洞庭湖上到处是迷魂网阵、电打鱼船，养鱼鹰算不来账，采桑河上昔日与他一同放养鱼鹰的伙伴，早就改了行当。鱼鹰老的老，亡的亡，像人一样会寿终正寝，再不补充接脚的，洞庭湖鱼鹰莫非在自己手上绝迹？杨老倌一辈子与鱼鹰为伴，这号断香火的事，绝对不能发生在自己手上。杨老倌四处寻访，访得数千里之外的微山湖，虽然心痛捕鱼换来的票子，别无他法。

杨老倌心里清楚，无后绝种的结局不能归罪于野马，就像天要下雨娘要嫁人，连神仙也无法挽回。就在洞庭湖畔的巴陵古城，有座金鹗山，过去金鹗翔集，金鹗比鸬鹚更为凶猛，会像老鹰一样用爪子捕鱼，渔民敬为神鸟。不知从什么时候起，金鹗在洞庭湖上悄然绝迹。后来听说是农村使用化学农药，稻田、菜地里到处喷洒，污染了河水湖水，农药残留在鱼身上，金鹗吃了受污染的鱼，便孵不出嫩崽来了。

又一群鸬鹚披着暮色匆匆忙忙地从河上飞过，飞向夕阳燃烧的天边，寂静的湖野，传来翅膀振动空气的扑扑声，如风吹草地，亦如野马掠过水面。野马的鹰眼，随着飞行的鸬鹚阵队转动，它的目光与思绪或许已经起飞，身子却是一动也不动，呆呆地保持晾翅的姿势。莫非它已经忘记一飞冲天，尽管主人早已挑断它脚上的绳索。

最后一抹斜晖像往常一样，从鱼鹰脚下随采桑河水无声地散漫开去。

一条泥鳅掀起浪

一罐活泥鳅，堂侄说给我捎着，阔口的塑料瓶内，青黑色的泥鳅长短大小不一，清清楚楚，五个手指粗细的都有，当然是有大拇指粗壮的最长。无人打扰，它们层层叠叠安安静静地待着，就算甲的尾巴压盖住乙的脑壳，丙的身子见不着天日出不了气，大家挤作一团蛰伏水底，相安无事。人总是这样，明明知道没有什么秘密，少不了随手揭开红色的瓶盖，探头窥视一眼，全然不在乎这些身陷困境的囚徒们，任何细微的惊动都会炸锅，它们似乎知道未来的命运，霎时乱作一团，如同受惊的鸟兽一样，恨不能插上翅膀腾开四蹄，毫无目标地乱冲，以最快的速度离开这个嗅得到死亡气息的地方。无奈鱼儿离不开水，一条泥鳅纵然跳出瓶口，落入干巴巴的大地，虽说能够蹦跶得更高更自由一些，可只会落气得更快。好死不如赖活，苟且地回到水罐吧。我没有征询一条泥鳅的意见，伸手便把它捉了回去。

这条泥鳅似乎怏怏不服，扭动尾巴贼眉鼠眼地盯我一眼。

我报之以白眼。一条泥鳅能掀起什么大浪？人类从来不屑于听泥鳅发表意见。

奇了怪,我忽然觉得有话要说。

关于泥鳅。

泥鳅身体细长,长可三四寸,肉质松软,感觉它通身是劲,总是不屈地扭动。黄褐色的皮肤表面,生有不规则的黑色斑点,这种伪装纯粹是方便在混浊的泥水中潜逃。尖头小嘴,长着五对短胡须,贼贼的嘴脸,看起来活像狡黠的老鼠一般令人讨厌。更可恨的是,泥鳅周身分泌出黏液,虽不是特别的腥,但捏不紧揪不住,你的手越用劲它出溜得越远,一溜便脱手。

“滑得像泥鳅一样。”泥鳅在人们的印象中,从来就是那种光溜滑头只求自保的小人物。如果够得上老奸巨猾,它就算成不了狐狸也成了豺狼。泥鳅就是泥鳅,再怎么粗长壮大也比不上一条黄鳝。

泥鳅生活在生物链的底层,喜欢在水底的泥土中待着,并不怎么在大庭广众面前抛头露脸。这种习性是泥鳅天生的自保方式,无论遇到什么情形,它总是往水底泥底的深处钻。即使遇到闷热天气,久久地待在水底下,实在憋不住气了,它也只是匆匆地蹿出水面,伸出尖嘴巴在空中吸上一口新鲜空气,只吸一口,立马一个孙悟空式的筋斗云,掉头摆尾复潜游入水。像深居闺中的乖巧女孩,从来不做探头探脑、东张西望、有失身份的事。

卑微的小人物总是摆脱不了受讽刺被侮辱的地位,人们带着瞧不起的口吻嘲笑:“这滑头总往泡处钻。”

其实,泥鳅外表溜滑,内心却很实在,天生一根直肠子,肠壁很薄,上面充满微血管。泥鳅除了用嘴巴吐故纳新,还能进行肠呼吸。当积水干涸的时候,泥鳅钻进泥土中,像动物冬眠一样不吃不喝,就是靠肠呼吸来维持生命。如此看来,泥鳅并没有人们所说的那么多花花肠子,它绝对不是刁民,称得上是个好百姓,与世无争。它摄食的对象,无非是一些人们看不上眼的小虾或昆虫，据说也吃一些水生植物，谁也没有在意，泥鳅到底靠吃什么活命。

人们认准泥鳅不吃东西能活很长时间，如我一样，一罐活泥鳅弄回来，通常得养一些日子，让泥鳅把肠子里的脏东西都反吐出来，不给泥鳅喂食，想喂也不知道该喂什么，只是换水，把充满悬浮物的浊水倒掉，换清水。水养清了，泥鳅的一生便走到了尽头。

做泥鳅不像其他鱼，不需要破肠肚。前面说过，泥鳅只有一根直肠子，没有什么坏下水，干净得很，倒是满满一肚子黄色的卵，一层白膜包裹成条块状，味道比肉还好吃，唧吧唧吧有点黏牙。

吃过泥鳅的人，谁都知道泥鳅的清白，从来没有人替泥鳅说句公道话。

泥鳅作为水鲜珍品，蒸熬煎炸无不可口。最有原汁原味，当属故乡的腊肉煮泥鳅，不需油盐，端上桌时撒点葱姜碎末即可。要点在于掌握火候，泥鳅要煮得酥而不烂，太烂了夹不起来，未到火候又剔不出刺。用竹筷夹住颈根，将泥鳅尾巴朝下放入嘴内，合上双齿轻咬，筷子夹紧平稳地微微用力，泥鳅的尖脑袋便连着一脊整刺拖带出来，留下满口嫩肉鲜汁，美味佳肴。所谓心急吃不得热豆腐，吃泥鳅亦然。

现在有一种营养学观点，无鳞鱼比有鳞鱼更滋补。不管如何，泥鳅是上了本草的。泥鳅纲目说，味甘，性平，暖中益气，吃了可以醒酒，还可以解除消渴症，糖尿病人可以多熬点泥鳅汤喝。同米粉一起煮食，可以调补中焦脾胃，治疗痔疮。

有趣的是，《本草纲目》中，李时珍还记载了泥鳅钻劲的特殊功效：治异物鲠喉。用线捆住活泥鳅的头，将它的尾巴朝里，先放入喉中，然后将泥鳅拉出来，异物自然会拉带出来。这事得胆大心细手巧，说起来容易做起来难，碰到异物鲠喉的紧急情况，恐怕还是往医院里送好。倒入一瓢活泥鳅，用来疏通楼房被淤塞的下水道，倒是不妨一试。

泥鳅满身黏液，不好捉吗？来，做个泥鳅扎子对付它。

选一根一米来长、半寸宽的青篾条，到铺子里买两包缝棉被用的钢针，约两寸长一根，一包十根。将青篾条的一端剖开约二十厘米长的口子，用细铁丝将钢针穿成串，像梳齿一样，相隔半厘米一根针，细密匀称地把它夹在篾条的开口间，细铁丝扎紧，一把长柄铁梳子便武装起来了。当然不能梳头发，不梳得头破血流才怪呢，扎泥鳅专用，叫它泥鳅扎子。

泥鳅扎子适宜在水田、沟渠边上的浅水区作业。春插过后，禾苗刚刚返青，还没有封垄，水田里有脚背深的水，横排竖行，站在田埂上看得清清朗朗，扎泥鳅最好的时候。

春回大地，水润沃野，锋利的犁耙，将僵硬板结的泥土重新侍弄得松软温润，水田里所有的生物，欣欣然，伴着日夜茁壮成长的禾苗，尽情展示大自然生命的韵律。泥鳅在冬干田里度过了暗无天日的艰苦时日，该是舒畅地享受阳光雨露的时候了。

明亮的阳光下，田埂上出现两个男孩的身影。高个子手握钢针扎子，稍矮的拖着圆把木桶紧随其后。两双稚亮的目光，始终投向青青的禾苗，在行距间的水底逡巡。

“哥，这儿一条！”“那儿还有一条！”脆声中带有抑制不住的兴奋。

哥不哼声，聚精会神稳稳地将扎子伸出去，他早已发现自己的猎物。像一只老鹰凌空扑食，扎子突然朝泥水中伸出钢爪，翻起混浊的泥浆，钢爪摄住一条泥鳅，带着噼噼啪啪的挣扎声，一转手腕顺势朝田埂上的桶口飞去，只听“砰砰”，扎子长柄响亮地在桶沿边上连敲两下，遭劫的泥鳅跌入桶底，殷红的血丝从身上的针眼处渗出来。

这个动作得一气呵成，钢针没有倒刺，稍迟缓，到手的泥鳅便会挣脱樊笼。

"那里！那里！"我大声地指点。"别吵！"泥鳅狡猾得很，发现势头不对，它就会溜之大吉，往泥巴深处钻。

蹑手蹑脚，轻声细语，扎泥鳅，活像做贼一样。

像做贼一样偷偷摸摸，还有另外的原因。

夜幕降临，星光灿烂，蛙声与虫鸣交奏，此起彼伏，空旷的田野显得格外迷人。

提着一盏渔火，借助星光，踏着高高低低的青石板出门，很快拐下去，游进水汪汪的田野，田埂上一路有蛤蟆从脚背上跳过去。

黑夜里扎泥鳅，照明上升为第一要素，扎泥鳅改称照泥鳅。

照泥鳅的灯盏，洋铁皮敲成，模样跟酒店里的弯把长嘴茶壶差不多，当然只有酱醋壶那么大。一根棉纱灯芯，从细长的嘴巴里吐出来，烧煤油，没有煤油，柴油也好。

这其实是近代的进步，没有洋油点灯的时候，照泥鳅也点松明火把，用一块灯罩似的洋铁皮架着烧。

跟在细姨身后，我照，细姨扎。细姨用泥鳅扎子当赶蛇棒，走在前面开路。洋铁皮灯盏加上铁丝弯就的长提手，再接一段绳子，吊在小竹竿头，走起来晃晃荡荡。火舌红里带蓝，拖着长长的黑烟，风很轻，灯火摇摆几下，将黑烟吹散。只有飞蛾与蠓虫不怕死，从四面八方飞拢来，围着火苗扑。

照泥鳅，出夜门，细姨一定要我穿上她的大套靴，怕蛇咬我。你为什么打双赤脚？细姨不怕蛇，只怕杨麻佬。万一杨麻佬来了，打赤脚跑得快。

提起杨麻佬，谁的头皮都会发麻，我也怕。我怕他，倒不因为他是生产队长，他只能管外婆、管建舅、管细姨他们，我的户口在城里。我也怕他，我和秋伢子、森牛屎几个伙伴在一起，少不了捡田螺，打蛤蟆，钓鱼，捉泥鳅。在杨麻佬眼中，这些都是偷鸡摸狗破坏集体经济的犯罪行为，他经常抄一根扁担，追赶得我们汤漂水泻满塅跑。

如果被杨麻佬捉住,那就惨啦！所有的犯罪工具一律踏个稀巴烂,生产队群众大会上挨批斗,还得受罚。他说扣口粮多少,全家就得饿肚子。

用得起手电筒,照泥鳅的灯盏淘汰了,照泥鳅的人也少了。大家更愿意照青蛙,将电筒光对准青蛙一射,它就看不清了,端端地坐着不动,等人伸手去捡。

蛇吃青蛙,照泥鳅最怕蛇。

建舅不扎泥鳅,他放钻籁,泥鳅会自己爬进钻籁里去。

分田到户,后山的楠竹可以砍了。放倒一根楠竹,建舅自己动手编织钻籁,披丫,对剖,破篾,织籁,弄得堂屋里到处弥漫着浓郁的清香。建舅有一双灵巧的手,眨眼间,竹筒变成了大把篾丝,一把篾丝变成了钻籁。竹丝编成的钻籁,形状如一只插花瓶,敞口紧尾,口内却留有倒须,泥鳅钻进去,就出不来了。

我羡慕不已,缠着建舅给我削陀螺,做手枪。

不必怕杨麻佬了, 可以大大方方地跟建舅放泥鳅。水库里放出来的清水,按地势从上丘流到下丘,流淌的活水对泥鳅有特别的吸引力,它们也乐意旅旅游。每丘田的缺口,经常会有泥鳅摆动尾巴,扑腾着上水、下水,将钻籁安置在水口嘴,用石块或泥巴压住,黑暗的钻籁内,流水哗哗作响,泥鳅以为找到了水帘洞,迫不及待钻进去,结果上不去,出不来,这才发现落入了陷阱。

借着暮色放,踏着晨光取。放泥鳅的人,总是挑着一担用竹夹子堆码整齐的钻籁,匆匆行走在迷蒙的雾色中。

钓鱼的时候,偶尔会钓到身躯肥壮的泥鳅。看到过钓黄鳝的,似乎没有专门钓泥鳅的,这应当与泥鳅的食性有关。

钓黄鳝很有意思。池塘岸坎的石缝内,黄鳝喜欢在那儿蜗居。钓黄鳝的人,用长竹签穿上蚯蚓,一抓一大把,一根一根从水中伸进石缝中去。如果哪个石缝内有黄鳝,它会推咬这个不速之客。竹签的抽动,自然会将黄鳝的藏身之处暴露。钓客会心一笑,扯出竹签,将带钓钩的铁签上好诱饵,复伸了进去。性格温顺的黄鳝,果然对二度骚扰的入侵者更为恼怒,张开三角形的尖阔嘴一口咬住,被拉出水面还不肯松口。

汨罗江里有一种锯鳅,背上长有一排锯齿似的尖刺,却是很喜欢咬钓。小时候我们在大码头钓鱼,总会钓上几条锯鳅。锯鳅,喜欢吃蚯蚓,咬钓比嫩子鱼更凶狠,它拖着浮标往深水沉下去,你顺势将钓竿一提,很少扯空。美中不足的是,锯鳅取钓比较麻烦,它挂在钓钩上乱蹦,锯刺容易扎伤手。我们笨办法对付,用脚踩住它,只露出尖脑袋,取下钓钩后,将杨柳条从它的鳃帮子穿过去,提起来再松脚,锯刺只能缠住杨柳条,白费力气了。

锯鳅不宜煮汤,油炸枯了,吃起来很香。

腊月里,家家户户得准备咸鱼腊肉过大年,杀过年猪的人家,早早地动手,少不了请乡邻吃洗猪的心肺汤,寂静的乡村变得热闹起来。水库山塘,放水干塘的时候到了。先拔去涵管的塞子,水一天天浅下去,成群的鱼,在锅底的积水中游窜,掀起行船一样的波浪。龙骨水车架起来,吱吱呀呀踩得风快,大家眼巴巴地守着,等着,分几条鲜鱼过年。

泥鳅知道大势不好,一股脑扎入淤泥脚底,不再露脸。

水干涸了,鱼捞走了,人群散去,就连路过的脚步,也不再停留下来。布满淤泥的山塘,归于死一般的寂静。只有螺蛳在泥泞的池底爬过,留下一道道粗线条的痕迹。偶尔有螃蟹从泥底钻出来,坚硬的外壳,发出铜锈似的绿光。

趁淤泥没有干枯板结，盘泥鳅去。

将裤脚高挽上膝盖，带一只搪瓷脸盆，赤脚踏进小腿深的污泥中，冰凉的泥腥气，从脚底贯穿全身，似乎从我喉咙里漫出来。好在很快就同流合污，不知其臭。盘泥鳅最好的工具，莫过于灵巧的双手。十指耙头有力地插入稀软的黑色淤泥，正像用锄头翻土一般，将泥土朝胯下翻过来。十指耙头如钢铁般冰冷僵硬，却丝毫也不影响机械作业的节奏。一扒一翻，一扒一翻，势如破竹地朝前方扩大攻城略地的战果。自以为逃过劫难，从此安然无恙的泥鳅，从隐秘的藏身之地，突然暴露于光天化日之下，慌乱中它使出惯用的逃生术，匆忙地朝泡泥深处钻去。无奈，它怎敌得过人类进化万万年的双手，用不着抓它，只双手合掌，泥鳅便被捧在掌心，乖乖地一个出溜，它自己跳进搪瓷脸盆内。

我正用同样的动作，双手合掌，一捧一捧，将泥鳅引入紫砂炖锅。腊肉骨头已经洗净剁好，泥鳅闻到香气，噼噼啪啪扭身摆尾只往底里钻。突然，一条泥鳅，以一个优美的弹弓鱼跃，从半尺深的锅底跳出来，落在灶台的洗碗盆内。意外，让我的思维转了弯，我下意识地伸手堵死它唯一的生路，怕它逃往下水道。泥鳅倔强地不停蹦跳，它终于累了，平躺着，右眼定睛盯着我，大口喘气，嘴巴喷出水泡，发出“吱吱”的呢喃声。若有若无的细微声音，如同幻觉，却唤醒我的记忆。我确认：它就是那天对我怏怏不服的小家伙！

就在这一刻，慈悲如一眼清澈的山泉水，冲破尘世污垢的凝压，从我的内心喷涌出来。我用温情的目光抚慰它的周身，可怜的小东西，还不足两寸长的小嫩崽。

我决定改变一条泥鳅的命运。

奇怪，独自一条泥鳅，我忽然害怕它孤独，担心它无法找到配种，难以繁衍新的生命。我将它捉回水罐，连剩下的泥鳅索性一起留下来。

院子的南边垒有一座假山，假山上预埋有自来水管，瀑布按人的意志，从山顶跌落下来，流进山脚条盆状的聚水池。据说有风水先生指点，院子依山而缺水，于是给我提早准备了放生池。瀑布已是很长一段时间没有流过，水池干涸一截，水深约两尺。一群黄色的锦鲤，如同深山古寺身穿袈裟的僧人，无事闲游，过着安详而寡味的日子。

水罐里的泥鳅，我仔细数一数，还有九条。夕阳从瓶体穿过，它们不安地上下翻游。我探下身手，尽可能贴近池水，一股短浅的清流夹裹着泥鳅倾泻而下。小不点显然没有领会我的善意，转过身子试图溯水钻回水罐。“蠢宝！”我骂一声，抬手将它甩得更远。

蠢宝还算通人性，它不像其他幸运者，头也不回便欢快地潜往深底，黑色的精灵，它从东往西足足浮游四米多远，抵达池岸边，转过来头朝我，探出小嘴吸口清新的空气，这才驾起优美的筋斗云，重返无拘无束的极乐世界。

小尾巴漾起涟漪，还在我的心海翻腾。

稻耕，牛哞的绝唱

牧童晨曲

乡村的寂静与鸟鸣交响，风吹浪走般飘飘荡荡地，哦，应当是多情的乌鸫吧，求偶季节来临，橘黄嘴巴的雄歌手，它守护香樟树高尖上，统率广袤的原野，敏锐的目光捎带歌声传播远方。听它展示模仿的本事，悦耳的召唤号令，喉咙特别奇妙而优美：

知我去知我去知我去，
吱吱吱吱吱，
屁颠屁颠屁颠，
喳喳喳，
谁去追我谁去追我，
鬼追呀谁去追谁去追，
追忆追忆追忆……

黎明的歌声如此甜蜜，不停地弹拨心灵深处的大自然之琴。半个世纪时光流逝，我回老家，每天清晨散步，屁颠屁颠地跟锡哥去放牛。

锡哥喂养一头黄牛婆，四岁了，刚产一头牛崽，圆鼓肚子里又有了种，一头好母牛。它通体暗黄，鼻子尖带灰白，两只大眼睛注意看我，温善和睦地看，打量我的来意。它不再怕我，或许捉摸，为什么与主人结伴，牵领它同去河边草滩。泥泞的机耕路上，铁牛行线的轨迹沉陷，泥巴坎坷杂草枯黄，露珠儿伴着草籽粒沾落鞋帮与裤脚。牛牯最喜欢吃露水草，仰头张嘴哞吼几声，尾巴长甩地缓步踏行，伸舌扫嚼青青的油草，借助烂坑或稀泥，牛蹄歪弹地重溅几脚，圆凹字形印。小牛崽像依然自由的孩童，随意乱奔蹦跳，眨眼间便跑去油菜田，玩得不亦乐乎。听母亲的牛哞叫唤，立马快跑跟上。

我与锡哥、牛牯朝东向前，走近河滩野岸，老桥依然跨河连通，通往对岸楼屋排列烟囱高耸的集镇。老河从东山寺水库流来，绕半个大圈，穿越平坦富饶的丘陵地带，由南到北注入东逝的汨罗江。弯弯的樟树湾，曾有合抱大的古樟树高壮挺立，河滩平坦，深潭清亮。若遇如此炎热的夏季，水牛困水，黄牛遮阴，放牛娃割草、钓鱼、捉泥鳅、剥菱角，从来便是最繁华的河滩地带。二十世纪七十年代，改天换地的英雄壮志，将弯弯曲曲的老河改成高岸长堤的直河。古樟树砍断挖空，连河湾一起被割断，老河填泥改水田，以扩大水稻种植面积，解决饿肚子的吃饭难题。从此长河两岸直立两丈多高，水牛与孩童再也下不了河。

准确地说，如今只有樟树湾最后一片河滩。数十年光阴，我不知樟树湾如何应对挑战。眼下的现实是，春夏雨季的大水不知多少回冲垮河岸，梦想的那片耕田，始终淤泥积水，杂草茂盛，樟树湾成为唯一的荒野外滩。牛与人高兴，摩抚河岸新植的香樟树枝叶，踏奔斜坡青草地，走近水池沼泽，追寻牛耕时代的快乐时光。

还有大水牛赶早，肚子已经吃饱，它躺卧杂草丛中歇个气，野芋头青叶像盾牌一样，四肢潜伏草底，背脊沾满泥浆，鼓鼓胀胀的，如同荒野的乌金矿石，弯弯牛角尖钻出来。一只通体雪白的牛背鹭，黄嘴巴，黑眼睛，忠诚地守护牛背脊上，捕食令水牛讨厌的苍蝇和虻虫。牛背鹭的警觉似乎提醒水牛，大水牯站起来，粗尾巴左摇右甩，仰起身身高头低地开始吃草，泥脚水步朝灯芯草转移。两对牛背鹭，依然像贴身警卫似的跟随它，一起走走停停。

黄牛喜欢沼泽草滩，油绿色或黄绿色草丛满地飘荡，下水池吃吃草，上岸坎歇歇气。我与黄牛婆对眼，它竟然觉得不好意思，轻步浅移地低头吃草，不再追踪我的行动，听得舌头扫荡草叶的轻风。芦苇、茭笋、沼泽水塘高高的丛生植物，或许比稻田有更多的虫草，黄嘴黑尖的中白鹭最喜欢的低洼潮湿地带，它钻藏林中觅食，丛林浓密，大个子钻不过去，轻飘飘地扇几翅膀，翩翩地迁移。两只小鸊鷉从水底钻出来，浮萍、紫萍、眼子菜、浮草朵朵鼓动它们漂浮游玩。睡莲圆叶团团，像青绿的大盖帽遮揽水面阳光，夹杂芡实、野菱浮水植物之间。咯咯，咯咯，哦，黑水鸡夫妻来了，教导幼崽寻食，清脆的鸡鸣声将宁静的晨光摇晃荡漾。

如此美丽安宁的景象，水中央竹竿尖头有一只金蓝色翠鸟，它也安静地仔细观望，期待捕捉游鱼，我们共享的寂静快乐晨光。不料噗噗声响沿河岸传来，一辆摩托车在樟树湾停下来，自然惊飞白鹭与翠鸟，小鸊鷉一个翻斗觅下水底，黑水鸡全家深藏不见。我来不及招呼，年轻汉子身穿齐胸腰高的防雨水裤，急匆匆地大步跨下水泽。他俯身水草丛中，一套竹笼钻籁搜拿起来，水淋淋地夹在腋下，复大步向前，接连搜拿出四只钻籁，显然是他的拿手好戏。我近前询问，摩托车后架堆积十几只，专门诱捕泥鳅、黄鳝，每天傍晚沿水塘沼泽投设套笼，天亮后收捞，泥鳅、黄鳝送县城，菜馆、酒店少不了好吃食。

牛牯似乎见怪不怪。

走进铁牛时代

稻耕的繁忙日子，忙碌辛劳的水牯、黄牯，居然还有空闲，躺卧樟树湾享福。

先不说耕牛享福，年少记忆中"双抢"，镰刀割禾的汗水，脚踏打谷机的扬尘，收稻草，晒稻谷，趁早贪黑的作田方式，现已完全休歇。收割机，收割机，割的是谷穗，收的是谷子。谷子归袋，穗草落地，两个轮子围着稻田打圆圈，没有多余的机械劳作，收割速度之快，令种田人家轻松地坐享其成。

村上聊天，老辈知道我家历来甩牛好手，祖父传教大伯，大伯传教锡哥。生产队甩牛，搞集体时最讲究。犁田翻土后，水浸十来天，等禾蔸杂草与底泥腐烂浸泡。第二轮，耙田，铁耙把泥块耙得稀烂。犁田从田中央开犁，中间会出一条水沟，栽禾季节有工夫时间，耙田之前再翻犁一次，表土可以完全复原，栽禾土质更好。耙好田，接打蒲滚，把结板泥块彻底打烂搅熟。最后一轮，才是打戗，拉戗平整水田。如此繁重的牛耕，插秧之前还得放水验收，由我大伯检验，看水田整得是否平稳，满田一巴掌平水，不能高坑深凼。大伯没有点头，生产队不计工分，谁甩的牛谁得加班重来。

最后的牛耕，如今只剩锡哥他们几个老角儿。水牛强壮有力，耕田比黄牛劲大，调皮，喜欢"摁啊——""摁啊——"叫不住嘴，犁耙过后，拖着戗蹼平整水田，就像喊着口号唱着战歌飞奔快跑，泥水波翻浪滚特别美丽。看锡哥甩牛，水田的烂泥齐膝盖深，黄牛婆吃力地拉耙耕，一步一步地，又听话，又吃劲，长尾巴老在泥水中甩，左右不停地驱赶叮咬它的蝇虻，泥浆飞溅自然爬上锡哥的裤腿。

锡哥说，老角儿甩牛习惯了，开铁牛反而吃不消。铁牛的动力太大，田角弯道他们控制不好，人吃亏。不像甩牛，牛颈背套上牛轭，牛鼻子绳一扯，大不了抽它几鞭子，喝叫它几大声，没有不听话的牛。现在年轻后生没人学甩牛，没有谁吃得甩牛的亏。机耕也越来越先进，大铁牛不再翻底犁田了，像磨面粉一般，把稻草、杂草打得稀烂。放水浸泡十来天，铁牛再来耙整两遍，便插秧。小铁牛也可以代替牛，犁田耙戗，照价出租钱。

依我观察，耕牛犁一丘田，少不得花大半天的工夫。喜不喜欢牛耕，或机耕，不单年轻一代有选择，就连八哥、池鹭这些鸟儿，明显地喜新厌旧了。飞来啄食的八哥、池鹭，顶多不过七八只、三两对。因为牛的翻犁，其速度与深度远远不如铁牛，与铁牛的神奇功力傍不上边。既然老牛拖破车一般慢悠悠，怎么向鸟儿群体发邀请呢？

机耕的嗒嗒声响，却是惊天动地，烟喷音鼓地向大自然发出大声的呼喊。我没有料到，铁牛犁田竟然会挑动一场伟大的战争。机器轰鸣之中，随着稻草禾蔸翻埋入泥，将底泥翻转露脸，生活于水草与泥底所有的生灵动物，霎时间面临生命危机的重大灾难。蚯蚓、爬虫、蜘蛛、飞蝗之类的猎物，各自抢抓逃离的最后时刻，或弹跳，或鼓翅，或沉水，或钻底，充分发挥保持生存的强健魄力。平常的日子，我从来没有发现这种风云时局的变幻，平时喜欢到处乱飞的黑八哥，它们竟然上百只集体行动，叽叽喳喳一齐投身叼泥啄水的激扬奋斗，与铁牛怒吼声争鸣合唱。铁牛的威力，像机械部队发起猛攻，果然比耕牛神奇百倍，轰隆破土，浊泥翻腾，前行的鸟阵振翅开路，紧追的梯队呼啦挺进。人、鸟、牛、泥、水、虫，铁牛搅动的英雄气概，就这样从广袤的田野朝晴朗的天空喷发。

池鹭偶尔也飞来凑热闹，毕竟它在空中飞行会最早发现水田的翻腾。从容地收缩白色羽翅，高个子的它，脚踏翻浆的泥水，紫红色的冠毛披戴天蓝色的背篼，从它黑珠黄瞳的温和眼神，看得出它永久的高雅姿态。淡青黑蓝的长尖嘴喙很少低下地挑寻，偶尔吞食自愿送来的猎物，更多的行迹依然是旁观轻踏，不会与八哥、椋鸟群体争天下。

牛耕时代的终结，或许已是最后的峥嵘岁月。牛不再耕田，不再是农民心爱的宝贝。现代化的迅猛，牛的肉食或皮毛，成为养牛专业户的最终选择。像养猪场、养鸡场一样，饲料替代了野草，囚养战胜了放养，放牛变成囚牛。肉食一天长个两三斤，一年宰杀它六百来斤肉没问题，牛不再耕田了，肉长得肥，叫它菜牛。它与野草放养的本地牛相比，土牛肉会像土猪肉、土鸡土蛋一样，高价钱越来越飙升。

最后的牛哞绝唱

这个春天有点奇怪，阴霾天气接连几十天，老不放晴。当温暖的阳光终于来临，田野春草眨眼间便铺染青绿。荠米菜开白花，黄花草开黄花，牛喜欢的春草，过去常见的鸭尿蔸、牛毛钻不见了，或许是施用除草剂的缘故。满田早生的香签草长得快，细长草枝结有青色花蕊，与敬神香签极像，拉扯起来，花粉似的细籽散落。油草开始拔高。油草，或叫柔草，像野麦子似的，尖叶偏硬，赤脚踏踩它，它像刺刀片一样划脚。不知哪一年，多了新生一代，长得更高更粗，叶片形色均没什么区别，摸起来却十分柔软，本地人叫它肉油草。牛吃或人割，知道水草有长相相似而本性截然不同的兄弟品种。牛最喜长得丰茂的水草，或许应当称道水蚂蚁苋。长得极像苋菜，对生青叶顶部寸距有四五对，下部距离突然拉长，说明沉水生长期长。水底根茎深青或淡红，叶茎缝长有细细的根丝。掐断一茎，茎秆空心，倒像空心菜，闻起来有浓烈的鱼腥草味，这或许正是牛喜欢嚼食的缘故。

锡哥养牛的烦恼，依然是稻草。我知道，稻耕季节，牛自然不能靠水田养生。山坡密林无草可寻，乡村公路无草可吃。那么，河滩野岸最后一片家园呢？就在这个春天，新农村建设迅猛推进，翻斗货车日夜运来泥土，樟树凼一片沼泽与稻田全部被填平，黄泥巴堆得比河对岸高一丈多，听说兴建扶贫安居工程，实现城乡一体化。

如今养牛没有茴藤，也不喂稻草，买来麦麸、糠饼、玉米，打成粉，用水搅拌，香。牛吃了，膘肉长得红光放亮，冬季御冷抗寒。不是喂养饲料吗？没有水草、稻草又何妨？锡哥说，问题恰在稻草。

锡哥几兄弟今年改种一季稻，不想种双季稻了。一亩早稻能产六担谷，卖一百元钱一担，顶多收入六百多块钱，相当于乡下劳力打工一周的工钱，还有种子、化肥、农药的成本，算起来得不偿失。政府鼓励，每亩奖几十元钱，懒得劳神费力。这么说来，荒闲的水田长满香签草，应当好喂牛。尽管天凉，锡哥打起赤脚下田，依然把牛绳纤插田中央。黄牛婆恢复了体膘，它朝我喷响闻嗅。又一场暴雨袭过，香签草倒伏水中，夹杂成熟枯黄的晚春。近来锡哥天天发愁，不知牵牛往何处吃草。黄牛婆一脚一脚踏水响，水沉膝盖高。小牛崽跟着离我远走，将脑袋伸进母牛的后肚皮，到了它吃奶的时辰。顽皮的小牛崽长得真快，一米多长的胖小子。牛贩子又来了，看看牛崽，说白鼻子长得像母牛，成本大、长得快，眼下至少可卖六十斤肉了。锡哥说本不打算卖掉了，两头牛他一起养着。小牛崽伸嘴吃奶的劲特大，不时用力朝上拱挤母亲的奶头。母牛幸福地站立着，嘴巴空闲地嚼响，牛崽吃饱了，它不急于低头填饱自己的饥肚，反而亲热地转过身来，舔舔牛崽的脸。小牛崽吃饱奶，懒得跟学吃草，奔跑跳跃自由地玩耍，转身站几步远望着我。

一群水鸭子呱呱呱地舞水扇翅，从水渠边奔入香签草田。它们喜欢在水草泥丛觅食，捕捉更多的水生小虫，玩耍游水的天生把戏。这伙快乐的入侵者，锡哥说，黄牛牯最不喜欢。如果水鸭子团队刚刚寻食，水草丛中会留下口舌与粪便臭气，黄牛牯它绝不会吃受鸭子污染过的水草，宁愿像现在一样东闻西嗅。你仔细看，黄牯吃净的水草沟，狭狭地像半个弯月亮一般。牛牯，竟然会如此挑剔美食，令我称奇。

田坎上堆着牛粪，黄色烂稻草与牛粪尿浸泡深久，发出腐烂的霉气味。雨季的湿热，催生牛粪堆上的蘑菇，三五根、七八根结群，小指粗的白筷子，朵朵撑起灰麻色小圆伞，伞边垂吊着细丝带，被风雨吹落数枝。它们借此良机，召唤水稻种植的播培。令锡哥伤神的是，过去人工用镰刀割禾，挨泥根底一镰刀，一担谷有三担稻草，生产队牛栏、保管室稻草堆成山。如今农业机械化，收割机直割谷穗，聪明，不去费力地连根蔸割断。打一担谷，谷穗稻草没有半箢箕。牛吃的倒是好草食，全部嫩尖尖。时下稻草有人收购，买去织草绳，用于园林绿化种树捆绑。这还算是勤俭治家的做派，更多的农户偷懒，点一把火，稻草烧成灰，也算作了化肥。

收割机省钱省事，收谷划算，稻草不管它了，受害的还是养牛。莫说黄牛不像水牛，吃水草都得牵它往旱地上歇困，就连水牛，也不能整天整夜泡在水中。稻草是牛卧栏最常用、最重要的草垫，如同人们铺盖棉絮一个道理。今年少了稻草，没有稻草垫栏，母子俩只好睡在牛粪堆上，又脏，又臭，又湿，又冷，黄昏断黑它们迟迟地站着，不肯卧地入睡。你看黄牛婆的肚皮底，黄牛快变成黑牛了。锡哥想把牛栏粪挑出来，找不到稻草更麻烦。冬寒春凉的季节，牛睡觉必须垫稻草，牛怕冷，感冒了更麻烦。锡哥叹口气，去年收稻草塌个场，几兄弟请收割机打禾，稻草全挑上来了，晒捡不及时，结果一场暴雨全部浸烂了。他说，看来今年得花钱学专业户的样，牛栏底铺水泥，保暖防潮。不过，牛的屎尿多，你就是铺上席梦思床垫，稻草还得要。天晴了，得下决心，多去农家问问，买几担稻草回来。

母子俩似乎知道我们兄弟说什么，大牛眼睛小牛眼睛温柔地望我。牛呀牛，立夏了，又农历闰四月，如此漫长的春天，不知道该如何是好。

麋鹿，打开的生命册页

我们止住了。
很快就看见上游的沙洲，
每只麋鹿都走到了适当深的水里，每一只
都安静地沉在涟漪里，头部弓向
流水，臀部苍白的斑点
在暮光里清晰地呈现，时不时有
一点响鼻，闪亮地喷洒。

——沃伦《第一次》

那个夏天，天还是淡淡的蓝浮着几丝白云，落在水里是浅浅的绿，布满皱褶的绿水浮着高高的芦苇，是芦苇挡住了我和蒋勇的视线……我们小心翼翼地寻找，生怕惊动了洞庭湖的沉默。音是这里最昂贵的奢侈品，仿佛它仅是漫无边际的绿叶擦出的痕迹，沙沙沙……是风在抖那些绿亮绿亮的沉默。我们隐藏着声音，小心身体每一根脉管跳出带血的响动，惊动草叶上的虫，或者飞回来的蝴蝶……

沙沙……沙沙沙……扑哧，扑哧……有声是沉默的寂静。我们拨开一片苇叶，压住，另一手还拨开一丛蒿草，在绿点中裂开了银色的水域，远远地望，天啦！我们的眼睛被一片金黄擦亮，一个影子移动了，另一个影子错杂地超过去。这时真正有了水的哗啦，点点滴滴的声音那么清晰，滴咚，滴滴咚咚，是什么把水的沉默撕开了，那些金黄影像在看不见的挪动，也就瞬间的事情，一群金黄色的图像又出现了。

一个二个三个，五个十个，一共十八个……

麋鹿，仿佛天上掉下来的精灵。就在这一瞬间，所有的麋鹿都抬起头，睁着无比惊奇的眼睛。

嚓嚓嚓……所有的快门都摁动了。一组照片就这样落入热爱动物保护的专家的手中。

不可接近的忧伤

二〇〇三年冬天，一场小雪过后，那头叫236号的麋鹿准备回到它的族群，可是它被麋群拒绝了。236号只好远远地尾随着它的种群，千方百计讨好它们以加入这个群体，但公鹿们偶尔互相碰碰头角，错擦一下身体，依然对它不理不睬。236号伤心极了。天渐渐地黑下来，鹿群开始寻找休息卧躺的地方，在避风高坡的空地上，鹿王躺在舒适的草垛之上，其余公鹿也三三两两地环护着，236号接近一次，鹿群便抬起头，喷喷鼻子，无声地命令236号离开警戒区。没有一头麋鹿愿意离开群体和它玩儿。雪飘得密了，盖满了草地，缀满了树杈，温度在-3℃、-5℃，-10℃了，236号不停地抬脚，扑尾，晃头，用来驱赶寒冷。这时鹿群渐渐聚拢，身体全靠在一起了，它们用体温互相取暖，只有这头236号单着，残酷地让风雪取走它身上最后的暖意。

236号小心翼翼地靠近鹿群，想获取一点热气，运气真好，它站在了族群的身边，当它挨近一只公鹿时，鹿王抬头了，鼻口喷出了低沉的吼声，它小心地跃开。它饿了想吃几口未被雪盖的草，不能。它太冷了，想借助同类的体温，但最终还是被赶了出来，这个寒冷的冬天便是236号的地狱。

麋鹿是合群的动物，单独者是必死的符号。

鹿群也是一个等级森严的家族，鹿王保护它的每一位成员，但分出了众多的等级，就连雌鹿三妻四妾的位置也是排定了的，是等级保留了麋鹿力量的层次。

236号连最低的等级地位也没有，它是孤独者。

结果只有两种：一是逃亡，二是决斗。

三年后，236号选择了鹿王争霸。

夏水退过以后，秋天芦苇滩无限广阔，那是麋鹿的自由天地，枯竭的草叶是它们最舒适的地床，成片的芦苇是它们天然的屏障，每只鹿都可以放心地隐身，一旦有警报它们跃身而起的奔跑，逃亡有湿软的路径，它的软蹄不适合在沙石上奔跑，也不适合在水上逃命。

但秋芦容易着火，旷野广阔，烧荒灭虫，积肥养地，因此宽广的滩涂经常会这儿一堆狼烟，那儿一丛火苗，因为是湿地难燃大火，所有的虫鸟和动物都不以为然，依然闲适地在冬青草地上啃噬，有的鹭鸟还停在麋鹿背上或者张望于牛头。火起于无形，无形则更危险，一群麋鹿准备安栖于芦苇的夜晚，鸟雀也进入窝巢，风势一扬，火像传染病一般卷起来，包围了芦苇，然后冲天而起，公鹿带着族群奔逃，一只，二只，十只都奔离火场而去，这时一只母鹿想起了什么，反向地靠近火场，嘶鸣，扬火，那四蹄乱动，几次都踩着了火苗。

它刚生下自己的小鹿，把小鹿荒置在火场之中。

它不能离开，它要寻找自己的子嗣，面对熊熊火焰它不敢冲进火海，它怯懦、胆小，惊疑的眼睛不断闪烁。

火已经大了，烈焰在芦苇丛滚动，枯枝干叶发出哧哧啦啦的响声，火势极快，如同卷动的红席子，不久，那里变成了黑平平的荒滩，什么也没有了。

火来的时候母鹿第一本能，逃命，起初它还能看到孩子跌跌撞撞地奔跑几步，倒下，起来，再倒下……

母鹿没看到自己的孩子。它的孩子被丁玉华他们救了。

小鹿再找到母亲的时候，母鹿拒绝喂奶。

所有的孤独者，仅有自身。

我在这里写下：流亡者寓言。这几个字实际是麋鹿永生烙印，它一生都在逃亡中，不仅指它的生存环境，也是它的生存方式，还是它自古至今的历史。

有谁不是逃亡者呢？连长江、黄河都是。

每隔上百年山河流水都会改道。长江久远的时候是从石首县大垸镇流过，一次迁徙居然南移数十公里，就像黄河曾经从安阳流过那样。“故道”一词留给人们无限遐想：芳草萋萋，碧叶连天，改道之后的流水区成了典型的湿地，石首县在天鹅洲长江故道建立麋鹿国家级自然保护区。

一九九三年十月三十一日，从北京引进了三十头麋鹿，一九九四年产仔十头。

一九九四年十二月三十一日，又引进三十四头麋鹿，到一九九五年两批产仔共七十一头。

二〇〇二年十月，再从北京引进三十头麋鹿，到二〇〇六年麋鹿种群达到五百二十二头，二〇一四年止已经突破一千头。

一九九八年长江流域发生特大洪水，长江在北称为北水，洞庭湖在南，称为南水，如果南北二水合流，超过警戒水位就会危及武汉，这次特大洪水是千年一遇，湖南湖北两省内垸溃堤连连，天鹅洲溃堤，麋鹿就这样被置于洪水中了。

将军率领二十集团军赶赴抗洪救灾前线，接到命令：火速救援。天鹅洲残堤上的麋鹿恐慌无助，面对浊流滔天的湍急水险，这批享受国家一级保护的贵族种群，从来没有如此恐慌过，水与浪哗啦啦掀起恶龙猛虎的挑战，困守孤岛连鹿王也只能怯懦三分。麋鹿恐怖失望的眼睛沾满水花，身穿草绿色的英雄好汉忽然从天而降，冲锋舟顶风破浪，麋鹿惊慌地盯望却又无处可逃。船上的人靠近上岸，搬卸大捆大捆青草堆，湿淋淋地发出诱惑的清香。特别能战斗的英雄本色原来如此温柔和气，从将军到士兵自己饥肠辘辘，个个笑容可掬，亲手递草喂食，生怕受困的麋鹿饿坏了。

乱山合沓围彭门，官居独在悬水村。
居民萧条杂麋鹿，小市冷落无鸡豚。

宋代诗人苏轼曾经感叹大江东去浪淘尽千古风流人物，他谪守徐州刚三个月，便面临黄河决口洪水围城。黄河也会乱石穿空惊涛拍岸卷起千堆雪吗？危急之中，苏轼身先士卒亲荷畚锸，率领禁军武卫营和全城百姓抗洪救灾。经过七十多个昼夜的艰苦奋战，洪水退回黄河故道，终于保住了徐州城。

往事越千年，麋鹿面对长江、黄河如此相似的洪水猛兽，在麋鹿种群的记忆之中，或许早有大难当头与人类同舟共济的遗传基因。

一九九八年特大洪水，石首天鹅洲实际上有部分麋鹿溺水死亡，有三十三头冲出保护区围栏外逸。其中八头外逸至杨坡坦，后来产有三仔。另外二十五头成功渡过长江到达长江南岸的三合垸，从此在长江南岸芦苇沼泽地自由生活。

这是一次偶然，却又因偶然创造了伟大。

这次迁徙可谓是千里之遥，经过千百年以后，麋鹿做梦也没有想到它几近灭绝而复活，今天又回到了它古老的故乡：洞庭湖湿地。

麋鹿逃亡路线走了一个大“S”形路径，实际上一九九八年渡过长江南逃，它们先到马船村，再至调关，分别由两支水系进入湖南，逃逸至华容县的终南、团洲，君山区广兴洲镇、采桑湖镇，岳阳县的新洲芦苇场、飘尾芦苇场、南洲芦苇场等区域，从此回归东洞庭湖自然保护区。

野生麋鹿种群生态的产生，一九九八年是个起点，这三十三头可作为一个同龄组，每年作为一个年龄组，参照绘制成生命表格，我们把“野生”一词纳入生态学术考察，表格内分八项指标：X，N_X，d_X，I_X，q_X，L_X，T_X，e_X，分别排列出直接观测值的两项，其余为统计值的六项，根据麋鹿种群动态活动特征，我们可以观测出数量、年龄、发育等生命期望和死亡数量，把资料按数学方法分析，便可逻辑地归纳出这些生命活动的内部规律，制作出两种曲线表，我们只要一看死亡率曲线，或者存活率曲线，便可以知道长江中下游流域的麋鹿生存状况。截止二〇一四年年底，洞庭湖逃亡的野生麋鹿种群数量在七十至九十头之间，生存寿命期望值在十三点〇一岁，它的终级寿命应该在二十多岁。

一支流浪的队伍缓缓地朝洞庭湖自东向西的出走，排列是长长的梯队，公鹿总是在队伍前列，环护着鹿王，组成一个卫队，队伍中间雌鹿和亚成体错错杂杂，走走停停，吃吃草，喝喝水，更多时间会抬头东张西望，这时会有些低空飞行的雁鸭，翻翻滚滚地相伴前后，甚至停在它们的身体上。鹿是集群的团队，纪律严明，有领头开路的，有殿后守护的，队伍还会有三三两两放哨的。前驱后赶，相互帮助的多是公鹿，公鹿有枝枝丫丫的犄角如头顶珊瑚簇，飒飒爽爽，闪闪烁烁，无论昂首，或者牴牾都是最亮丽的风景。一旦警报四起，一队麋鹿便组成流线型，如弯弓射雕，后部控力都在后腿的伸屈与蹦拉，整个队响起唰唰的节奏，奔涌冲突而逃命，麋鹿的队伍本身也是一个逃亡的象征，它是拖家带口的族群命运的迁徙。

麋鹿运动特征：

行走喜欢走“C”字形拐弯，路径爱在曲线中展开，或许与它眼球活动有关。当然更多的行程是在觅食中完成。

跳跃，总是引颈向上，曲体蹦拉，保持的惯性是迎风逆行，因此拉出的风速必然会有沙沙沙的响声。

非确定性聚居方式，长途移动昼伏夜行，身体警觉度高而灵敏，软蹄分叉，它喜欢选择软泥烂草有苔藓的地方奔走，因而麋鹿的行动是创造性的。

麋鹿在没有路的地方开路，在没有踪迹的地方显示踪迹，流浪者，路在脚下，身体归于何方？

可怜的公鹿沿山坡跑得好苦；/它到底跑了多远，我不说也罢；/它到底怎么死的，也不必细述，/如今，沃尔特看见它死在地上。

旁边躺着那头鹿，肢体横陈，/鼻孔紧贴着山下的一股清泉，/它在咽气时发出最后的呻吟，/泉水便颤抖，泛起了涟漪一片。

——华兹华斯《鹿跳泉》1880年

食物志：

黎明即起，麋鹿家族每天最丰盛的进食，约两个小时的短暂时光。太阳从地平线缓缓而匆匆地往上升，麋鹿从容而熟练地步入沼泽地，摇摇晃晃的青草水镜珠影摇漾起粼粼波光，像水牛一样唰唰的低头割草声，抬头观望吧吧的嚼食声，隔夜的饥饿很快从白花花的垂涎口水得以补充。麋鹿为草食性动物，以禾本科、苔草类及多种嫩草为主。我发现有趣的特性，它们对食物特别讲究，从来不吃泥泞污秽之物，就连带土的菜根树蔸它们都不吃。

野生麋鹿白天大多数时间在休息，摄食集中于清晨与晚上。草地是野生麋鹿的主要进食场所，进食完毕，大约上午八点多钟，鹿王一声号令，鹿群便开始散向滩涂和树林，或者隐蔽江滩、芦苇地，处于较长时间卧地休息状态。总有忍耐不住的，调皮的麋鹿会独自跑出来，饮饮水，吃吃草，不光图个嘴快乐。那些发情的麋鹿，自然会挑逗出其他的梦臆。通常情况下，野生麋鹿会等到夕阳西下，才开始第二次进食。或许只有斜光穿光草地，浮光掠影的良好角度，最能吸引麋鹿觅食的视角与嗅觉。

麋鹿的食性很复杂，主食草本植物，像南荻、芦苇、虉草、狗牙根、苔草等，这些洞庭湖湿地常见的植物，成为它最爱的美餐。偶尔也会啃食树皮，有事无事的磨牙噬啃。但它不像山羊爬上悬崖峭壁，麋鹿是湿地动物，似乎更喜欢多汁的水生植物。特别是丰水期，沼泽地的湿生植物、挺水植物、浮叶植物、沉水植物及漂浮植物，都会是它们的美餐。半陆半水、时干时湿最为茂盛的生长季节，沼泽植物主要有芦苇群落、荻群落、弯囊苔草群落、少花荸荠群落和牛毛毡、灯芯草群落等，其中麋鹿可食植物一百四十一种，足够它们吃得膘肥体壮。

离离湖洲草，一岁两枯荣。洞庭湖野生麋鹿的栖息地土地肥沃湿润，秋后众多草类枯萎后，新发出的嫩草有两类：一类是秋后枯萎的草本遇到气温回升，形成一个“小阳春”，从宿根上或枯茎上发出嫩芽，如南荻、狗牙根、球果焊、虉草等；另一类是二年生植物大量发芽长苗，如短尖苔草、紫云英、水田碎米荠、野胡萝卜、水芹等。因此入冬后，洲滩湿地可见到成片绿油油的草地。

麋鹿是最美丽的动物，但它是被掠食动物，这种掠食是双重的，它被人类掠食，又被肉食动物掠食，而面对掠食它的反抗能力是极为有限的。因而它经常生活在恐惧与逃亡中，生命如此之脆弱。美国的葛兰汀·约翰逊写了一本关于动物的书，取了一个绝妙的名字，叫《我们为什么不说话》，没有语言无法表达它的忧伤与愁怨，无法说出自己的恐惧与伤害。它只有高度的警觉与怀疑，视觉与听觉对环境变化高度敏感的反应。因为细节影响它的生命存亡。

从森林的绿叶中获取一点一滴的汁液，生命——
总是水滴那般融化，不从高山与峡谷中起来
没有城堡与宫殿的奢华，那还是远古的邮件
靠《诗经》运送中国独有的信息，大米和小麦从泥土
长出《山海经》，享受屈原式的艰难，麋在寻找食物
困倦了昼夜的速度，从有牦牛的地方跑到草原，在
云梦泽的神话中歇脚，我不愿意逃亡了；恐惧——
也不能把我再次伤害。我明白：世界只有唯一的同伴
北美的印第安《黑麋鹿如是说》五岁的一次落日
分享了一次圣歌，天鹰在云上预言，从蜜蜂心里说出
幻象：生命的期待。有一只云中之箭夺走的，不是
爱情笔记本。生命在一次黄昏降临，黑暗中支起
帐篷。黑麋鹿讲述本民族的歌谣。水洞庭仅有
金色的麋鹿，芦苇在水中生病 南极仙翁骑上了我
测量人世间最远的距离：英国皇家子院解开了，我的——
身份之谜。我成了我的异族，我分享着我的异邦……

世界无法战胜宿命，一切又回到了起点，从云梦泽出发如今又回到伟大的故乡：水洞庭。这次逃亡式浪游始发于一八六五年秋天，一八九四年永定河大水后开始流浪，一八九八年十一世贝德福特公爵把我带去了英格兰，那时我仅有十八个同伴，安居在乌邦寺庄园，如今我有六千多个后裔布散在全世界二十三个国家的各个园区。

善良才有天真 秘密始于沉默

一九八五年八月,我们二十二个兄弟姊妹踏上归国的路。

二十世纪八十年代，中国政府开始重视麋鹿，通过世界自然基金会(WWF)和英国政府的协助,实施麋鹿回归中国的项目。一九八五至一九八七年,中国从英国引入麋鹿三批七十九头,分别放养在北京南海子麋鹿苑和江苏大丰麋鹿国家级自然保护区。经过三十年的努力，顺利地完成了这个项目。现在,我国已拥有了麋鹿圈养、半散养、野生放养三种模式的生存群体。麋鹿种群数量已达五千多头,占世界总数的百分之八十。

洞庭湖区麋鹿亚群,目录发现分为两支:一支栖息在东洞庭湖注滋河口两岸,另一支在东洞庭湖至沅江漉湖区域的红旗湖,它们是唯一在没有人工干预措施下自然野化的种群,一九九八年入洞庭湖,其种群从不足十头,二〇一二年繁衍到六十五头,二〇一七年分为五个家族共一百六十四头,成为国内最大的自然野化种群。

一八九八年我逃亡英国，到一九九八年长江特大洪水我又逃亡到洞庭湖湿地,整整一百年,多么巧合的循环数字,这个符号寓言什么?逃亡——覆灭——生存。重生——逃亡——覆灭。最终目标:死亡。我不再逃亡了,虽然我仍在覆灭之中,我们仅有九十个同伴(生物种群宣布灭亡的极限数字一百五十只),我和我的同伴将挑战生命的极限,我死在我的故乡,我用灵魂守卫古老的洞庭湖。

哪怕洞庭湖也和我一样灭亡,灵魂依然是一支圣歌。

冬牧场

冬季的洞庭湖,水位比夏季退落十几米。大片的湖洲裸露出来,水面、沼泽、浅滩、低岸依着地势割切，形成多种形态的自然湿地，孕育着丰富的自然资源。水里有鱼虾，沼泽有黄鳝、泥鳅，还有螺蚌，浅滩长满苔草，低岸藏有虫兽。洞庭湖就这样慷慨地敞开母亲胸怀，呵护她的儿女，包括那些远来的过客。有雁鸭叫声，洞庭湖黑夜不再孤独。凉水雾气凝作点点露珠，亮晶晶垂挂在芦花穗尖，滴落，滴落，长剑似的叶片微微抖颤，将一脉清凉悉数收入叶鞘，顺直立挺拔的茎秆往下流，往下渗，渗入骨髓，紫褐或淡绿的花序，渐渐张扬开来，挥动无数灰白的禅帚，伴寒风号令摇曳起舞。丰盈至盛的大泽，日见一日地消瘦，像绿岛浮在水面的芦苇林，淹没线显露出来，挺水的枝叶青葱翠碧，沉脚的茎秆枯黄污渍，分界齐平无阿，刻录下夏水消退秋风替临的脚印，渔民称之落樵。落樵，洞庭湖顾不得自己形容枯萎，倾吐长波反哺母亲河，湖水一寸一寸落浅，樵山一寸一寸浮现，年复一年，洞庭湖的水草牧场就这样不紧不慢，从芦苇落樵开始滋长，迎接越冬候鸟的到来。

港河穿越洲滩，积水滋养洼地，水流的销蚀与泥沙的坚守形成最后的对峙与割据，曾经水阔天低的洞庭湖，逐渐裸露河状的本底，湖洲大片大片浮出水面。浅水滩涂，淤积泥沙好温软，蚌螺懒洋洋地舍不得撤退，免不了壳房被浆泥稠糊，留下浅浅的爬行辙印。干滩紧紧地追逐水落，划开龟板裂纹，粗浅深细地网罗到手的地盘。不经意间，嫩黄的草芽儿从黑油油的沃土中钻出来，与其埋怨命运安排错过了春天，不如抢在冬至之前，多来一次生命的轮回，它们没有丝毫犹豫，贪婪地吮吸雨润与夜露，像阳光一样拔节，似秋凉一般疯长，很快将春天般的绿色播满每一寸适生的土地。

狭长的洲浃上，鸡婆柳暗褐色的灌丛随着缓坡的起伏带隆起，尖尖长长枝条指向天空，它是湖洲上唯一的灌木。鸡婆柳，学名日本三蕊柳，类似淡水红树林，顶级植物群落。主干呈黑色，高三至四米。枝条褐红色，叶互生如柳叶狭长。叶子枯萎，果实如樱桃大小。我们麋鹿家族穿过林地朝湖洲中央进发，不妨留下些蹄迹、卧迹、粪便的活动痕迹。

这个季节湖洲牧场最为宽广，林子外边到处是五色草滩，湿漉漉的湖草任我慢腾腾地边走边吃。虉草，俗名苦草，多年生的禾本科湖草，叶子嚼起来并没有苦味。它是洲滩上的先锋植物，湖水退去，一锅泥粥，它最早萌发新芽，绿色的星星点点，眨眼工夫便会将绿毡盖满泥滩。湖草另一个大类，便是莎草科的苔草，有好几种。短尖苔草分布最广，生长在地势较低的洲滩，春季绿油油的，点缀着黄色和淡红色的花朵，最不怕水淹，淹它三个月，水深达三米以上，短尖苔草依然能够正常生长，给洞庭湖的鲤鱼、鲫鱼提供产卵草场。秋天洪水退去，它细长的黄绿色叶子厚实而有弹性，摸上去感觉极像塑料片儿瓷硬。低洼的洲滩和洲浃沼泽地，通常会有弯囊苔草过渡，在浅水中欢游的草鱼、鲤鱼，喜欢撕食它的嫩叶。再往地势较高的洲滩，很少淹水，便成了单性苔草和红穗苔草的家园。单性苔草开着黄绿色的花儿，红穗苔草顾名思义抽发红色的花穗。另有禾本科的看麦娘，本是麦田中常见的野草，不知喜欢洞庭湖的何种生境，它们密密麻麻地从泥土中钻出来，像初生的麦苗一般纤柔碧绿。

很多很多湖草叫不出名字，我想认识牛鞭草、藜蒿、田边菊、水芹、辣蓼，它们总是相互牵扯发出纠葛的摩擦声，践倒的草丛下边，水田碎米荠、早熟禾、通泉草、苦菜，悄悄地躲藏在底层。褐色的云雀突然从草丛中尖叫着直飞高天，盘立空中快乐而嘹亮地歌唱，似乎宣示这片湖洲的主权。唯有鹿们我懒得理睬它，伸出舌头舔了舔嘴角的湖草，卷食的嚓嚓声增添几份寂静。

我们习惯保持沉默。除了激情燃烧的那个时刻。

觡象征

《山海经》东山经第四载：空桑之山……其神状皆兽身人面载觡。……有兽焉，其状如麋而鱼目……其草多菌蒲，其兽多麋鹿。这里的觡，指麋鹿之角,读音为格。

觡,鹿角,似珊瑚状,在干枝上分岔,每支多丫,众丫集簇时其状态向四面展开,因此麋鹿角大大逸出鹿头而成头的一部分。

什么是鹿角?

清光绪三十四年(1908)《靖州乡土志》载:"麋,似鹿而色青黑,大如小牛,牡者有角。冬至解角长茸,土人于冬至前后取之。"这或许是关于湖南野生麋鹿最后的乡土记。《岳州府志》查阅兽之属,"野兽曰鹿獐熊猿"。倒是《尔雅集解》释兽,开篇先从"麋"说起,且引用"月令":仲冬麋角解。从鹿米,大于鹿。无大斑,文如米点。《说文解字》说麋,冬至解其角。古代诸多集注如此"说麋解角",说明鹿角之要。中医权威专著《本草纲目》记载:"麋茸功力胜鹿茸……麋之茸角补阴,主治一切血症,筋骨腰膝酸痛,滋阴益肾……"《彭祖服食经》《家藏经验方》及现代的《中医方剂大辞典》中,用麋鹿茸、角、骨等做配方的方剂据说有几十项。

性征:以此区别雄雌,公麋鹿才有美丽的角,母鹿仅角基隐于毛发之中,因而母鹿仅见尖耳。这时候"觡"成了公麋鹿的象征。在万绿丛中一昂头,棕黄色珊瑚便在绿浪中闪烁,表明了有麋鹿群隐匿其中。

武器:自我保护的利器。麋鹿腿细蹄小,脚是散趾没有硬蹄,即使它支撑身体相互扑击,仅仅作为一种游戏的打闹。"觡"成为公鹿唯一进击的武器,也成为母鹿寻找鹿王的标志。而母鹿便置于这珊瑚角的保护之中。

装饰:公鹿角成伞状展开的,展翼成倍盖过头部,几与体态呼应。尤其在昂头之际,显出脖子的细长,高高在上地展示摇曳生姿之态,在头部摆动的时候,任意的角度都是一丛丛珊瑚状,尤其在迎风奔跑,鹿群便变成了移动的珊瑚森林, 由此又可知道麋鹿是有距离的外来语,"你离我远一点儿,小心!"你可以看我的头角,但没有人能抚摸它。

年龄:这是一个资历的表述,展露一种成熟的美丽。公鹿到了两岁才长角,分于头部上方左右,仅仅数厘米长。到了三岁每一个角便分出丫状,此后每年分丫一次,到六岁发育完全成熟,六次分解以后结构完成:前枝向上延伸,然后再分为前后两枝,每一小枝上再长出分丫小支;后枝平直向后延伸,末端还会分叉出小枝。鹿角最高可到八十厘米,整体成为一个棚状,如支开的盖伞。麋鹿身高仅一米二,但它昂首之后,角峰可以达到二米以上。

由于角丫是一年一分长出新丫,所以一望众多的鹿角便可知晓麋鹿的年龄,不仅如此,还可由其鹿角判断它身体的盛衰强健。每年冬至前后,麋鹿角开始脱落,只留下角基,没有头角的炫耀只能老实地猫冬守岁,待到新春,元月之后新毛处出新角,新角是毛茸茸的银灰色,到了六月以后便开始参加鹿王争霸赛了。

犄角,公麋鹿权力的象征,每一个晃动都是下一个
沉默的开始,在草丛中,芦苇浪荡着充沛的水意
分丫,犄角的爱欲不断燃烧,沉默是透明的、光亮的
用头部去触动沉默,每一只鹿都抬起来,惊疑的眼睛
寻找声音的发源处,危险来自草丛秘密抖动,凝神谛听
一切超量的声音,环绕鹿角,两秒钟内产生的
无意识警报蔓延,适应性反应,动物没有看不见的事物
所有细节都在视网膜上自动产生反常应对,于是——
一个闪亮的逃亡。犄角现在被照亮,柳树丛,芦苇滩
所有的生灵都向上昂起,举着头,等待着,在头与头之间
一种声音,黑暗中旋转的风,所有的头角奔向一个方向
北欧人皮卡德丛以沉默说话
“是动物为了人类而背负着沉默。”

一切忧伤与痛苦都刻在鹿角的象征中,人类通过语言引起躁动和焦虑,人们不忍放下语言的沉默,倾诉自我的心灵。通过动物把语言转化为沉默,一切动物的沉默使世界走向宁静,世界再一次得到抚慰。天空无语,人类无话存在通过动物把我们带向沉默的,大地上所有的事物都响应动物庄严的宣誓:大地的形象就是沉默的形象。

鹿角,诗人如是说:

公鹿肩这时似乎更黑了,鹿角的建筑,
在远处最后一抹雪,恰与青天构成反差,
平稳又高贵,尖头如叉
刺入铜红的天空宛如,
凭借叉子的气息,来保持,在那铜色的虚空里,巨大的,
日焰之火球,现在转裹在苍穹中。我看到太阳
在转身之前头已接触到雪。
……以前,我从未见过
一只野生的,公的麋鹿——他那
伟大的头以泰然的
自傲高举,反衬着
上帝自己的苍穹。

——沃伦《第一次》

爱欲之后

爱是一种欢愉一种快乐。这种情绪随身体的气散发,充肆于感观,所以他尽量地用身体语言去表达:凝视、爱抚、亲近、接触,每一个细微的接触都

会呈现期待之色、期待之情，所有的爱慕都来源于身体，只要动物还有这种身体的能力，它一定通过这种爱把欲望传达给对方的身体。

公鹿炫耀它漂亮的犄角，捕获欲望的对象，征服，交配，满足，公鹿的欲望是展示性的、征服性的、攻击性的，在公鹿那里欲望也是占有性的、排他性的，所以麋鹿群是一夫多妻制的，这种规则由鹿王制定。而种群的性欲能力是非常不好理解的，典型的是少儿色性。公鹿仅一岁便可以参加交配，做出各种跃跃欲试的样子。母鹿二岁可以交配，三岁时可以生产孩子。我们如何知道母鹿的性呢？

母鹿体型小于雄性，头上无角，它如何展示性呢，这是一套奇特的本领。气，体味，分泌一种体内的激素散发于母鹿的周身，这种体香的浓郁程度可以散发到周围五米的范围，而且是随风吹走的，这种弥漫的体香还会在草木上驻留，这样招揽众多的公鹿嗅着气味逗逐：

> 一只鹿王，被情欲射中，奇迹在香味中发生，一声
> 嘶吼越过林梢，在草丛上滚动欲望　凝神　吸气
> 昂起头，视线的闪电在两秒之后，锁定骚香追逐
> 一场关于情爱的决斗，所有的黄褐色交错在空气中
> 那群观望的公鹿　等待鹿王的出击　在王室的后宫
> 轮流着它的女人，通奸者等待拐带，不是爱欲停止了
> 所有的性都是力量的代价，弱鹿低着头带着饮水的忧伤
> 世界上永远存在被制止的情爱。强壮与勇猛延续着——
> 种群的基因。优化，强者的寓言。
>
> ——科考者笔记

爱欲之后一只幼仔产生，它的生命特征：

刚产下的鹿仔比小猪仔略大，全身毛色淡黄，有星星点点的白斑，如同梅花鹿似的。能行走奔跑后花斑消失，成年雄鹿头大，角分丫按年代增多。吻部狭长，鼻端裸露部分宽大，有一些像马脸；鹿的四肢粗壮，四蹄宽大但主蹄分趾，多肉，悬蹄发达，行走时带磕碰响声。有些像牛腿牛蹄，大腿并不如牛粗壮；脖子粗壮能向上伸长，像骆驼可又比骆驼颈项短；外形看去和所有鹿差不多，它属鹿，为偶蹄科；因它像马非马，似牛非牛，是鹿非鹿，类似骆驼又不是骆驼，俗称这种动物为“四不像”。在这个俗称背后其隐含着“四像”动物的含义。

鹿尾刚好保护屁股而不能垂下到后腿，并不如马尾多毛，仅有绒毛，呈灰黑色，因而又有点像驴，腹部灰白色一线至后肢双腿间，而大腿之上均为黄褪色，前肢肩背有一丛由褐转黑的摄簇毛，深黄背脊延至尾部，一年之中毛色是随季节变化的，冬毛厚实而灰色，三四月间褪尽冬毛换夏装，夏毛是红黄红黄的铁锈色，九月后褪去夏毛长冬毛。公鹿肩胛高度有一米二左右，身体长度一百八十至二百二十厘米，尾长六七十厘米，整体个头如南方黄牛那般大。这样壮实的动物发情期的争斗都很有意思，公鹿争夺性欲权力角斗时间不长，均在十分钟时间之内搞定，失败者掉头就走而胜利者也不追赶，这种温柔的性欲争夺表明鹿群本性的慈善。因而它是永远的被掠食动物，这一点它又如神圣的羔羊一样，所不同的它还作为神圣高贵的祭品。

是谁在奉献牺牲？我们的鹿羊！

爱欲——死亡——新生。

生命的点点

二〇一二年三月十日是一个极其平淡的日子，就是这个平淡的日子，太阳照着幸运。胡光敏在芦苇滩上捆扎，砍伐，驮堆芦苇，成垛的苇叶浸出湿气，漫延的气息杂有呦呦的嘶鸣，呦呦呦，如同哼哼哭声，在一丛苇叶中有暗红的血迹，一只半立半蹭的小牲口，非猪非狗，亦非羊，橘红毛发上还有白斑点点。胡光敏抱起它，有十来斤重呢！

回家后他打电话给张剑锋，说请他吃野猪肉，剑锋是芦苇场的管理员，一见是麋鹿，国家一级保护动物，马上给东洞庭湖国家级自然保护区管理局打电话。杨晓强、高大立、易飞跃五个小时后赶到芦苇场，由旱路换水路一刻也没停留，在华容县注滋河河口见到了小麋鹿。从此注定了杨晓强几年的救亡生活。这只麋鹿生命体征特别弱，据说雄壮者生下来就可以站立，而这只麋鹿是颤颤抖抖、歪歪倒倒的，他是用棉衣把它抱回来的，途中害怕小生命冻饿而死，不停地拍拍喊喊，刚刚生下来的小麋鹿身上长有白色的斑点，又这么孱弱，就叫它"点点"吧。

小鹿点点被带回保护区丁字堤管理站，保护区求助过鸟类，这"小不点"动物从没见过。他们打电话请教江苏大丰麋鹿国家级自然保护区丁玉华，他讲最好找回母鹿喂养，不然成活率很低，以后放归也很麻烦。野生种群的流动范围是数百里之内，没人能活捉母鹿，这怎么办？小不点放生野外肯定是死路一条。管理站的人轮流当月嫂，主要由杨晓强看护。"点点"这个女婴真难坏了三个单身男子汉。

（弃婴：点点。通常母鹿怀孕两百七十多天，这种孕期幼仔落地，一般从发情期受孕到隔年的三四月份生产，小鹿落地便能从白色胎衣中抬头，挣扎着立身，母鹿不停地舐舔，一丝一块地舔吃胎衣。也就数天母鹿可以带仔移动，如果有意外惊扰，母鹿便会弃子奔逃，根据幼仔呼叫而远远地观望，并不援助，也不攻击。麋鹿是一个胆小惊疑的弱者。）

点点奇怪地只爱喝来自大草原的品牌牛奶，选择性食品由习性与惯例约束，这倒好办，但每天要喝八次，盒装牛奶，冷了不行，热了会烫坏口内黏膜，温度稍不合适点点就会拉肚子，所以每次预热都要月嫂先尝，几乎跟伺候小婴儿一样,每天夜半还要喂几次。杨晓强每天第一个起床给点点喂食,严格按专家的叮嘱,准时早一分钟、迟一分钟他都不肯。喂养二十天,每天改为六次,满月之后每日四次,可食量越来越大,一顿由两盒到四盒。运气不错,洞庭湖堤春天养蜂人来了,讨给点点喝新鲜蜂蜜,毛色和身体很快油光水滑地好起来。可这种细皮嫩肉带来另外的麻烦,蚊虫叮咬,小鹿尾巴短,无法驱赶,皮肤被叮咬得红肿、伤疤的。先用电风扇吹,不行,怕感冒,只好改热风扇。天天盼望它快点可以吃青菜青草,熬到它牙齿齐全了,它喜欢乱蹦乱跳,不知道怕人,和它最亲的人就是杨晓强,成天跟在他屁股后面。丁玉华说,杨晓强就是妈妈了。于是小杨天天带着,可出门奔跑没几天,麻烦又来了,它的四蹄经常划伤流血。

(趾掌:麋鹿原产地长江中下游平原湿地。主蹄宽大能分开,每趾间有皮腱膜,趾掌三分,趾肉多,前趾发达为悬蹄,上下起落于硬物上皆有响亮的碰撞声。侧蹄也很发达,适应在沼泽泥泞、草滩棘丛中奔走。由于分趾不能像马一样钉铁掌,无法在水泥路与石板上蹦跳。)

杨晓强他们经常去洞庭湖边采摘一些青草给点点吃,点点最爱吃狗牙根、鼠曲草、刺耳草、短尖苔草、菹草等水草,人们喜欢吃的芦笋、荠菜、茭白、水芹等洞庭湖鲜,点点当然也喜欢哟。眨眼间三个月很快过去,点点像小牛犊似的长大了,饮食与体卧不成问题,它天性喜爱户外运动。大家又想办法,特地在采桑湖的保护区科教中心院子围拦出一个麋鹿别院,葱葱郁郁的杨野桑的一片林子里,点点从此有了自己的安居乐园。

点点年满三岁了。麋鹿平均寿龄二十五岁,三岁的姑娘待嫁,如今最令主人头疼的是,如何让她回归族群。野生的麋鹿种群肯定会拒绝这个已经人性化的"点点",人工圈养种群又从哪儿替她找到如意郎君呢?尽管她是一个非常漂亮的美女。

圈养麋鹿如何将它们放归大自然又保证它们绝对的存活,是中国麋鹿现在面临的最大的难题。

启示录　被保护的灭亡

被掠食动物的敌人是双重的,首先它被掠食动物捕杀,这时候的生存状态靠生物链来维系。其次来自人类的猎杀。今天的人类明白动物是人类的朋友,自动承担起保护动物的责任,可是仍有许多动物不免被灭绝。

最大的原因来自生存空间的争夺,动物是在一定条件下生活,种群的存在需要广阔的生活空间,人类扩大了生活空间便实际挤占了动物生活空间,由于被掠食自身的生物特征,没有了生活空间,它的结果只能是:死亡。

麋鹿是被掠食动物,它的生存空间尤为艰难。

枯萎的忧虑

洞庭湖湿地最原始的空间,应当从芦苇荡说起。

芦苇荡是湖洲最为悠远古老的歌手,它的歌词留给《诗经》清雅的节律。芦苇荡又是永远年轻强壮的舞者,它的飘逸带给候鸟回归的记忆。当麋鹿进化成为一种中国特有的湿地动物,它的脚掌、它的趾甲、它的肌肤、它的毛发,还有它的眼睛与鼻息,无论热血或是防寒,无论游水或是踏泥,麋鹿所有生命特征都不难找到芦苇那种萌芽,芦笋,苇叶,枝梗,花瓣,飘絮,刺绣,划痕,还有气息与味道,如果只说芦苇荡是麋鹿的产床,不如说它是麋鹿永远不可或缺、不可替代的生存空间。

春天来临,芦苇从湖洲钻出尖尖的棱角,向着阳光雨露轻轻地炸出生长声,眨眼间嫩枝新叶蓬蓬勃勃地展开来,给越冬的贫穷生计大方地画上充满希望的句号。随着雨季的漫延,麋鹿总是把绿草茵茵的芦苇滩作为觅食的最好场地，绿色的荻秆挑动飘扬的苇叶，水涨草高把绿色生命元素符号涂抹在波浪翻腾的水上世界。哪怕洪水滔天，只要芦苇荡的根基在，暂且撤离河岸洲滩，或是内陆林地，守望家园故土的麋鹿种群，总会找到惬意的梦幻之乡。

秋去的归雁嘎嘎嘎歌唱的时候，麋鹿迫不及待地抢先登临芦花瑟瑟的水云间，除了鸟儿的花哨，只有麋鹿敢于开山辟路，钻进高秆密林的芦苇荡，积水淤泥的陷阱，腐烂变质的臭味，田鼠与飞虫的挑衅，缠藤与刺蓬的纠结，大江大泽那洪峰浪谷的枯枝烂叶，终于有了收拾残局的冬闲。多少有点忧伤，但不管如何，金黄色的芦苇林又如期成为麋鹿猫冬的场所，这是麋鹿家族最大的幸福。

冬季北风呼啸，夜寒如冰，芦苇林慷慨地撑起天然屏障，密林深处不仅施展挡风避寒的无穷魅力，洞庭湖慈爱的母亲总是如此细腻，拉扯住喜欢顽皮乱蹦的孩子，快脱去华丽的夏装，该换厚实的毛衣过冬啦。公鹿呢，男孩子总是嘟着嘴巴，你别神气哦，天寒地冻的，没有谁在意犄角，就连鹿王最喜欢高高炫耀的犄角，钻进芦苇林也是深藏不露，顶多嗖嗖摇摇卷起一线绿林旋风，“啪”的一个不小心，鹿角便掰落地上。没有犄角，公鹿果然老实了，老老实实猫冬。其实，高密的芦苇林天然屏障，从古至今永远是野生麋鹿种群最安全的保护区。

不知从哪年开始，芦苇荡变成人类的私家田园，砍伐芦苇林、火烧芦苇滩，甚至围栏驱赶，彻底霸占了麋鹿最后的生存空间。

救赎的苦难

二〇一四年五月十一日，洞庭湖保护区求助中心接到电话，华容县团洲外滩一只麋鹿被困，需要救助。

高大立带着救助队出发了。团洲乡干部和村民纷纷出主意解救那只隐于泥淖的麋鹿。按说麋鹿在沼泽上行走它的弹跳能力可以避开陷阱,洞庭湖是季节性湖,涨水和退水都有渔民布下的渔网阵,在滩涂地带到处都会有废弃的渔网阵,常有麋鹿落入困境。

众多的人去搜救捕拉,反而平添麋鹿的恐惧,拼命挣扎与反扑。一只雄壮的麋鹿体重和大水牛一样有三百多斤重,它的灵活性超过水牛许多倍,身上被烂泥涂满,滑溜,无法抓握,好在这头公鹿没有受伤,独陷几日,饥饿困倦,反抗越来越弱。高大立叫乡亲们结了许多活动套绳,扔出去套绳,拴住四蹄,减少它挣扎的范围与力度,把渔网和套绳结起来,十多个人合力把它拖出陷阱,几个壮力青年上前摁住,清理干净它鹿角上的网丝缠绕,再松开套绳,找来它喜欢吃的食物,让它休息恢复体力。

麋鹿安静地躺着……

动物有一个削弱原理。面对恐惧它们会万分惊慌,会奋力反抗,当发现并不伤害它的性命,它就减了抵抗力量,时间加长了,发现危险解除了,它便习惯了环境并和它共处,但不等于它忘记了恐惧,这种恐惧记忆是人类和动物都永生难忘的。

麋鹿恢复体力后,便嗖嗖地冲进洞庭湖腹地,闪耀着如同一支金色的射箭,插入波涛似的绿色草丛。

逃亡者寓言

二〇一〇年湖北石首麋鹿自然保护区出现麋鹿集体逃亡事件, 可是在长江南岸三合垸发生了麋鹿死亡事件,救助中心展开了疾病调查,发现在人口密集区由于多方面的现代性因素会诱发麋鹿病的高发。必须让它们有正常的夜间生活,二十三头身强体壮的成年鹿便开始了它们的远征流浪。

它们在各地留下的“踏脚石”(专家术语,相当于驿站)很容易寻找到它们的行动路线。三合垸—调关—中湖—桃花山—保姆桥—龙秀—十里铺—话岗—凤形—东山。它们闲散地漂荡了百里之遥在湖南最北端一片山林里停顿下来，这里是内陆农业区，二十三头麋鹿分三个种群在华容县境内扩地一千三百多亩，啃吃，碾压，踩踏农民经济作物，损失价值一百三十多万元。农民唯一的办法就是驱赶，大家都知道它们是一级国宝，后来两省协商，集资十一万元赔偿农民。半年之后，有七八头麋鹿返回了石首保护区，其他的鹿群经辅安、采桑湖、层山到团洲再入洞庭湖外滩，这才有了真正的洞庭湖野生麋鹿种群。

寂静的山林田野传来呦呦的怪叫声，惊醒村民的春梦。"畜生又来了！"出门驱赶，三五成群，或七八上十只，强盗眼睛发出绿光像疯牛野马一样狂奔逃窜，啃食，践踏，打滚，斗架，飓风扫荡水稻、油菜、小麦和瓜果，满地青苗遭殃蹂躏惨不忍睹。

麋鹿种群看中了山林水塘作为栖息地，驱赶麋鹿成为争夺生活空间的战争。国家一级保护动物，麋鹿打不得、捉不得，畜生它又不讲理、不守法，村民只好忍让，砍竹竿杂木，编栏杆围网，按麋鹿最喜欢的下山线路把山沟垄田截断，试图划出"柏林墙""三八线"。这批麋鹿长久自然放养，恢复了野性，它们的天性足够应对人类的自作聪明。劳神费力，围栏根本不起任何作用，要不被它借钻水塘沟渠冲破了，要不它走另外的新路线，麋鹿种群无法无天照旧逍遥自在。前锋村民气急败坏，组织群众运动进山清剿，拉网式排查让麋鹿种群惊恐万分，它们吓得快快逃命。麋鹿逃离人群的天性，就是狂奔，拼命狂奔。起初它们往后退，往岭埂上跑。但它们热爱这个地方，根本不想再返回山北那边保护区。正午时光，村民合力围剿累得口干舌燥，林密坡陡路险坑深，阵营战线显然漏洞百出，逃难的麋鹿种群反而冷静下来，村民热热闹闹地跟它们对抗，不过是爬山越岭的玩耍游戏。不玩了，回根据地去！鹿王突然从险岩高坎一个跳跃，只听得噼噼啪啪一阵狂欢，麋鹿种群穿越山沟，朝前锋村方向消失密林中。

每年丰水期,总会发现又有麋鹿家族重返山林。一路践踏的鹿灾受损该找谁呢? 生态补偿成为生态保护的当务之急。

归去来兮

二〇一五年六月五日,世界环境日。一个好日子,一个人类与麋鹿共同商量生存环境的日子。选择这一天,初夏的梅雨给足了面子,君山后湖芦苇荡枝高丛密,水汽袭人,正是麋鹿种群最喜欢栖息与迁徙的活动场所,精心策划在此时此地让一只麋鹿放归洞庭湖, 表达了人类对麋鹿特有的真诚与敬佩。

麋鹿信使来自二〇一二年夏季,那年洞庭湖水位猛涨,一群麋鹿从湿地进入大堤内垸的岳阳县中洲乡,沿着河道池塘四处奔波寻找美餐与隐所,把玉米、西瓜等各种农作物践踏倒地。七月三十一日,一只雄壮的公鹿或许是在鹿王争霸战中失利,伤痛发作,孤单地躺卧在沟河水草地跑不出来。东洞庭湖国家级自然保护区有了经验,调动武警官兵奋力抢救,把落难英雄送归湖南省野生动物救护中心。

风轻云淡,麋鹿从车厢内踏着斜跳板下来,久违的洞庭湖绿野清香扑鼻而来,似乎出乎意料,它伤愈回家显然早已归心似箭。但它来不及与救助者告别,倒是嚓嚓嚓的摄影录像令它有点惊讶,踏下跳板时滑了一脚,有点狼狈不堪的惊吓,总算不失体面地站稳了。它醒过神来抬头四望,扬起骄傲的犄角踢踏踢踏跑步钻进芦苇荡,嗖嗖地摇动绿色浪波,像一支金黄色箭镞射向未来的时空。

麋鹿颈脖上系着漂亮的卫星定位项圈,最为时髦的奢侈装饰品,将会与中南林业科技大学、东洞庭湖国家级自然保护区等研究中心保持六个月的信号跟踪，相互探讨洞庭湖野生麋鹿的活动路线与保护监测管理系统。

是谁不让我们说话？会说话的鸟群一样也不能幸运
死亡会逼迫每一根羽毛。有朝一日动物集体走向悬崖
突然发现真理来自一个高度，视觉悬崖的试验告诉我们
所有的生命都有恐惧高度，恐惧与生俱来，它是一种
内在的情感，每一只麋鹿都在生命的终结上悼亡
我们不会玩耍，天真也是装扮出来的虚假，上帝告诉
你们是另一生命的美食。忧伤与痛苦从肋骨中长出来
我们只能掩饰自己的痛苦，这让我们饱受了一辈子辛酸
约翰逊说，受伤的动物最容易受到各种袭击，也许是
动物才进化出一种饱受痛苦的本领。正是它还能总装出一种若无其事的
自然倾向。奇怪的法则：凶猛的动物容易大喊大叫
弱小的生命只能呜咽不息。不能诉说的痛苦。这才是
悲剧的核心。这难道不是人类生存的寓言。

世界沉默了。生命无语。

总有人执着地追求回归自然的探索之旅。

二〇一六年三月三日，世界野生动植物日。这一天，从江苏大丰保护区运抵的麋鹿，将会携带GPS卫星定位系统野放洞庭湖，它们携带着将鹿群信息传递给人类的重大使命。中国绿化基金会(CGF)和世界自然基金会(WWF)是这一使命的开启者。因为这一物种，跟世界上的绝大多数物种一样，有太多的未解之谜，尤其是在环境急剧变化的当下，他们能否适应、如何适应野

外的生存,将随着 GPS 传递的信息进入科学研究的视野。而洞庭湖,这一片追随四季更替而水涨水落的庞大区域,给这一依赖湿地生存的游泳健将带来了怎样的生存空间,也将在流动的定位信号当中找到答案。

我特意赶去君山公园,为这群特别使者送行。国家林业局举办麋鹿野放仪式,我无暇顾及,急着沿湖步行到龙口。晨雾散淡,水草湿漉,"欢迎麋鹿来洞庭湖湿地安家"的大红标语格外引人注目。我仔细数数,湖洲围栏内十六只麋鹿,五只雄壮的鹿角,十一只母鹿,脖子上戴着卫星信环,略显焦虑不安地挤拥在一起,将围栏湿地践踏成烂泥潭。君山后湖管理站丁诗尧一直守护,由于远程车行,加上麻醉枪捕捉,有只母鹿提前产子,还真有点担忧呢。

太阳从君山岛上升起,湖洲湿地色彩亮丽。我终于清楚看到新生的小麋鹿躺在喂食的草堆里,堆显梅花点的花纹。尽管其他麋鹿结群地东走西移,唯有它的母鹿不敢离开。上午十点钟,简短的启动仪式结束,栏门终于拉开,果然是公鹿领头,鹿群像一阵风似的狂野奔逃,顾不上众多围观者的拍摄惊叫,它们越过矮围草堤冲上湖洲湿地,消失在远方的芦苇林中。留下那只婴儿,成为人工喂养的课题。

你还记得点点吗?

点点,湖南东洞庭湖国家级自然保护区管理局首例成功救助喂养的麋鹿,迁居救护中心美丽家园后,它终于与另一只被救助的野生雄性麋鹿"犇犇"喜结良缘,二〇一八年三月二十八日顺利产下幼仔。点点刚刚度过六岁生日,"大龄剩女"华丽转身升格为真正意义上的母鹿。喜讯传开,东洞庭湖麋鹿保护协会志愿者欣喜若狂。五月四日,世界自然基金会(WWF)麋鹿保护大使、湖南卫视著名主持人汪涵特意赶来祝贺,蒋勇约我同行。

身兼湖南省政协常委、文教卫体和文史学习委员会副主任,汪涵大使"履新"首选,便是率组来岳阳调研野生动物和湿地保护。汪涵一行迫不及待地赶往湖南东洞庭湖麋鹿救护中心。“点点——点点——”他回头问我:“要用岳阳话喊它啵?”喜欢研究地方话保护的汪涵幽默之语连连。光荣母亲点点果然明星派头,骄傲地带着小不点幼仔蹦蹦跶跶地从枯枝杂草中钻过来。点点特别喜欢与人交流,谁用青草嫩叶逗它,都毫不客气找人讨吃。新生的“小不点”有点胆怯,不敢靠近,哺乳期身上的梅花斑点十分可爱。当上了父亲的公鹿保持警惕,高抬犄角不离不弃地巡视观望。

“鹿王‘犇犇’其实最强壮,一家三口很亲密的,它经常‘欺负’点点,我们走开它就会赶来抢食。”李政会长介绍说,东洞庭湖麋鹿保护协会二〇一六年八月成立,与湿地保护区管理局合作,征用约四百亩林地兴建鸟类、麋鹿救护中心。目前收养八头麋鹿,包括新生的“小不点”,有四只幼仔是人工喂养长大的。

“小不点”是男孩还是女孩?大家最好奇。宋玉成博士说,用望远镜观察,它尾巴翘起来时,发现肛门处有排尿部位,它应当是母鹿。杨晓强十分肯定,公鹿从后腿腹部射尿,母鹿尿尿会翘尾巴。

我们要有跟时间赛跑的紧迫感和为人类这样一个自然环境做出贡献的责任感,用紧迫感和责任感去做这样的事情,再不做就晚了,现在做还不晚,关键是要拿出最新的举措。汪涵说,当时他接受世界自然基金会聘请成为这个麋鹿保护大使,意识到保护一个物种不是一些人的事情,不是一代人的事情,是几代人的事情。这次调研,他在思考如何让更多的珍稀物种变成“吉祥物”。比如大学自己来认领江豚也好、麋鹿也好、小白额雁也好,还有中小学校,把珍稀动物作为他们学校的吉祥物,带着这个吉祥物的徽章组织活动,把这种荣誉感、认同感植入进去。

“呦呦鹿鸣,食野之苹。我有嘉宾,鼓瑟吹笙。”(《诗经·小雅》)麋鹿,打开的生命册页,它那祈福的呦呦呼唤,总会激励我们探求无穷无尽的奥秘,与大自然共享永恒与未来。

跋

思想的麻雀

《与洞庭书》的书稿在我手里也已经沉寂了半年多。天南地北的旅途之后，每个夜晚，打开一篇篇美文细读，一次又一次把我带回洞庭湖的腹地。在那个世界里，芦苇丛生，杨树成片，网阵迷魂，沟坎纵横，白鹤杳去，鸿雁南行。与刚强老师一起，在沼泽中寻找麋鹿的蹄印，辨识一堆堆大雁留下的粪便；在冽风的洞庭湖上，透过模糊的双眼追逐江豚的踪迹，掠起的鸬鹚划过天际，时聚时散的红嘴鸥伴飞前后。和渔民唠家常，与樵民理长短，和农民扯闲谈，与学者论方案……

一路跋涉一路歌，一路乐和一路思索。

此同时，我在惊叹！

我们本来身处水的两岸，隔在之间的是一个需要艰难蹚过的泥滩。他从纸堆中走来，已然拔开了芦荻的帷幕，惯看自然。而我则在水中，正在为自然呼喊。二〇〇二年，举办洞庭湖首届观鸟大赛时，引用国外同行的一句行话——“观鸟，一张走进大自然的门票”。莫非，刚强老师就这样观着观着，看懂了自然？否则，为何悄然间，他就已经走到了我的面前？

国际著名环境教育家珍妮·古道尔博士曾说过：“唯有关心，始知行动。

唯有行动，方能改变”。

我相信这个改变的结果。

相信因为关切带来的改变，这也是刚强老师多年积淀的人文关怀使然。一路上，他从上下求索的擂鼓声中走来，从蓝墨水的上游汨罗江走来，从岳阳楼上镌刻的忧乐情怀中走来，驻足洞庭湖畔，深入洞庭湖腹地，从此流连忘返，欲罢不能。

之所以说欲罢不能，是因为一旦陷入其中，洞庭湖的发展演变历史，洞庭湖—长江的新江湖关系，生物多样性保护与可持续发展，江豚、麋鹿、候鸟、鱼类与人的发展就会瞬间交织在了一起，陷入九龙治水的漩涡，情一团，理一团，麻一团，丝一团，不理则看似合理，理则越理越乱。非剥茧抽丝，寻根逐迹，否则均会无功而返。

一晃，已是十年！

俨然已被“护鹤老人”张厚义笑称为“洞庭湖的老麻雀”。

“洞庭湖的麻雀——见过几回风浪！”

麻雀，在这句世人熟知的歇后语中真的是指麻雀吗？这是我要考虑的事啦！

多年的野外工作，其实我们是很少能够看到麻雀在自然的湖泊里出现的，不论是已知的山麻雀、树麻雀还是家麻雀。更谈不上在疾风骤雨中穿行啦！即使看到一些长得很像麻雀的田鹨、水鹨、百灵等小鸟，经常隐没在苇丛和洲滩草地，但也不至于用见过风浪来形容。

鉴于古人不像现在这样按照西方自然科学的分类方式给物种定名，只是泛泛称大类，以至于我们能够用到的有鸟字旁的字也不到一百个，古代的种名和当今的叫法相同的也不过百十来种。通常老百姓称呼白鹭为白鹤，这与学名叫白鹤的白鹤就完全不是一个种；全球现有十五种鹤，中国有九种，大部分被叫成了“仙鹤”。大雁、野鸭、野鸡也都是泛称。麻雀也是一个形似的泛称。

见过风浪的麻雀是什么呢?

我宁可相信是——鸻鹬类的水鸟!

最著名的中文莫过于“鹬蚌相争,渔翁得利”的“鹬”字。这同样也是一个泛称,全球有两百一十八种之多,中国发现了七十七种。即使在洞庭湖,目前能够看到的鹬类鸟也有近二十余种。英文的翻译比较形象“shorebird”:水滨鸟,或在潮间带活动的鸟。它们属于水鸟的范畴,尾脂腺分泌的油脂能帮它们的羽毛隔离雨水,因此不惧。有大者尺余,小者不过三寸大小。即使风雨,即使迷雾,也啸傲江湖。在洞庭湖的冬季,它们的羽毛大都麻麻色,多类似麻雀的羽毛,当然也有特殊的颜色,渔民有时也叫它们“麻爪子”。嘴尖眼尖腿快的它们,经常奔走在泥滩上,把小螺、小贝、泥洞里的蠕虫找来吃个痛快。一溜风地跑来跑去,根本不担心陷入泥沼。呼啦啦,成百上千聚合在一起,时起时落。如云,如烟,尖啸而过,变换万千阵型;也或单只独处,啾啾一鸣,隐没在苍茫里了……

这是一群能在潮间带泥沼中快速穿行的“麻雀”。

这是一群能在水天一色空间熟谙风雨的“麻雀”。

它们知道水在哪儿,岸在哪儿,何时涨潮,何时潮落。

它们选择了潮间带的生态位,指引它们的是空间的视角,敏锐的嗅觉和视力,或者还有同伴的呼唤。

人无法从空中俯瞰大地,如鸟那般。我们的视角是平的,四公里视距就是不得了的好眼睛啦。在没有制高点的情况下,陆地和水域的交界处,不论那个区域有多宽,我们都会如岳阳楼上悬挂的诗人李白所题诗句“水天一色”,只能遐想着“风月无边”,全然无法看清这个中间还隐藏着一个动态的衔接着水天、水陆之间的域界。

湿地,水陆交界的区域。

潮间带,则是湿地的灵魂所在!

洞庭湖和鄱阳湖都被称为“涨时水一片,落时水一线”,一个大湖的广袤都成了潮间带。清代袁枚一冬一春两到洞庭湖,终得其感。“春自生,冬自槁,须知湖亦如人老”。他是一个亲历者,明白人。自然涨落成就了大湖的生命,成全了亿万水族。或站,或游,或潜,或弋,各得其所,各就其位。江湖阻隔了,限制了这个涨落,模糊成了“水天一色”,至少,鹬鸟就不来啦!

刚强老师剥开“思想的芦苇”的时候,其实一只脚也就踏上了这片沼泽地。如果不想被陷进泥里,就得学鹬鸟,还是称为“麻雀”吧,一路小跑,将重心均匀地放在两只脚上,交替着前行,快速地奔跑。一只脚是人文情怀、哲学思考,一只脚是自然观察、科学求证。用自己最熟悉的语言文字,最身体力行的谦谨包容,在自然科学与社会科学这个水陆地带之间穿行。渐得轻盈,渐控自如。那只叫“蠢宝”的泥鳅,那只叫“野马”的鸬鹚,那只叫“飞飞”的白鹤,带来了无数的故事,孤老的“琪琪”,守身的“点点”。原来飘逝的羽毛是幻化的,矗立的芦苇是沉思的,独立的旱柳成了大卫,所有的生灵瞬间就活灵活现了。

毕竟,《与洞庭书》还承载着厚重的责任和使命,有对一个大湖命运的思考,有重大改变可能对万物生灵带来的影响进行的论辩。潮间带两岸也都想听到对岸的声音。这时,我想起了要我代购的《雁语者》《寂静的春天》《瓦尔登湖》《所罗门王的指环》《昆虫记》,想起了推荐的一套套西方出版翻译的自然文学丛书和国内的科研论著。在人与自然之间,哪只脚重点,哪只脚轻点都无关要紧,关键是要两只脚都能用力。岸的那边有人是这么走来的,只是我们还很少有人从这边走过去。他是一定在经常走着的吧。写这本书的目的,也许就是希望更多的人走进去看看,停下来想想。我们需要会思考的、有思想的“麻雀”能找到非此即彼之间那个潮间带。

清晨,最冷的冬夜迎来了一抹曙光。

鹤鹬的啾鸣声响起,新的一年第一天开始啦!

洞庭湖的“明星”小白额雁们也从薄雾的草丛中探出了头,应和着:呦——呦,呦——呦,仿佛在说:

“我在这,你们在哪儿?”

蒋勇

完稿于2018年1月1日湖畔清晨

(作者系环境保护专家,

世界自然基金会(WWF)北京代表处战略与创新总监)